Jules Verne

Das Karpathenschloss

Salzwasser

Jules Verne

Das Karpathenschloss

1. Auflage | ISBN: 978-3-84608-370-3

Erscheinungsort: Paderborn, Deutschland

Erscheinungsjahr: 2015

Salzwasser Verlag GmbH, Paderborn.

Nachdruck des Originals.

Das Karpathenschloß.

Ein halbes Dutzend Nachbarn hatten sich eingefunden. (S. 32.)

Das

Karpathenschloß.

Von

Julius Verne.

I.

Die nachfolgende Erzählung ist nicht phantastischer, sie ist nur romantischer Art. Es würde ein Irrthum sein, wegen ihrer Unwahrscheinlichkeit zu glauben, daß sie nicht wahr wäre. Wir leben in einer Zeit, wo Alles möglich ... ja man wäre berechtigt zu sagen, wo Alles schon vorgekommen ist. Wenn unsere Erzählung heute auch nicht wahrscheinlich sein sollte, so ist sie es vielleicht schon morgen, Dank den wissenschaftlichen Hilfsmitteln, die sich der Zukunft bieten, und dann würde es Niemand in den Sinn kommen, sie als sagenhaft zu bezeichnen. Heute, nahe dem Abschlusse des so praktischen, so positiven neunzehnten Jahrhunderts, entstehen übrigens keine Sagen mehr, weder in der Bretagne, dem Gebiete der wilden Korrigans, noch in Schottland, der Heimat der Brownies (Heinzelmännchen) und der Gnomen; weder in dem sagenumwobenen Norwegen, dem Vaterlande der Asen, Elfen, Sylphen und Valküren, noch auch in Transsylvanien (Siebenbürgen), wo die mächtige Kette der Karpathen für Geisterbeschwörungen und Geistererscheinungen einen so günstigen Boden bietet, obwohl wir hierzu die Bemerkung nicht unterdrücken dürfen, daß gerade im transsylvanischen Lande der Aberglaube früherer Zeiten noch in üppiger Blüthe steht.

Gerando hat dieses entlegene Gebiet Europas beschrieben, Elisée Reclus hat es besucht. Beide erwähnen nichts von den Vorkommnissen, worauf unsere Erzählung beruht. Vielleicht hatten sie davon Kenntniß, wollten ihnen aber keinen Glauben beimessen. Das ist schon deshalb zu bedauern, weil der Eine diese Ereignisse mit der Verläßlichkeit des Geschichtsschreibers wiedergegeben, der Andere sie mit dem unbewußten poetischen Schwunge geschildert hätte, der seine Reiseberichte so vortheilhaft auszeichnet.

Da das also Beide unterlassen haben, will ich versuchen, es für sie zu thun.

Am 29. Mai eines der letzten Jahre hütete ein Schäfer seine Heerde am Rande eines grünen Wiesenplans am Fuße des Retyezat, der ein mit geradästigen Bäumen besetztes und mit reichen Ackerfeldern geschmücktes Thal überragt. Ueber jene offene, ganz schutzlose Hochfläche streichen zur Winterszeit die Galernen, das sind die scharfen, schneidenden Nordwestwinde, wie das Messer des Barbiers. Man sagt dann auch dort zu Lande, daß die Höhe sich — und zuweilen sehr glatt — »rasirt«.

Jener Schäfer zeigte in seinem Aeußeren nichts arkadisches und auch nichts bukolisches in seiner Haltung. Es war kein Daphnis, Amyntas, Tityros, Lycidus oder Meliböus. Der Lignon murmelte nicht zu seinen mit plumpen Holzschuhen beschwerten Füßen; die walachische Sil war es, die mit ihrem klaren, frischen Gewässer würdig gewesen wäre, durch die Windungen des macedonischen Asträus zu fließen.

Frik, Frik, aus der Dorfschaft Werst — so nannte sich der ländliche Hirt — von Person ebenso vernachlässigt wie seine Thiere, schien wie geschaffen, mit in dem am Eingange des Dorfes errichteten schmutzigen Neste zu wohnen, in dem auch seine Schafe und Schweine in empörendem Schlamm und Unrath hausten, wie das übrigens für alle Schäfereien des Comitats gleichmäßig zutrifft.

Das »immanum pecus« weidet also unter der Obhut des genannten Frik ... »immanior ipse«. Auf einem Haufen zusammengetragenen Grases ausgestreckt, schlief er mit dem einen und wachte mit dem anderen Auge, immer die dicke Tabakspfeife im Munde; nur dann und wann rief er seine Hunde an, wenn sich ein Lamm zu weit von dem Weideplatze verirrte, oder ließ er einen schrillen Pfiff ertönen, den das Echo von den Bergwänden vielfach wiederholte.

Es war jetzt vier Uhr Nachmittags. Die Sonne begann zu sinken. Einzelne Felsengipfel im Osten, deren Fuß sich in wallenden Dunstwolken badete, erglänzten schon im Abendlichte. Nach Südwesten zu ließen zwei Lücken der Bergkette ein schräges Strahlenbündel hereinfallen, so wie ein Lichtstreifen durch wenig geöffnete Thüren dringt.

Das Gebirgssystem der Gegend gehörte zu dem wildesten Theile Transsylvaniens, der im Comitat Klausenburg oder Kolosvar zu suchen ist.

Ein merkwürdiges Bruchstück des österreichischen Kaiserthums, dieses Transsylvanien, das »Erdely« in magyarischer Sprache, d. h. »das Land der Wälder«. Nach Norden und nach Westen zu wird es von Ungarn begrenzt; im Süden berührt es die Walachei und im Osten die Moldau. Bei einer Oberfläche von sechzigtausend Quadratkilometern oder sechs Millionen Hektaren — d. i. fast dem zehnten Theile der österreichisch-ungarischen Monarchie — erscheint es als eine Art

1*

Schweiz, ist aber, obwohl um die Hälfte größer als der helvetische Staatenbund, doch nicht volkreicher als jene. Mit seinen dem Ackerbau erschlossenen Hochebenen, den üppigen Weideflächen, den nach allen Richtungen hin streichenden Thälern und seinen schroff aufstrebenden Felsriesen, wird Transsylvanien, das die vielen plutonischen Höhenzüge der Karpathen fast überall streifig bedecken, von zahlreichen Wasserläufen durchzogen, von Zuflüssen der Theiß und der stolzen Donau, in der das sogenannte Eiserne Thor wenige geographische Meilen weiter im Süden den Abfall der Balkankette zwischen der Grenze Ungarns und des osmanischen Reiches verschließt.

So erscheint das Bild des alten Daciens, das Trajan im ersten Jahrhundert der christlichen Zeitrechnung eroberte. Die Unabhängigkeit, deren es sich unter Johann Zapoly und dessen Nachfolgern bis zum Jahre 1699 erfreute, hatte ein Ende mit Leopold I., der das Gebiet dem der österreichischen Kronländer einverleibte. Trotz veränderter politischer Verhältnisse ist es aber stets der Wohnsitz verschiedener Rassen geblieben, die hier mit einander in Berührung stehen, doch nicht verschmelzen, die Heimat von Walachen oder Rumänen, von Ungarn, Zigeunerr, Szeklern moldauischer Abstammung, und auch von Sachsen, die durch Zeit und Umstände sich zu Gunsten den transsylvanischen Einheit doch schließlich »magyarisiren« dürften, so hartnäckig sie bisher auch ihre Stammeseigenthümlichkeit behaupteten.

Welchem Typus der Schäfer Frik angehörte und ob er etwa ein entarteter Nachkomme der alten Dacier war, das hätte man angesichts seines wirren Haarschopfes, des nicht gerade sauberen Antlitzes, des struppigen Bartes, der dichten, wie aus röthlichen Borsten gebildeten Augenbrauen und der zwischen grün und blau schillernden, stechenden, doch am Hornhautrande schon den sogenannten Greisenbogen zeigenden Augen des Mannes nur schwer bestimmen können. Daß er bereits fünfundsechzig Jahre zählte, konnte man schon leichter sehen. Dabei war er groß, sehnig und hielt sich straff unter dem weichen Filzhute, der freilich weniger Haare zeigte als seine halb entblößte Brust — kurz, ein Maler würde ihn, wenn er so, auf den langen Stab mit Krähenschnabelgriff gestützt, unbeweglich wie ein Felsen dastand, gewiß gern als Modell benutzt haben.

Als die Sonnenstrahlen sich durch die Berglücke im Westen Bahn brachen, drehte Frik sich um; dann formte er aus der halb eingeschlagenen Hand eine Art Fernrohr — ganz wie er diese hätte als Sprachrohr verwendet, wenn er sich weithin vernehmbar machen wollte — und blickte aufmerksam in jener Richtung hinaus. Am hellen Hintergrunde des Horizontes erhoben sich in der Entfernung einer Meile und deshalb stark verkleinert die Umrisse einer Burg. Dieser alterthümliche Schloßbau nahm auf einem einzelnstehenden Seitengipfel des Berges Vulcan den mittleren Theil eines Hochplateaus ein, das den Namen des Plateaus von Orgall führte. Bei dem schimmernden Lichte hoben sich die Umrisse des Ganzen deutlich und mit derselben Schärfe wie stereoskopische Bilder vom Himmel ab. Nichtsdestoweniger mußte das Auge des Hirten mit seltener Sehschärfe ausgestattet sein, um irgend eine Einzelheit der entfernten Gegenstände unterscheiden zu können.

Plötzlich rief er, den Kopf in die Höhe werfend:

»Altes Schloß! . . . Altes Schloß! . . . Immer stütze Dich nur auf Deine Grundveste! . . . Noch drei Jahre, und es ist zu Ende mit Dir, denn Deine Buche hat nur noch drei Aeste!«

Die betreffende, nahe am Rande einer der Bastionen der Burg wurzelnde Buche erschien am Himmelsgrunde wie ein feiner Papierausschnitt, und in dieser Entfernung möchte sie schwerlich für jemand Anders als den Schäfer Frik sichtbar gewesen sein. Die Deutung jener geheimnißvollen Worte, die mit einer das Bergschloß betreffenden Sage in Beziehung stand, wird an passender Stelle nachfolgen.

»Ja! wiederholte der Mann, nur drei Aeste! . . . Gestern waren es noch vier; der vierte ist aber im Laufe der letzten Nacht abgefallen . . . jetzt steht nur noch ein Stumpf des stolzen Baumes da. . . . Ich zähle nur noch drei über dem starken Stamme . . . nur noch drei, alte Burg . . . nur noch drei lebende Aeste!«

Stellt man sich einen Hirten von seiner idealen Seite vor, so erscheint er einem gewöhnlich als Denker oder Träumer; er unterhält sich mit den Planeten; er spricht mit den Sternen und versteht sich darauf, die Schrift des Himmels zu lesen. In Wirklichkeit ist er im Allgemeinen ein unwissender, vernagelter Bursche. Trotzdem dichtet ihm die Leichtgläubigkeit so oft übernatürliche Fähigkeiten an; er versteht sich auf Hexerei je nach Laune; er wendet Verzauberungen durch Besprechen ab oder verzaubert selbst Mensch und Thier — was in diesem Falle ja fast auf Eines hinauskommt; er handelt mit sympathetischen Pülverchen; man kauft von ihm Liebestränke und Zaubersprüche. Ja, es geht so weit, daß er die keimende Frucht der Ackerfurche tödtet, indem er verhexte Kieselsteine hineinwirft, oder daß er die Schafe unfruchtbar macht, indem er sie mit dem linken Auge ansieht. Ein derartiger Aberglaube findet sich in allen Ländern und fand sich zu allen Zeiten. Selbst in mehr civilisirten Ländern gehen gar viele Leute nicht an einem Schäfer vorüber, ohne diesem ein paar freundliche Worte zuzurufen, ohne ihm einen hergebrachten Gruß zu bieten, indem er speciell »Hirt« genannt wird, worauf der Mann besonderen Werth legt. Ein Abnehmen des Hutes schützt bereits gegen manches Uebel, und in Transsylvanien ist man deshalb damit nicht sparsam.

Frik wurde nun als ein solcher Hexenmeister betrachtet, der Geistererscheinungen hervorzuzaubern vermochte. Nach Aussage der Einen gehorchten ihm die Vampyre und die Stryges; nach der Anderer konnte man ihn bei abnehmendem Monde in halbfinstren Nächten, wie in andren Gegenden das Gespenst des Großen Schalttages, auf dem Schutzdache von Mühlrädern reiten sehen, von wo aus er mit den Wölfen schwatzte oder träumerisch zu den Sternen hinaufstarrte.

Frik ließ die Leute reden, denn er stand sich ganz gut dabei. Er verkaufte Zaubermittel ebenso wie Schutzmittel gegen solche. Doch war er, wohl zu bemerken, nicht weniger gläubig als seine Kundschaft, und wenn er vielleicht auch an seinen eigenen Zauberkräften zweifelte, so galt ihm doch der Inhalt der landläufigen Sagen als unbestreitbare Wahrheit.

Hiernach kann es nicht Wunder nehmen, daß er sich jene, das baldige Verschwinden der Burg betreffende Vorhersage zurechtlegte — da die Schicksalsbuche jetzt bis auf drei Aeste zusammengebrochen war — und daß er sich beeilte, diese Neuigkeit in Werst bekanntzugeben.

Nachdem er also seine Heerde zusammengerufen, indem er mit vollen Backen eine aus weißem Holz geschnitzte Schäferpfeife anblies, schlug Frik den Heimweg nach dem Dorfe ein. Die Thiere in Ordnung haltend, folgten ihm seine Hunde — zwei Terrier-Bastarde, bissige, wilde Köter, die mehr geschaffen schienen, Lämmer zu zerfleischen als solche zu beschützen. Die Heerde bestand aus etwa hundert Widdern und Schafen; darunter etwa einem Dutzend Lämmern, sonst aber aus drei- bis vierjährigen Thieren mit vier und mit sechs Zähnen.

Diese Heerde gehörte dem Ortsrichter von Werst, dem Biró Koltz, der der Gemeinde einen tüchtigen Weidepacht bezahlte und seinen Schäfer Frik hoch schätzte, weil er ihn als ebenso brauchbar bei der Schur, wie erfahren in der Behandlung der Schafkrankheiten, der Drehkrankheit, des Leberwurmes, der Trommelsucht, der Pocken, der Unfruchtbarkeit und anderer ähnlicher Störungen kannte.

Die Thiere zogen in geschlossenem Haufen dahin, voran der Leithammel mit der Glocke und ein altes Mutterschaf mit Schellenhalsband, die beide inmitten des Geblökes »den Ton angaben«.

Von dem Weideplatze aus schlug Frik einen breiten, von ausgedehnten Feldern umgebenen Fußweg ein. Hier wogten die prächtigen Halme eines Getreides, das ebenso hoch im Stroh, wie lang in den Aehren war; dort wucherten üppige Culturen von »Kukuruz«, dem Mais des Landes. Der Weg führte nach dem Saume eines aus Fichten und Tannen bestehenden Waldes, der in seinem Schatten erquickende Kühle bot. Weiter unten schlängelte sich das spiegelnde Band der Sil hin, deren Wasser sich an den Kieseln des Grundes klärte, und auf der Stämme und Klötze aus den stromaufwärts liegenden Sägemühlen hinabschwammen.

Hunde und Schafe machten am rechten Ufer des Flusses Halt und stillten gierig ihren Durst am steilen Rande, dessen Rosengebüsch sie durchbrochen hatten.

Werst lag nur wenige Flintenschuß weit von hier entfernt, und zwar jenseits eines dichten, halbhohen Weidebusches mit natürlich entwickelten Bäumen, nicht solchen verkrüppelten Köpfweiden, deren Zweigruthen nur wenige Fuß über der Wurzel ausstrahlen. Dieses Weidengebüsch erstreckte sich bis zu den Abhängen des Vulcan, auf dem das gleichnamige Dorf den Vorberg eines nach Süden verlaufenden Zweiges des Plesagebirges einnimmt.

Die Landschaft war jetzt menschenleer. Die Feldarbeiter kehren erst mit einbrechender Dunkelheit nach ihrem häuslichen Herde zurück, und Frik hätte jetzt wohl kaum Gelegenheit gefunden, den althergebrachten Guten Tag! mit ihm begegnenden Leuten zu wechseln. Nachdem seine Thiere sich gesättigt, wollte er eben nach einem verschlungenen Thalwege einbiegen, als ihm, etwa fünfzig Schritte stromabwärts der Sil, ein dort auftauchender Mann in die Augen fiel.

»He! Guter Freund!« rief dieser dem Hirten zu.

Es war einer jener fremden Händler, die alle Märkte des Comitats besuchen und die man dazwischen in Städten, Flecken und selbst in den geringsten Dörfern antrifft. Sich den Leuten verständlich zu machen, ist ihnen eine Kleinigkeit, sie sprechen eben alle Mundarten. Niemand hätte sagen können, ob der hier Erschienene ein Italiener, Sachse oder Walache sei; man erkannte aber leicht, daß er Jude, polnischer Jude war, an seiner langen hageren Gestalt, der gebogenen Nase, dem spitz auslaufenden Vollbarte, wie an der vorspringenden Stirn und den lebhaften Augen darunter.

Dieser Hausirer handelte mit Brillen, kleinen optischen Instrumenten, Thermometern, Barometern, geringwerthigen Wanduhren u. dgl.

Was nicht in seinem, an starken Achselgurten hängenden Waarenkasten untergebracht war, das hing ihm am Halse und am Leibgürtel — ein richtiger wandelnder Kramladen.

Wahrscheinlich hegte auch dieser Jude die Achtung, vielleicht die stille Scheu, die nun einmal alle Schäfer anderen Leuten einflößen. So begrüßte er denn Frik zunächst mit einer Handbewegung. Dann begann er in rumänischer Sprache, diesem Gemenge aus Latein und Slavisch, mit fremdem Tonfalle:

»Es geht Euch doch nach Wunsch, guter Freund?

— Jawohl ... je nach der Witterung, antwortete Frik.

— Dann geht's Euch heute also gut, denn es ist schönes Wetter.

— Und morgen desto schlechter, denn da wird's regnen.

— Regnen ...? rief der Händler. Regnet's in Eurem Lande auch ohne Wolken?

— Nun, Wolken werden diese Nacht schon kommen ... und zwar von da draußen ... von der schlimmen Seite des Berges.

— Woran erkennt Ihr das?

— An der Wolle meiner Schafe, die starr und trocken wie gegerbte Haut ist.

— Das ist freilich eine schlimme Aussicht für die, die draußen im Freien ihre Arbeit haben.

— Und desto angenehmer für die, die in ihrem Hause unter Dach bleiben können.

— Gewiß, Schäfer; doch dazu muß man auch ein Haus besitzen.

— Habt Ihr Kinder? fragte Frik weiter.

— Nein.

— Seid Ihr verheiratet?

— Nein.«

Diese Fragen stellte Frik, weil sie hier landesüblicherweise an Jeden gerichtet werden, dem man auf der Landstraße begegnet.

Dann fuhr er fort:

»Woher kommt Ihr, Hausirer?

— Von Hermannstadt.«

Hermannstadt ist eine der bedeutendsten Städte Siebenbürgens. Von dieser aus gelangt man in das bis nach Petroseny herabreichende Thal der ungarischen Sil.

»Und Ihr geht ...?

— Nach Kolosvar.«

Um nach Kolosvar (Klausenburg) zu kommen, hat man sich weiterhin im Thale des Maros zu halten und erreicht dann über Karlsburg, längs der ersten Ausläufer der Bilarberge hingehend, die Hauptstadt des Comitats. Die Wegstrecke beträgt etwa zwanzig Meilen (150 Kilometer).

Diese Händler mit Thermometern, Barometern und allerhand Kleinkram erscheinen immer wie Gestalten besonderer — nur nicht hofmännischer — Art. Das liegt in ihrem Geschäft. Sie »verkaufen Zeit und Wetter« in jeder Form, die Zeit, wie sie verfließt, das Wetter, wie es eben ist und wie es sein wird, wie andere »zweibeinige Ballenthiere« Körbe, Strick- und

Baumwollwaaren verhandeln. Man wäre versucht, sie Reisende des Hauses Saturn & Cie. — mit dem »Goldenen Stundenglas« als Waarenschutzmarke — zu nennen. Zweifelsohne machte der Handelsjude diese Wirkung auf den biedren Frik, der verwundert diese Menge von Gegenständen betrachtete, die ihm so gut wie ganz neu waren und deren Bestimmung er nicht kannte.

»He, Hausirer, fragte er, den Arm vorstreckend, wozu dient das Ding da, das wie die Zähne eines alten Gehenkten an Eurem Gürtel klappert?

— O, das sind lauter werthvolle Sachen, erwiderte der Fremde, lauter Dinge, die all' und jedem nützlich sind.

— All' und jedem, entgegnete Frik mit den Augen zwinkernd ... auch für einen Schäfer?

— Auch jedem Schäfer und Hirten.

— Und das lange glänzende Ding da ...?

— Dies Instrument, belehrte ihn der Jude, indem er einen Thermometer in der Hand auf und ab gleiten ließ, sagt Euch, ob es warm oder kalt ist.

— Aber, guter Freund, das weiß ich doch allein, wenn ich unter der dünnen Jacke schwitze oder unter dem dicken Flausrock friere.«

Offenbar genügten solche Wahrnehmungen einem Schäfer, der sich um das Warum? dabei nicht kümmerte.

»Und die alte dicke Uhr dort mit dem einen Zeiger dran? erkundigte er sich weiter, auf einen Aneroïdbarometer weisend.

— Das ist keine alte Uhr, sondern ein Instrument, das Euch vorhersagt, ob's morgen schön sein oder regnen wird....

— Ist das wahr...?

— Gewiß, darauf könnt Ihr Euch verlassen.

— Na, 's mag ja sein; ich möchte das Ding aber doch nicht, und wenns nicht mehr als einen Kreuzer kostete. Ich brauche ja nur nachzusehen, wie die Wolken durch die Berge ziehen oder ob sie hoch über deren Gipfeln hingehen, da weiß ich das Wetter auch für vierundzwanzig Stunden im Voraus. Da draußen, Ihr seht wohl den Nebel, der fast auf der Erde hinschleicht?... Na, wie ich Euch sagte, das bedeutet für morgen Wasser.«

Der Schäfer Frik, ein langgeschulter Wetterbeobachter, konnte in der That jedes Barometer entbehren.

»Da ist wohl die Frage überflüssig, ob Ihr vielleicht eine Uhr braucht? nahm der Handelsjude wieder das Wort.

— Eine Uhr?... Ach, ich habe eine, die geht ganz allein und hängt mir, wo ich gehe und stehe, über dem Kopfe — das ist die Sonne da oben. Seht Ihr, Freundchen, wenn die sich über die Spitze des Roduk da drüben stellt, dann ist es Mittag, und wenn sie durch das Loch des Egelt guckt, ist es sechs Uhr Abends. Das wissen meine Schafe ebenso gut wie ich; die Schafe und die Hunde erst recht. Da behaltet nur Euren Kram.

— Freilich, bemerkte der Händler, wenn ich nur Schäfer zu Kunden hätte, da würd' es mir schwer werden, etwas zu verdienen. Ihr braucht also gar nichts von meinen Waaren?

— Nicht das geringste!«

Die billigen Ramschwaaren des Juden waren übrigens auch wirklich nicht viel werth; die Barometer zeigten gerade dann nicht auf »Schön Wetter« oder

»Veränderlich«, wenn es ihre Pflicht gewesen wäre, und die Uhrweiser bezeichneten die Stunden zu lang oder die Minuten zu kurz — mit einem Worte, der Jude trug den reinen Ausschuß trödeln. Den Schäfer mochte auch ein gewisses Mißtrauen beschleichen, denn er machte gar keine Miene, den Beutel zu ziehen. Da, als er schon den langen Stab zum Weitergehen bewegte, tippte er noch auf eine Art Röhre, die am Traggurt des Hausirers hing, und sagte:

»Wozu dient denn die kleine Röhre hier?

— Diese Röhre ist keine simple Röhre.

— Na, 's ist doch auch kein Ofenrohr?«

Der Schäfer verstand darunter eine Art altmodischer Pistole mit erweiterter Mündung.

»Nein, erklärte der Jude, das ist ein Fernrohr.«

Es war in der That eines jener Jahrmarkt-Instrumente, die die betrachteten Gegenstände fünf- bis sechsmal vergrößern oder sie um ebensoviel näher zu bringen scheinen, was ja in der Wirkung auf dasselbe hinauskommt.

Frik hatte das Fernrohr losgebunden; er besah es sich genau, drehte und wendete es nach allen Seiten und verschob die Einzelcylinder übereinander.

Dann richtete er wie ungläubig den Kopf hoch auf.

»Ein Fernrohr? sagte er.

— Ja, Schäfersmann, und zwar ein ganz vorzügliches, das Euch befähigt, viel weiter als gewöhnlich zu sehen.

— Oho, ich habe sehr gute Augen, Freundchen. Bei klarer Luft erkenne ich die entlegensten Felsen bis zur Spitze des Retyezat und die letzten Bäume in Grunde des Thalweges des Vulcan.

— Ohne die Augen halb zu schließen?

— Ohne solche Kunststückchen. Das verdank' ich dem heilsamen Thau, wenn ich vom Abend bis zum Morgen unter freiem Himmel schlafe. Glaubt nur, das wäscht die Pupille rein.

— Was ... der Thau? erwiderte der Hausirer. Der macht ja die Leute weit eher blind....

— Nur die Schäfer nicht!

— Mag sein! Doch wenn Ihr auch gute Augen habt, so sind meine doch noch besser, sobald ich sie ans Ende meines Fernrohres bringe.

— Das müßt' ich erst sehen.

— Werft doch einmal selbst einen Blick durch das Fernrohr.

— Ich? ...

— Versucht's nur.

— Und das kostet nichts? fragte Frik, der von Natur etwas mißtrauisch vorsichtig war.

— Nichts ... gar nichts, wenigstens wenn Ihr das Fernrohr nicht kauft.«

In dieser Hinsicht beruhigt, nahm Frik das Instrument, das der Hausirer für ihn passend einstellte. Nachdem er dann das linke Auge geschlossen, brachte er das rechte nahe an das Ocular.

Erst blickte er in der Richtung des Vulcan und aufwärts nach dem Plesa hinaus. Nachher senkte er das Instrument und richtete es nach dem Dorfe Werst hinab.

»Wahrlich, rief er, 's doch richtig! Das trägt weiter als meine Augen.... Da die Landstraße ... ich erkenne darauf die Leute! ... Richtig, Nic Deck, der Forstwächter, der, die Flinte auf dem Rücken, vom Rundgange heimkehrt, mit ...

— Wie ich's Euch sagte! unterbrach ihn der Hausirer.

— Ja ... richtig ... das ist Nic! fuhr der Schäfer fort. Und wer ist das Mädchen im rothen Rocke und schwarzen Leibchen, die aus dem Hause des Meister Koltz tritt, wie um jenem entgegenzugehen?

— Seht nur ordentlich hin, Schäfer, und Ihr werdet das Mädchen ebenso gut erkennen, wie den jungen Mann....

— Ja ... wirklich ... das ist Miriota ... die schöne Miriota! — O, diese verliebten Leute! Jetzt mögen sie aber auf ihrer Hut sein, denn ich habe sie hier deutlich am Ende des Fernrohres und es entgeht mir keine Zärtlichkeit.

— Nun, was sagt Ihr jetzt von dem Instrumente?

— Was soll ich sagen? — daß man damit weiter sehen kann als sonst.«

Wenn Frik in seinem Leben noch niemals durch ein Fernrohr geblickt hatte, mußte das Dorf Werst doch wohl zu den Ortschaften des Comitats Klausenburg gehören, die am weitesten hinter der Zeit zurückgeblieben waren. Und daß es an dem war, wird der Leser bald selbst erkennen.

»Jetzt, Schäfer, fuhr der Fremde fort, schaut noch einmal hindurch, aber weiterhin als nach Werst. Das Dorf liegt viel zu nahe. Seht darüber hinaus, weit, weit hinaus!

— Und das kostet auch nicht mehr?

— Keinen Heller mehr.

— Gut. Ich will mich einmal in der Gegend der ungarischen Sil umsehen. Aha ... da ist der Kirchthurm von Livadzel! Den erkenn' ich an dem Kreuze, woran der eine Arm fehlt. Da ... und weiter draußen seh' ich den Thurm von Petroseny, auch seinen Weißblech-Wetterhahn mit geöffnetem Schnabel, so als wollte er seine Glucken rufen! ... Und ganz unten ... das muß der Thurm von Petrilla sein. ... Doch, nicht wahr, Hausirer, Ihr sagtet, das kostete deshalb immer nicht mehr. ...

— Das Hindurchsehen kostet nichts, Schäfer.«

Frik wendete sich jetzt nach dem Plateau von Orgall hin; dann folgte er mit dem Fernrohre den Waldmassen im Schatten der Abhänge des Plesa, und schließlich trat die Burg in das Gesichtsfeld des Glases.

»Richtig! rief er. Der vierte Ast liegt zu Boden ... ich hatte doch recht gesehen! Na, den wird auch Keiner aufheben, um ihn am Johannisfeste als hübsche Fackel zu gebrauchen. ... Nein, Keiner ... nicht einmal ich selbst! Das hieße ja Leib und Seele der Hölle verschreiben! Doch keine Sorge; Einen giebt's doch, der ihn noch diese Nacht in seiner Höllenküche verbrennen wird ... das ist der Chort!«

Der Chort — so heißt der Teufel, wenn er hier im Lande gesprächsweise erwähnt wird.

Der Jude hätte vielleicht nach einer Erklärung dieser Worte gefragt, die für Jeden unverständlich sein mußten, der nicht aus Werst oder dessen Nachbarschaft herstammte, doch schon rief Frik wieder mit einer aus Schrecken und Erstaunen gemischten Stimme:

»Da ... was ist denn das? ... Ein Dunst, der über dem alten dicken Thurme schwebt? ... Ist's denn wirklich nur Dunst? ... Nein, das könnte man für Rauchwolken halten! ... Unmöglich! Seit langen, langen Jahren haben die Schornsteine der Burg nicht mehr geraucht!

— Wenn Ihr da draußen Rauch seht, Schäfer, so wird's schon Rauch sein.

— Nein, Hausirer ... nein! Wahrscheinlich ist nur das Glas Eures Instrumentes angelaufen.

— So wischt es doch ab.

— Und wenn ich das thäte ...«

Frik drehte das Fernrohr um und setzte es, nachdem er die Gläser mit dem Aermel abgerieben hatte, wieder vor das Auge.

Es war thatsächlich eine Rauchsäule, die dort aus dem Wartthurme aufwirbelte. Bei der ganz stillen Luft stieg sie kerzengerade empor und verschwamm schließlich im Dunste der Höhe.

Frik stand wie versteinert und sprach kein Wort. Seine ganze Aufmerksamkeit wandte er der Burg zu, nach der schon der Schatten der Thäler unter dem Plateau von Orgall langsam emporschlich.

Plötzlich ließ er das Fernrohr herabsinken, griff nach dem kleinen Quersack, der unter seiner Jacke hing und fragte:

»Was soll Euer Rohr kosten?

— Anderthalb Gulden,« antwortete der Händler.

Er hätte das Fernrohr auch schon für einen Gulden weggegeben, wenn Frik sonst Lust zum Kaufe gezeigt hätte. Der Schäfer feilschte aber nicht. Offenbar unter dem Drucke einer ebenso plötzlichen wie unerklärlichen Verblüffung, senkte er die Hand in den Quersack und brachte das verlangte Geld hervor.

»Kauft Ihr das Fernrohr für Euch selbst? fragte der Hausirer.

— Nein ... für meinen Herrn, den Ortsrichter Koltz.

— Dann giebt er Euch zurück, was ...

— Jawohl, die zwei Gulden, die es mich gekostet hat.

— Wie ... die zwei Gulden, sagt Ihr?

— Natürlich. ... Nun übrigens Gute Nacht, Freundchen.

— Gute Nacht, Schäfersmann!«

Frik pfiff die Hunde heran, ließ diese die Heerde zusammentreiben und zog rasch in der Richtung nach Werst davon.

Der Jude, der ihm nachschaute, schüttelte leicht den Kopf, als ob er es mit einem halben Narren zu thun gehabt hätte.

»Hätt' ich das gewußt, murmelte er vor sich hin, dann würd' ich ihm das Fernrohr etwas theurer verkauft haben!«

Nachdem er dann seine Waaren am Gürtel und auf den Schultern wieder geordnet, schlug er, am rechten Ufer der Sil hinabwandernd, den Weg nach Karlsburg ein.

Wohin er ging, hat für uns keine weitere Bedeutung. Er taucht nur dieses einzige Mal in unserer Erzählung auf. Der Leser wird ihn nicht wieder zu sehen bekommen.

II.

Mag es sich um Felsenmassen handeln, die in grauer Vorzeit, als der Erdboden noch nicht zur Ruhe gekommen, von der starken Hand der Natur übereinandergethürmt worden waren, oder um Bauwerke der schwachen Menschenhand, über die der Hauch von Jahrhunderten hinweg gestrichen ist — immer bleibt der Anblick nahezu derselbe, sobald man sie aus einigermaßen größerer Entfernung betrachtet. Was rohes und was künstlich bearbeitetes Gestein ist — beides verschmilzt sehr leicht ineinander. Von Weitem weisen beide dieselbe Färbung, dieselben Züge und denselben Verlauf der Linien nach der Perspective auf und gleichmäßig deckt sie die grünliche Patina der Jahrhunderte.

So verhielt es sich auch mit der Burg — gewöhnlich »das Karpathenschloß« genannt. Es wäre ganz unmöglich gewesen, seine unbestimmten Formen auf jener Hochfläche von Orgall, die es zur Linken des Vulcangipfels krönte, deutlich zu erkennen, vorzüglich, da sich das Bauwerk von den dahinter noch aufstrebenden Bergketten nicht besonders abhebt. Was man versucht ist, für einen hohen Wartthurm zu halten, ist vielleicht nichts als ein steil aufsteigender schlanker Felsen. Wer darauf hinblickt, glaubt wohl den Zinnenrand einer Mauer da zu erkennen, wo sich nur ein ausgezackter steiniger Grat ausdehnt. Das ganze Bild ist schwach, unbestimmt, verschwommen. Nach der Ansicht verschiedner Touristen besteht das ganze Karpathenschloß überhaupt nur in der Einbildung der Bewohner des Comitats.

Offenbar hätte man sich von dem wahren Sachverhalt sehr einfach überzeugen können, wenn Jemand mit Hilfe eines landeskundigen Führers aus Vulcan oder aus Werst den Thalweg durchschritten, dann die Berghöhe erstiegen und die vielgenannte Burg an Ort und Stelle in Augenschein genommen hätte. Leider wäre ein Führer nur noch weit schwieriger aufzutreiben, als der nach dem Schlosse leitende Weg aufzufinden gewesen. Hier, im Lande der beiden Sil, würde kein

Mensch zu überreden gewesen sein, selbst gegen die reichlichste Belohnung einen Fremden nach dem Karpathenschlosse zu führen.

Lassen wir das übrigens bei Seite, so wäre von jenem alten Ritterwohnsitze etwa Folgendes zu sehen gewesen — das heißt im Sehfelde eines mächtigeren und besseren Fernrohres als durch das Nürnberger Instrument, das der Schäfer Frik für Rechnung des Meister Koltz erstanden hatte.

Acht= bis neunhundert Fuß unter dem Passe von Vulcan eine sandsteinfarbene Umfassungsmauer, begrenzt mit dichtem Gewirr genügsamer Schlingpflanzen, die sich auf eine Strecke von vier= bis fünfhundert Toisen (780 bis 975 Meter) ausdehnte und dabei den Wellenlinien des Erdbodens folgte. An jeder Ecke eine ausspringende Winkelbastion, von denen die rechts gelegene — auf der auch die berühmte Buche stand — noch ein kleines Wachthäuschen oder mehr eine Art Schilderhaus mit spitzem Dache trug; links erhoben sich mehrere von durchbrochenen Strebepfeilern gestützte Mauern und diese überragte das Thürmchen einer Capelle, deren gesprungene Glocke zum Entsetzen der Bewohner der ganzen Umgebung ertönte, wenn die Stöße des Sturmwindes sie in Bewegung setzten; in der Mitte endlich erhob sich das Schloß. bekrönt von zinnenumschlossener Plattform, mit drei übereinanderliegenden Reihen von Fenstern, deren Scheiben in Blei gefaßt waren und deren unterste Reihe ein runder, terrassenartiger Balcon begleitete; auf der Plattform war schließlich eine hohe Metallstange errichtet, an deren Spitze das Kennzeichen der Feudalherrschaft, ein halb vom Roste zerfressener Wetterhahn, sich knarrend im Winde drehte.

Niemand hatte eine Ahnung davon, was jene da und dort zerfallene Umfassungsmauer umschließen mochte, und ob sich im Innern des Schlosses noch ein bewohnbarer Raum befände, ebensowenig, ob vielleicht eine Zugbrücke und ein Ausfallthor noch den Zutritt gestatteten. Obwohl das Karpathenschloß thatsächlich besser erhalten war, als es sein Aussehen verrieth, schützte es noch heute eine Art ansteckende Scheu, verstärkt von dem ländlichen Aberglauben ebenso gut, wie es früher nur seine Donnerbüchsen, Feldschlangen, Bombarden, seine Mörser und andere Artilleriemaschinen vergangener Tage geschützt hatten.

Und doch hätte das Karpathenschloß den Besuch von Touristen und Alterthumsfreunden gewiß gelohnt. Seine Lage am Rande der Hochfläche des Orgall war ausnehmend schön. Von der oberen Plattform des Wartthurmes kann der Blick ungehindert bis zu den entferntesten Linien der Bergzüge hinausschweifen. Im Hintergrunde verläuft die hohe wellenförmige und launenhaft verzweigte Kette, die die Grenze der Walachei bezeichnet. Davor höhlt sich das gewundene Thal des Vulcan aus, durch das die einzige gangbare Straße zwischen den Grenzprovinzen hinführt. Jenseits des Thales der beiden Sil liegen die Ortschaften Livadzel, Lonya, Petroseny und Petrilla, die alle an den Mündungen der hier ausgebeuteten reichen Kohlengruben aufgewachsen sind. Schon fast am Horizonte liegen in malerischem Durcheinander verschiedene hohe Berggipfel aufeinander gesattelt, die am Fuße bewaldet, an den Seiten noch grün bedeckt und ganz oben kahl und öde sind und die von den steilen Gipfeln des Retyezat und des Paring*)

*) Der Retyezat erhebt sich 2496, und der Paring 2414 Meter über die Meeresfläche.

beherrscht werden. Noch weiter endlich als das Thal des Hatszeg und der Lauf des Maros grüßen die im Höhendunst verschwimmenden Profile der mittleren transsylvanischen Alpen herüber.

In der trichterförmigen Mitte dieses Gebietes glänzte früher ein Binnensee, in den sich die beiden Sile ergossen, bevor sie sich einen Ausweg durch die Bergmauer gebrochen hatten. Jetzt bildet die Landstrecke nur eine gewaltige Kohlenlagerstätte mit allen Vorzügen und Nachtheilen einer solchen. Hochaufgemauerte Schornsteine vermischen sich mit dem Astwerk von Pappeln, Tannen und alten Buchen; ihr schwärzlicher Qualm verpestet die Luft, die früher von erfrischendem Dufte der Fruchtbäume und Blumen gesättigt war. Zur Zeit, wo diese Erzählung spielt, hatte der Minenbezirk, obwohl ihn die Industrie in ihrer eisernen Hand hielt, noch nichts von der ihm von der Natur verliehenen Wildheit verloren.

Das Karpathenschloß stammt aus dem zwölften oder vielleicht aus dem dreizehnten Jahrhundert. Unter der Herrschaft der Häuptlinge oder Woiwoden jener Zeit, trachteten Klöster, Kirchen, Paläste und Schlösser nicht minder wie Flecken und Städte danach, sich eine Befestigung zu schaffen. Herrenleute und Bauern hatten sich gegen Angriffe aller Art zu wehren. Diese Umstände erklären es, daß der alte Wall der Burg, ihre Bastionen und der Wartthurm das Aussehen eines Feudalsitzes erlangten, bei dem Alles zu einer wirksamen Vertheidigung vorgesehen war. Den Baumeister, der an dieser Stelle, in so gewaltiger Höhe einst die Mauern der Burg errichtet hatte, kennt Niemand; nach unverbürgter Ueberlieferung sollte es der Rumäne Manoli gewesen sein, der in den walachischen Sagen so vielfach gefeiert wird und der zu Curté d'Argis das berühmte Schloß Rudolphs des Schwarzen erbaut hat.

Herrschen also Zweifel bezüglich des Architekten, so ist das doch nicht der Fall bezüglich der Familie, die diese Burg besaß. Die Barone von Gortz waren schon seit undenklichen Zeiten die Herren des Landes gewesen. Sie kämpften wacker mit in allen Kriegen, die die transsylvanischen Provinzen mit Blut düngten, und schlugen sich gegen die Ungarn, die Sachsen und die Szekler; ihr Name erklingt in den »Cantices«, den »Doïnes« (Volksliedern), in denen das Andenken an jene traurigen Zeiten fortlebt; sie führten als Devise das berühmte walachische Sprichwort: Da pe maorte, »gieb bis zum Tode!« Und sie »gaben« immer, sie verspritzten ihr Blut für die Sache der Unabhängigkeit — das Blut, das von den römischen Ahnen her in ihren Adern rollte.

Bekanntlich blieben alle Anstrengungen, alle Opfer erfolglos.... Die Nachkommen jenes tapfren Volkes verfielen mehr und mehr unwürdiger Unterjochung. Jetzt haben sie keine politische Selbstständigkeit mehr. Drei schwere Niederlagen haben dieselbe vernichtet. Die Walachen Transsylvaniens (Siebenbürgens) verzweifeln aber noch immer nicht, das heutige Joch einst wieder abzuschütteln. Die Zukunft gehört ihnen, und mit unerschütterlichem Vertrauen wiederholen sie die Worte, in denen sich ihr Leben und Streben zusammendrängt: Rôman on péré! »Der Rumäne kann nicht untergehen!«

Gegen Mitte des neunzehnten Jahrhunderts war der letzte Repräsentant der Herren von Gortz der Baron Rudolph. Im Karpathenschloß geboren, hatte er schon in zarter Jugend seine Familie rings um sich absterben sehen. Mit zweiundzwanzig Jahren stand er allein in der Welt. Alle seine Angehörigen waren Jahr für Jahr dahingegangen . . . abgefallen wie die Aeste der Schicksalsbuche, mit der der volksthümliche Aberglaube auch den Bestand der Burg selbst verknüpfte. Was sollte nun der Baron Rudolph — ohne Eltern, ja sogar ohne Verwandte — beginnen, um die Muße der drückenden Einsamkeit, die der Tod um ihn geschaffen, auszufüllen? Seinen Geschmack, seine Neigungen und Fähigkeiten hätte schwerlich Jemand bestimmt erkennen können, außer daß der junge Mann eine unwiderstehliche Leidenschaft für die Musik an den Tag legte, und vor Allem für den Gesang der hervorragenden Künstler seiner Zeit. So überließ er das schon stark verfallene Schloß eines Tages der Pflege einiger alter Diener und . . verschwand. Später vernahm man von ihm nur, daß er sein übrigens sehr beträchtliches Vermögen dazu verwendete, die berühmtesten Musikstädte Europas und die Theater Deutschlands, Frankreichs und Italiens zu besuchen, wo er seinen unersättlichen Dilettanten-Träumereien genug thun konnte. War er nur ein excentrischer Charakter oder ein halb Geisteskranker? Seine seltsame Lebensführung hätte fast das Letztere vermuthen lassen.

Immerhin erlosch die Erinnerung an die Heimat keineswegs im Herzen des jungen Baron Rudolph von Gortz. Auch bei seinen weitausgedehnten Wanderungen hatte er das transsylvanische Vaterland nicht vergessen, so daß er sogar an einer jener blutigen Empörungen der rumänischen Bauern gegen die ungarischen Unterdrücker persönlich theilnahm.

Die Nachkommen der alten Dacier wurden besiegt und ihr Gebiet fiel den Siegern zur Beute.

In Folge dieser Niederlage verließ der Baron Rudolph endgiltig das Schloß seiner Väter, von dem übrigens einzelne Theile schon in Trümmer fielen. Der Schnitter Tod beraubte die Burg auch bald ihrer letzten Hüter, und so stand sie seitdem völlig vereinsamt. Was den Baron Gortz betraf, so ging das Gerücht, daß er sich aus Patriotismus dem berüchtigten Roßa Sandor, einem früheren Straßenräuber, angeschlossen habe, aus dem der Unabhängigkeitskampf übrigens einen Bühnenhelden gemacht hatte. Zum Glück trennte sich Rudolph von Gortz nach Beendigung des Kampfes von den Genossen des übel beleumundeten »Betyar«, und daran that er klug, denn der alte Wegelagerer, der wieder zum Anführer einer Diebsbande geworden war, fiel schließlich in die Hände der Polizei, die sich damit begnügte, ihn in Szamos-Uyvar einzukerkern.

Daneben blieb im Comitat auch noch die allgemein geglaubte Sage verbreitet, daß Rudolph von Gortz bei einem Zusammentreffen des Roßa Sandor mit den Zollwächtern der Grenze getödtet worden sei.

Das war indeß ein Irrthum, obgleich der Baron von Gortz seit jener Zeit sich niemals wieder in der Burg gezeigt hatte und deshalb Jedermann an seinen Tod glaubte. Was sich eine so abergläubische Bevölkerung wie die hiesige in die Ohren raunt, darf man eben immer nur mit starkem Zweifel hinnehmen.

Ein verlassenes, ein verzaubertes, von Geistern heimgesuchtes Schloß! Die glühend lebhafte Einbildungskraft der Leute hat es gar bald mit Trugbildern bevölkert; da erscheinen Gespenster und kehren zu nächtlicher Stunde die Geister der Abgeschiedenen ein. Ganz ähnlich geht es ja auch in anderen abergläubischen Landstrichen Europas noch zu, Transsylvanien kann unter diesen aber entschieden den ersten Rang beanspruchen.

Wie hätte auch die Dorfschaft Werst mit dem Glauben an die übersinnliche Welt brechen können! Der Pope und der Schullehrer, dieser mit der Erziehung der Kinder, jener mit der religiösen Fürsorge für die Gläubigen betraut, lehrten jene Fabeln desto unbedenklicher, als sie selbst daran glaubten. Sie versicherten »unter Beibringung von Beweisen«, daß noch Währwölfe im Lande hausten, daß Vampyre, Stryges genannt, weil sie Schreie wie die Strygien ausstoßen, sich von Menschenblut ernährten; daß »Staffii« durch die Ruinen streichen und allerlei Uebel verbreiteten, wenn man es unterließ, ihnen jeden Abend Speise und Trank anzubieten. Da giebt es Feen, »Babes«, denen man Dienstags und Freitags — den beiden Unglückstagen der Woche — nicht begegnen darf. Nun wage sich nur Einer in tiefere Wälder des Comitats, in jene verhexten Wälder, in denen die »Balauri« lauern, jene riesigen Drachen, deren Kinnladen sich bis zu den Wolken hinauf öffnen, oder die »Zmei« mit unmäßig großen Flügeln, die die Königstöchter und auch Mädchen geringer Herkunft entführen, wenn diese nur hübsch sind. Hier schwärmt also eine Menge furchtbarer Geschöpfe umher, denen die Einbildung des Volkes keinen anderen Helfer entgegenzustellen weiß, als die »Serpi de casa«, die Hausschlange, die vertraulich am häuslichen Herde lebt und deren heilsamen Einfluß sich der Bauer dadurch erkauft, daß er sie mit seiner besten Milch füttert.

War nun jemals eine Burg geeignet, solchen Wesen der rumänischen Mythologie als Zuflucht zu dienen, so war es gewiß das Karpathenschloß.

Auf dieser vereinsamten Hochebene, die außer von der linken Seite des oberen Theiles des Vulcans ganz unzugänglich war, mußten ja nach Anschauung der Leute Drachen, Feen, Stryges, vielleicht auch verschiedene Schatten aus der Familie der Barone von Gortz ihr Wesen treiben. Daher stand die Burg in ganz üblem und, wie man sagte, mit vollem Rechte üblem Ansehen. Kein Mensch hätte es gewagt, sie zu besuchen. Sie verbreitete eine Art epidemisches Entsetzen um sich, wie ein ungesunder Morast, der pestilenzialische Miasmen aushaucht. Schon wer sich ihr auf eine Viertelmeile näherte, setzte damit sein Leben in dieser und sein Seelenheil in jener Welt aufs Spiel. Solche Lehren gingen aus der Schule des Magisters Hermod hervor.

Alles das sollte freilich ein Ende nehmen, wenn von der alten Veste der Barone von Gortz kein Stein mehr auf dem andern lag — und hier knüpfte eben die Legende an.

Nach Aussage der angesehensten Leute von Werst hing der Bestand der Burg mit dem einer uralten Buche zusammen, deren Astwerk über die Winkelbastion zur Rechten des mittleren Walles emporstarrte.

Seit der Abreise des Baron Rudolph von Gortz verlor diese Buche — die Dorfbewohner und vor Allen der Schäfer Frik hatten es beobachtet — jedes Jahr einen ihrer Hauptäste. Man hatte deren achtzehn vom Stamme aus gezählt, als der Baron Rudolph zum letzten Male auf der Plattform des Thurmes sichtbar gewesen war, und jetzt trug der Baum davon nur noch drei. Jeder abgefallene Ast bedeutete nun für die Burg ein weiteres abgelaufenes Jahr ihres Bestandes; das Niederbrechen des letzten sollte der allgemeinen Annahme nach ihre völlige Vernichtung herbeiführen; dann würde man auf dem Plateau von Orgall vergeblich nach den Ueberresten des Karpathenschlosses suchen.

Natürlich war das nur eine der Sagen, die von der Phantasie der Rumänen selbst zahlreich geboren wurden. Sogar die Behauptung, daß die alte Buche alljährlich einen ihrer Aeste verliere, war keineswegs erwiesen, obwohl Frik stets bereit war, das zu versichern, da er den Baum nie aus dem Gesicht ließ, während seine Heerden sich auf den Weideplätzen an der Sil tummelten. Trotz alledem und obgleich Frik für den letzten Bauer wie für den ersten Beamten von Werst eine Persönlichkeit war, der man nicht Alles glauben durfte, zweifelte doch kein Mensch daran, daß die Burg nicht mehr länger als drei Jahre zu leben habe, da man nur noch drei Aeste an ihrer Schicksalsbuche zählte.

Der Schäfer hatte also gerade den Rückweg nach dem Dorfe einschlagen wollen, um hier die große Neuigkeit zu berichten, als sich der Zwischenfall mit dem Fernrohre ereignete.

Eine große Neuigkeit war es in der That! Am Giebel des Wartthurmes hatte sich eine Rauchsäule gezeigt ... was er mit bloßen Augen nicht hatte erkennen können, das hatte Frik mit dem Instrumente des Hausirers ganz deutlich gesehen. Es war keine Nebel- oder Dunstwolke gewesen, nein, ein wirklicher Rauch, der nach den Wolken emporwirbelte ... und doch war die Burg ja menschenleer! Seit langer, langer Zeit hatte Niemand deren Ausfallsthor, das ebenfalls geschlossen war, passirt, noch die gewiß aufgezogene Brücke überschritten. Wenn das Schloß bewohnt war, so konnten darin nur übernatürliche Wesen hausen ... zu welchem Zwecke aber sollten sich Geister in einem der Räume des Wartthurmes ein Feuer angezündet haben? Brannte dieses in einem Zimmer oder in der Küche? Die Sache erschien doch völlig unerklärbar.

Frik trieb seine Thiere nach ihrem Stalle. Auf seinen Zuruf leiteten die Hunde die ganze Heerde längs des Weges, dessen Staub bei der Feuchtigkeit des Abends nur am Erdboden hinzog.

Einzelne, auf den Feldern verspätete Bauern grüßten den Hirten, der ihre Höflichkeit heute kaum beantwortete. Das erregte eine gewisse Unruhe; denn wenn man sich vor Schaden bewahren will, ist es nicht genug, den Schäfer zu begrüßen, er muß den Gruß auch erwidern. Frik mit den starr blickenden Augen, der sonderbaren Haltung und den geradezu ungeordneten Bewegungen schien heute dazu gar nicht aufgelegt. Selbst wenn ihm Wölfe oder Bären die Hälfte seiner Schafe geraubt hätten, könnte er kaum bestürzter ausgesehen haben. Unzweifelhaft brachte der Mann eine schlimme Nachricht mit nach Hause.

Der Erste, der die große Neuigkeit erfuhr, war der Ortsrichter Koltz. Bei dessen Anblick rief ihm Frik schon von Weitem zu:

»Die Burg brennt, Meister!

— Was sagst Du, Frik?

— Ich sage, was ich weiß.

— Bist Du toll geworden?«

Es erschien ja freilich kaum glaublich, daß in dem alten Quaderhaufen eine Feuersbrunst ausbrechen konnte. Da hätte man ebensogut glauben können, daß der höchste Gipfel der Karpathen von Flammen verzehrt worden sei.

»Du behauptest, Frik ... Du behauptest, daß die Burg brenne? wiederholte Koltz.

— Wenn sie nicht brennt, so raucht sie doch.

— Ach, das ist ein Dunst, ein Nebel ...

— Nein, Rauch ist es. Kommt mit, und seht selbst.«

Beide begaben sich nach dem Mitteltheile der großen Dorfstraße und an den Rand einer Art aus dem Bergabhange herausragender Terrasse, von der man eine freie Aussicht bis nach dem Schlosse hatte.

Hier angelangt, überreichte Frik dem Meister Koltz das Fernrohr.

Allem Anscheine nach war diesem das Instrument nicht weniger unbekannt, als bis kurz vorher seinem Schafhirten.

»Was ... was ist denn das? fragte er.

— Eine wunderbare Maschine, die ich für Euch, Herr, um zwei Gulden erstanden habe, während sie unter Brüdern deren vier werth ist.

— Von wem denn?

— Von einem fremden Händler.

— Was soll ich damit anfangen?

— Haltet sie nur einmal vor die Augen, zielt gerade auf die Burg zu, guckt dann hindurch und Ihr werdet schon sehen, wozu das Ding taugt.«

Der Ortsrichter that nach seinen Worten, faßte die Burg ins Auge und betrachtete sie auffallend lange.

Ja, es war Rauch, der dort aus einem der Schornsteine des Wartthurmes aufstieg. Eben jetzt wirbelte er, durch einen Windstoß abgelenkt, an der Bergwand hin.

»Wahrhaftig, Rauch!« stieß Meister Koltz verwundert hervor.

Inzwischen traten auch noch Miriota und der Forstwächter Nic Deck, die eben nach Hause gekommen waren, an die beiden Männer heran.

»Wozu dient das? fragte der junge Mann.

— Weit in die Ferne zu sehen, antwortete der Schäfer.

— Ihr scherzt wohl, Frik?

— Das kommt mir jetzt ebensowenig in den Sinn, Forstwächter, als vor kaum einer Stunde, wo ich durch dieses Wunderding erkennen konnte, daß Ihr die Landstraße von Werst herabkamt, Ihr und auch ...«

Er vollendete den Satz nicht. Ueber Miriotas Wangen war eine tiefe Röthe geflogen und das Mädchen schlug die hübschen Augen nieder. Und eigentlich ist es doch gar nicht verboten, daß ein ehrbares Mädchen ihrem Verlobten entgegengeht.

Sie und er, der Eine nach der Andern, ergriffen nun das Fernrohr und richteten es nach der Burg.

Jetzt hatten sich auch noch ein halbes Dutzend Nachbarn auf der Terrasse eingefunden und versuchten, nachdem sie von seinen Eigenschaften erfahren hatten, Einer nach dem Andern das merkwürdige Instrument.

»Ein Rauch! Ein Rauch über der Burg! rief der Eine.

— Vielleicht hat der Blitz in den Wartthurm eingeschlagen, bemerkte ein Anderer.

— Hat es denn etwa gedonnert? wandte sich Meister Koltz an Frik.

— Seit acht Tagen keinen Laut!« versicherte der Schäfer.

Die biedren Landleute wären wahrlich auch nicht verblüffter gewesen, wenn man ihnen gesagt hätte, daß sich auf dem Gipfel des Retyezat ein Krater geöffnet habe, um die unterirdischen Dünste austreten zu lassen.

III.

Die Dorfschaft Werst ist so unbedeutend, daß die meisten Landkarten ihre Lage gar nicht angeben. Bezüglich der Verwaltungsangelegenheiten steht sie sogar noch unter ihrem Nachbarorte Vulcan, so genannt nach dem Theile des Gebirgsstockes von Plesa, auf dem beide Gemeinden malerisch angeheftet sind.

Heutigen Tages hat die Ausbeutung der hiesigen Mineralienlagerstätten den Flecken Petroseny, Livadzel und anderen, die in der Entfernung weniger Meilen im Umkreise liegen, ein nicht zu unterschätzendes geschäftliches Leben zugeführt. Weder Vulcan noch Werst haben aber von der Nähe des großen industriellen Centrums irgendwelchen Nutzen gezogen; was diese Dörfer vor fünfzig Jahren waren, das werden sie nach einem halben Jahrhundert gewiß auch noch sein, so wie sie es heute sind, und nach Elisée Reclus besteht die reichliche Hälfte der Bewohnerschaft von Vulcan nur »aus Beamten zur Ueberwachung der Grenze, aus Zöllnern, Gendarmen, Steuereinnehmern und Krankenwärtern der Quarantäneanlagen«. Rechnet man die Gendarmen und Steuereinnehmer ab und eine geringe Anzahl Landbauern hinzu, so hat man die Bevölkerung von Werst — im Ganzen vier- bis fünfhundert Köpfe.

Das Dorf besteht aus einer einzigen Straße, einer breiten Straße, deren bergiger Charakter das Fortkommen auf derselben nach auf- wie nach abwärts recht unangenehm erschwert. Sie dient als natürlicher Verbindungsweg zwischen der walachischen Grenze und dem inneren Siebenbürgen. Ueber sie ziehen die Heerden von Rindern, Schafen und Schweinen, die Händler mit frischem Fleisch, mit Baum- und Feldfrüchten, sowie die wenigen Reisenden, die den Bergpaß wählen, statt sich der Bahnlinie von Kolosvar und des Thales des Maros zu bedienen.

Die Natur hat den Kessel zwischen den Bergen von Bihar, dem Retyezat und dem Paring wirklich verschwenderisch bedacht. Reich schon durch die Fruchtbarkeit des Erdbodens, ist er es noch mehr durch die Schätze, die unter ihm lagern, wie die Steinsalzlager bei Thorda, mit einer jährlichen Ausbeute von über zwanzig Millionen Tonnen; der sieben Kilometer im Umfange messende Berg Parajd, der durch und durch aus Chlornatrium besteht; die Erzgruben von Torotzko, die viel Blei, Bleiglanz, Quecksilber, vorzüglich aber Eisen liefern und deren Schächte und Stollen schon seit dem zehnten Jahrhundert abgebaut werden; das Bergwerk von Vayda Hunyad, aus dessen Erzen ein vorzüglicher Stahl hergestellt wird; ferner Steinkohlengruben, die in diesem einstigen Seegebiete schon in den obersten Schichten schöne Kohle enthalten und deshalb leicht zu bearbeiten sind (hierzu gehören die Gruben in den Bezirken Hatszeg, Livadzel und Petroseny, zusammen eine ungeheure Ablagerung, deren Inhalt auf zweihundert Millionen Tonnen abgeschätzt ist); endlich die Goldfundstätten beim Schlosse Offenbanya bei Topanfalga, jenes Gebiet der Goldwäscher, wo unzählige sehr einfach construirte Mühlen den kostbaren Sand von Verés-Patak auswaschen und jährlich für eine Million Gulden des edlen Metalls ausführen.

Nach dem Vorstehenden scheint hier also ein von der Natur recht begünstigtes Land zu sein, und doch hat dieser Reichthum zum weiteren Gedeihen der Bewohner nicht im mindesten beigetragen. Wenn auch die wichtigeren Ortschaften, Toretzko, Petrosenÿ und etwa Lonÿi, einige Fortschritte, wie sie die ausgebildete Industrie mit sich bringt, aufweisen, wenn diese Flecken regelmäßige, nach Winkelmaß und Schnur errichtete Gebäude besitzen, und neben diesen Schuppen, Magazine, wirkliche Arbeiterviertel, wenn man in denselben vereinzelte Wohnungen findet, die mit Balcons und Veranden geschmückt sind, so darf man etwas Aehnliches doch weder im Dorfe Vulcan, noch in Werst suchen wollen.

Der einzigen Straße sind hier wohlgezählte sechzig Häuser oder Häuschen angereiht, alle mit seltsamen Dächern, deren Sparrenwerk über die Lehmwand herausragt, die eigentliche Façade nach dem Garten zu gerichtet; als Stockwerke haben sie Kornböden mit Luken, daneben angebaute Scheuern, die halb zerfallen erscheinen und mit Stroh abgedeckt sind; da und dort zeigt sich ein Ziehbrunnen mit langem Schaukelbalken, an dessen einem Ende der Schöpfeimer hängt, endlich einige Wassertümpel, die bei jedem Gewittersturme »entfliehen« (soll heißen, deren Wasser durch den starken Wind hinausgetrieben wird), nebst den veränderlichen kleinen »Bächen« in den Wagen-Karrenspuren — das ist das Bild der zu beiden Seiten der Straße zwischen den schrägen Bergabhängen erbauten Dorfschaft Werst. Dennoch sieht das Ganze frisch und anziehend aus; da giebt es Blumen an den Fenstern und Thüren; grünende Vorhänge bekleiden die Wände; wirr durcheinander wachsende Grashalme, die sich mit dem alten

Stroh der Dächer vermischen; Pappeln, Ulmen, Buchen, Tannen, Ahornbäume, die über die Häuser emporragen, »so weit ihnen das möglich ist«. Ueber dem Allen erheben sich die Stufen der Mittelschichten der Bergkette, und ganz im Hintergrunde die Gipfel von Einzelbergen, die im blauen Schimmer der Ferne mit dem Azur des Himmels verschwimmen.

In Werst spricht man, ebenso wie in diesem ganzen Theile Transsylvaniens, weder deutsch noch ungarisch, sondern rumänisch, selbst in den wenigen Zigeunerfamilien, die in den verschiedenen Dörfern des Comitats weniger umherziehen, als seßhaft sind. Diese Fremdlinge nehmen die Sprache des Landes und wohl auch dessen herrschende Religion an. Die von Werst bilden eine Art kleinen Clans unter der Aufsicht eines Woiwoden, mit ihren Hütten, ihren »Barakas« mit spitzem Dache, ihrer Legion von Kindern; sie unterscheiden sich aber durch ihre Sitten und die Regelmäßigkeit ihrer Lebensführung vortheilhaft von denjenigen ihrer Stammesgenossen, die durch ganz Europa ein unstetes Wanderleben führen. Sie huldigen sogar dem griechischen Ritus, indem sie sich unschwer dem Glaubensbekenntnisse der Christen angliedern, in deren Mitte sie leben. Werst besitzt nämlich als geistlichen Herrn einen Popen, der aber in Vulcan wohnt und dem die Seelsorge in den beiden nur eine Wegstunde von einander liegenden Dörfern anvertraut ist.

Die Civilisation gleicht der Luft oder dem Wasser. Wo sich nur ein Durchgang bietet, und wär's nur eine Spalte, ein Riß, der ihr offen steht, da dringt sie hindurch und drückt ihren Stempel auf alle Verhältnisse des Landes und des Lebens. Leider muß man aber zugestehen, daß sich in diesem südlichen Theile der Karpathen noch keine solche Spalte aufgethan hatte. Da Elisée Reclus von Vulcan noch sagen konnte, »daß es der äußerste Posten der Civilisation im Thale der walachischen Sil sei«, so ist es gar nicht zu verwundern, in Werst eines der am meisten zurückgebliebenen Dörfer des Comitats von Kolosvar zu finden. Wie könnte es auch anders sein in diesen Ortschaften, wo Jeder geboren wird, aufwächst und wieder stirbt, ohne sie jemals verlassen zu haben!

Und doch, wird der Leser hier einwenden, gab es einen Schulmeister und einen Ortsrichter in Werst? — Jawohl. Der Magister Hermod war aber nur im Stande zu lehren, was er selbst verstand, und das beschränkte sich auf ein wenig lesen, ein wenig Schreiben und das nothdürftigste Rechnen. Seine eigene Ausbildung reichte eben nicht weiter. Von Naturwissenschaft, Geschichte, Geographie und Literatur wußte er nur, was in den Volksliedern und Sagen des Landes niedergelegt war. In phantastischen Erzählungen war er sehr stark, und verschiedene Schüler aus dem Dorfe machten bei ihm hierin recht erstaunliche Fortschritte.

Was den Ortsrichter angeht, so muß man von der Bedeutung dieser, dem ersten Gemeindebeamten von Werst verliehenen Würde eine etwas genauere Kenntniß nehmen.

Der Biró Meister Koltz war ein kleiner Mann von fünfundfünfzig bis sechzig Jahren, von Geburt Rumäne, trug kurz geschorene, halbgraue Haare, einen noch schwarzen Schnurrbart und hatte mehr sanfte, als lebhafte Augen. Untersetzt gebaut, wie der Sohn der Berge, bedeckte sein würdiges Haupt ein großer Filzhut; den Leib umschloß ein breiter Gürtel mit erhabenen Verzierungen; dazu trug er eine ärmellose Weste, eine kurze, halbweite Hose, die in den hohen Lederstiefeln steckte. Mehr Gemeindevorstand als Richter, obwohl er die Verpflichtung hatte, unter Nachbarn entstandene Streitigkeiten zu schlichten, verwaltete er sein Dorf mehr nach eigenem Gutdünken und nicht ohne einige Vortheile für seinen Geldbeutel. So waren alle das Gericht berührenden Angelegenheiten — Käufe und Verkäufe — mit einer ihm zufallenden Taxe belegt, ohne von den Wegegeldern u. dgl. zu sprechen, die alle Fremden, Lustreisende oder Handelsleute, in seine Tasche fließen lassen mußten.

Diese recht ergiebige Stellung hatte dem Meister Koltz eine gewisse Behäbigkeit gewinnen lassen. Während die meisten Bauern des Comitats schon durch den Wucher ausgesaugt sind, der in nicht zu ferner Zeit das ganze Land in die Hand von Israeliten überliefern wird, hatte sich der Biró der Raubsucht der Letzteren zu entziehen gewußt. Auf sein von Hypotheken, von »Intabulationen«, wie man hier zu Lande sagt, freies Gut war er keiner Seele etwas schuldig. Er hätte eher Gelder ausleihen können, und hätte das gewiß gethan, ohne den armen Teufeln die Kehle abzuschnüren. Ihm gehörten verschiedene Weiden, schöne Grasplätze für seine Heerden, ziemlich gut in Stand gehaltenes Ackerland, obwohl er von den neueren Culturmethoden nichts wissen wollte; ferner Weinberge, die seiner Eitelkeit schmeichelten, wenn er längs der mit Trauben beladenen Rebengelände hinspazierte und deren reichen Herbst er mit Nutzen verkaufte — natürlich mit Ausnahme der ziemlich beträchtlichen Menge, die für seinen eigenen Bedarf zurückbehalten wurde.

Selbstverständlich war das Haus des Meisters Koltz in einer Ecke der die lange Straße kreuzenden

Terrasse das schönste des Dorfes. Es bestand aus wirklichem Mauerwerk, hatte die Façade ebenfalls nach dem Garten zu und die Thüre zwischen dem dritten und vierten Fenster. Grüne Schlingpflanzen umsäumten die Dachrinne mit ihrem wirren Gezweig, und zwei große Buchen breiteten über dem blumendurchsetzten Strohdache ihre massigen Aeste aus. Dahinter lag ein hübscher Garten mit rechtwinkelig angeordneten Gemüsebeeten und geradlinigen Obstbaumreihen, die auch noch ein Stück an der Berglehne hinaufreichten. Das Innere des Gebäudes enthielt einige für die hiesigen Verhältnisse stattliche und sauber gehaltene Räume, Eßzimmer, mehrere Schlafzimmer mit angestrichenem Mobiliar, Tischen, Betten, Bänken, Stühlen und Schemeln, ferner Gestelle mit Töpfen und blinkenden Schüsseln. Oben traten die Balken der Decke sichtbar hervor und daran hingen mit Bändern und lebhaft gefärbten Stoffen geschmückte Vasen; an den Wänden standen schwere, mit dicken wollenen und feinen gesteppten Decken überzogene Kisten, die als Truhen und Schränke dienten; an den hellen Wandflächen endlich hingen die roh illuminirten Bilder der rumänischen Helden — unter Andern das des volksthümlichen Heros aus dem fünfzehnten Jahrhundert, des Woiwoden Vayda-Hunyad.

Das Ganze bildete eine recht freundliche Wohnstätte, die für einen einzelnen Mann nur zu groß gewesen wäre. Der Meister Koltz hauste hier auch nicht allein. Seit etwa zehn Jahren Witwer, besaß er doch eine Tochter, die schöne Miriota, die von Werst bis Vulcan, und auch noch darüber hinaus, allgemein bewundert wurde. Sie hätte wohl einen der seltsamen heidnischen Namen, Florica, Daïna, Dauritia oder einen ähnlichen haben können, wie sie in walachischen

Familien noch vielfach bevorzugt werden. Doch nein, sie hieß einfach »Miriota«, das heißt »das Lämmchen«. Dieses Lämmchen war freilich im Laufe der Jahre aufgewachsen und jetzt ein schlankes Mädchen von zwanzig Jahren mit blondem Haar und rehbraunen Augen, die so sanft in die Welt hinausblickten und ihren lieblichen Gesichtszügen und der angenehmen Haltung noch einen weiteren Reiz verliehen. — In der That, gerade genug, daß sie den bestechendsten Eindruck machte in der schmucken, am Halse, an den Schultern und den Handgelenken rothabgestickten Leibwäsche, der doppelten, roth und blau gestreiften, an der Taille befestigten Schürze, den niedlichen gelbledernen Stiefeln, dem leichten, geschickt geordneten Kopftuche und den langen, dicken Zöpfen, deren Geflecht mit einem rothen Band und einzelnen Metallflittern verziert war.

Ja, sie galt nicht mit Unrecht für eine schöne Dirne, die Miriota Koltz, noch dazu, da sie — gewiß kein Fehler — für dieses im Grunde der Karpathen verlorene Dorf obendrein noch reich zu nennen war. Wirthschaftlich mußte sie ja wohl auch sein, da sie das Hauswesen ihres Vaters schon längere Zeit tadellos führte... Gebildet?... O, in der Schule des Magister Hermod hatte sie lesen, schreiben und rechnen gelernt, und sie rechnet, schreibt und liest ohne Fehler; weiter freilich ist sie nicht gekommen — wozu auch? Dagegen ist sie trotz Einem vertraut mit den Fabeln und Sagen Transsylvaniens, deren sie ebenso viel zu erzählen weiß, wie ihr Lehrer. Sie kennt die Legende von Leany-Kö, dem Felsen der Jungfrau, wo eine junge, etwas phantastische Fürstentochter sich den Nachstellungen der Tataren zu entziehen wußte; die Sage der Drachengrotte im Thale der »Königsstufe«; die von der Festung

Deva, die »zur Zeit der Feen« erbaut wurde; die Legende der Detunata, der »Blitzgetroffenen«, jenes berühmten Basaltberges in der Gestalt einer riesigen Geige, auf deren Saiten der Gottseibeiuns in Sturm- und Wetternächten zum Tanz aufspielt; die des Retyezat mit seinem von einer Hexe rasirten Gipfel; die Sage vom Tordapasse, den der heilige Ladislaus dereinst durch einen gewaltigen Schwerthieb eröffnete. Miriota schenkte allen diesen Erdichtungen vollen Glauben, deshalb blieb sie aber doch ein reizendes liebenswerthes Mädchen.

Daß sie vielen jungen Burschen des Landes ausnehmend gefiel, ist nicht zu verwundern, und dabei dachten diese noch kaum daran, daß sie die einzige Erbin des Biró Koltz, des ersten Gemeindebeamten von Werst war. Uebrigens hatte es keinen Zweck, ihr den Hof zu machen, denn sie war ja Nicolas Deck's erklärte Verlobte. Dieser Nicolas oder vielmehr Nic Deck war ein hübscher Rumäne von fünfundzwanzig Jahren, ziemlich groß, von kräftigem Körperbau, der den Kopf gerade aufrecht trug. Er hatte schwarzes Haar, das der weiße Kolpak bedeckte, einen offenen Blick, trug eine ausgeschnittene, mit Stickereien verzierte Weste aus Lämmerleder, dabei zeigte er fein geformte Glieder, — die Beine eines Hirsches — und in Gang und sonstigen Bewegungen eine unleugbare Entschlossenheit des Charakters. Von Beruf war er Forstwächter, das heißt ebensoviel Militär wie Civilist. Da er in der Umgebung von Werst einiges Ackerland sein Eigen nannte, gefiel er dem Vater, und da er sich als liebenswürdiger junger Mann mit einem gewissen Stolz zeigte, noch mehr der Tochter, die übrigens Niemand hätte versuchen sollen, ihm abwendig zu machen oder nur mit verlangendem Auge anzusehen.

Die Hochzeit Nic Deck's und der Miriota Koltz sollte — noch fehlten vierzehn Tage an der festgesetzten Zeit — etwa in der Mitte des nächsten Monats gefeiert werden. Bei dieser Gelegenheit gab's natürlich ein Fest fürs ganze Dorf. Meister Koltz würde seine Sache schon machen, geizig war er ja nicht. Wenn er es liebte, Geld zu verdienen, so wehrte er sich auch nicht, es bei passender Gelegenheit auszugeben. Nach der Trauung sollte Nic Deck im Familienhause mit Wohnung nehmen, das ihm von dem Biró dereinst zufallen mußte, und wenn dann Miriota ihn neben sich wußte, dann fürchtete sie sich gewiß nicht mehr, daß, wenn sie eine Thür auffällig knarren hörte oder ein Möbelstück in den langen Winternächten einen Sprung erhielt, dann irgend ein aus ihren Lieblingssagen entsprungenes Gespenst ihr seine Aufwartung machen wolle.

Um die Liste der Notablen von Werst zu vervollständigen, müssen wir noch zwei, und zwar die nicht mindest wichtigen Personen anführen — nämlich den Lehrer und den Arzt.

Der Magister Hermod war ein langer Mann mit Brille, zählte fünfundfünfzig Jahre und hatte stets das gebogene Mundstück seiner Pfeife mit Porzellankopf zwischen den Lippen; die etwas dünn gewordenen Haare standen wie Borsten von dem ziemlich flachen Schädel ab. Das sonst glatte Gesicht zeigte auf der linken Wange eine kleine Narbe. Seine Hauptbeschäftigung lief darauf hinaus, daß er die Federn seiner Schüler schnitt, denen er den Gebrauch von Stahlfedern streng untersagt hatte; da hätte man ihn sehen sollen, wie er den Schnabel der Gänsekiele mit dem alten wohlgeschliffenen Federmesser formte, und mit welcher Sicherheit er mit den Augen blinzelnd die Feder spaltete.

Vor Allem hielt er auf eine gute Handschrift. Dahin zielten seine ernsten Bemühungen, und die Erlangung einer solchen konnte den Zöglingen eines so sorgsamen Schulmeisters nicht fehlen. Der sonstige Unterricht kam erst in zweiter Linie — wir wissen ja schon, was Magister Hermod lehrte, und was die Generation von Knaben und Mädchen auf seinen Schulbänken lernen konnte.

Jetzt zu dem Arzte Patak.

Wie — so hör' ich den Leser rufen — in Werst befand sich ein Arzt, und doch huldigte das ganze Dorf dem Glauben an übernatürliche Dinge?

Ja; doch man muß es eben verstehen, welche Bewandtniß es mit dem Arzttitel Patak's — ganz wie mit dem, den der Richter Koltz sich zulegte — hatte.

Patak, ein kleiner Mann, mit einem Schmerbäuchlein, übrigens stark und kurz und fünfundvierzig Jahre alt, betrieb in fleißigster Weise die Heilkunst, wie sie in Werst und Umgebung eben hergebracht war. Mit seiner unerschütterlichen Ruhe und betäubenden Redseligkeit flößte er nicht weniger Vertrauen ein, als der Schäfer Frik — und das will viel sagen. Er verkaufte gute Rathschläge und Arzneien, letztere aber immer so unschuldiger Natur, daß sie die kleinen Leiden seiner Kunden niemals verschlimmern konnten und Letztere, wie es ja meist der Fall ist, von selbst wieder gesund wurden. Uebrigens befand man sich auf dem Bergrücken des Vulcan vorzüglich wohl; die Luft ist hier von »erster Güte«; epidemische Krankheiten sind unbekannt, und wenn einer stirbt, so geschieht das, weil man einmal sterben muß, selbst in diesem bevorzugten Winkel Transsylvaniens. Was den »Doctor« Patak — ja, man nennt ihn wirklich »Doctor« — angeht, so fehlte ihm, obwohl man sich ihm hier gern anvertraute, doch jede Fachbildung, in der Heilkunde, der Arzneiwissenschaft, überhaupt in Allem. Er war weiter nichts, als ein früherer Krankenwärter der Quarantäne, dessen Aufgabe darin bestand, die Reisenden zu beobachten, die zur Erlangung eines Gesundheitspasses an der Grenze eine Zeit lang zurückgehalten wurden — weiter nichts. Das schien der anspruchslosen Bevölkerung von Werst vollkommen zu genügen. Wir müssen noch hinzufügen, daß Doctor Patak — wie sich das eigentlich von selbst versteht — ein starker Geist, um nicht zu sagen Freigeist war, und etwas derart muß ja wohl Jeder sein, der sich der Fürsorge und Pflege Seinesgleichen widmet. Er leugnete auch alle die abergläubischen Geschichten, die man sich im Lande der Karpathen erzählte, sogar die, die sich auf die Burg bezogen. Er lachte, er scherzte einfach darüber, und sagte man ihm, daß seit langer, langer Zeit Niemand gewagt habe, sich dem Schlosse zu nähern, so antwortete er Jedem, der es hören wollte: »Mir könnt Ihr ruhig zutrauen, daß ich sofort bereit wäre, dem alten Ritterneste einen Besuch abzustatten.«

Da man es ihm zutraute und sich Jeder hütete, ihm zu widersprechen, hatte der Doctor Patak freilich keine Gelegenheit gefunden, seine Behauptung zu beweisen, und bei der herrschenden Leichtgläubigkeit blieb das Karpathenschloß nach wie vor in den undurchdringlichen Schleier des Geheimnisses gehüllt.

IV.

In wenigen Minuten hatte sich die vom Schäfer verkündete Neuigkeit im ganzen Dorfe verbreitet. Meister Koltz, der das kostbare Fernrohr in der Hand trug, war eben in sein Haus zurückgekehrt und ihm folgten Nic Deck und Miriota. Jetzt befanden sich auf der Terasse Frik und etwa zwanzig Personen, Männer, Frauen, Kinder, denen sich einige Zigeuner angeschlossen hatten, die sich nicht weniger erregt zeigten, als die übrigen Bewohner des Dorfes. Die Leute umringten Frik, bestürmten ihn mit allerlei Fragen, und der Schäfer antwortete darauf mit der stolzen Herablassung eines Mannes, der Augenzeuge eines ganz außerordentlichen Ereignisses gewesen ist.

»Ja, ja, wiederholte er, die Burg raucht, raucht noch und wird weiter rauchen, so lange davon noch ein Stein auf dem andern steht.

— Wer kann das Feuer aber angezündet haben? fragte eine alte Frau, die Hände zusammenschlagend.

— Der Chort, versicherte Frik, der hier dem Teufel den landesüblichen Namen gab; der Böse versteht sich ja besser darauf Feuer anzuzünden, als es zu löschen!«

Auf diese Erklärung hin suchte Jedermann den Rauch an der Spitze des Wartthurms zu entdecken. Schließlich bestätigten die Meisten, daß sie diesen ganz deutlich gesehen hätten, obgleich er bei der weiten Entfernung unbedingt nicht wahrzunehmen war.

Die Wirkung dieser merkwürdigen Erscheinung überstieg Alles, was man sich nur denken konnte. Wir müssen hierbei noch ein wenig verweilen. Der Leser versuche gefälligst, sich in die Geistesverfassung zu versetzen, wie sie sich bei den Bewohnern von Werst vorfindet, dann wird er nicht mehr über das erstaunen, was im weiteren Verlaufe dieser Erzählung berichtet wird. Er soll selbstverständlich nicht an Uebernatürliches glauben lernen, sich aber daran erinnern, daß die hiesige unwissende Bevölkerung daran glaubte. An das Mißtrauen, mit dem das Karpathenschloß bisher betrachtet worden war, so lange es noch als gänzlich verlassen galt, knüpfte sich nun, da es bewohnt und — großer Gott! — von welcher Art Wesen bewohnt war, noch der blasse Schrecken.

In Werst gab es einen Versammlungsort, den durstige Seelen gern aufsuchten, wo jedoch auch Andere, die gar nichts tranken, nach gethanem Tagewerk gern ein Weilchen von ihren Angelegenheiten plauderten. Die Letztgenannten waren natürlich in geringerer Zahl vertreten. Dieses Allen offenstehende Local war der Haupt- oder richtiger, der einzige Gasthof des Dorfes.

Als Eigenthümer bewirthschaftete denselben ein Jude, Namens Jonas, ein wackerer Mann von etwa sechzig Jahren, mit freundlichem Gesicht, das aber an den schwarzen Augen, der Adlernase, den vorstehenden Lippen, den schlichten Haaren und dem hergebrachten Spitzbart auf den ersten Blick den Semiten erkennen ließ. Unterwürfig und gefällig, lieh er an Diesen und Jenen willig kleinere Summen aus, ohne dafür Wucherzinsen zu nehmen, wenn er auch etwas streng darauf sah, zum festgesetzten Termine sein Geld von dem Entleiher zurückzubekommen. Gebe der Himmel, daß die im transsylvanischen Lande ansässigen Juden alle so ehrenhaft und wohlwollend wären, wie der Gastwirth zu Werst!

Leider bildet dieser vortreffliche Jonas eine Ausnahme. Seine Glaubensgenossen und seine Geschäftscollegen — denn diese sind alle Gast- und Schankwirthe, die Getränke und Specereien verkaufen — betreiben das Nebengeschäft als Geldverleiher mit einer, für die Zukunft des rumänischen Bauers beunruhigenden Härte, so daß man gewiß noch Grund und Boden aus den Händen der Einheimischen in die der eingewanderten Rasse wird übergehen sehen. Da sie ihre gemachten Vorschüsse so gut wie niemals zurückerhalten, werden die Juden eben zu Eigenthümern der Schänken oder der von Hypotheken erstickten Culturen, und wenn das gelobte Land nicht mehr Judäa ist, so kann es eines Tages wohl auf den Landkarten von Siebenbürgen verzeichnet stehen.

Der Gasthof zum »König Mathias« — so nennt sich das Haus — nahm auch eine Ecke der die Dorfstraße von Werst durchschneidenden Terrasse, dem Hause des Biró gegenüber ein. Es war ein altes, halb hölzernes, halb steinernes Bauwerk, das an vielen Stellen ausgeflickt, aber von reichem Grün überzogen und im Ganzen recht anheimelnd anzusehen war. Es bestand aus einem Erdgeschoß mit einer nach der Terrasse führenden Glasthür. Im Innern gelangte man erst in einen geräumigen Saal, der mit Tischen für die Gläser und mit Schemeln für die Gäste versehen war, außerdem einen Schanktisch aus wurmzerfressenem Holze, auf dem Töpfe, Schüsseln und sonstiges Geschirr standen, und eine Schranke aus schwarzem Holz enthielt, hinter der Jonas zur Verfügung seiner Gäste stand.

Die nöthige Beleuchtung erhielt die große Gaststube durch zwei Fenster, die an der Vorderwand nach der Terrasse hinausgingen, und durch zwei andere diesen gegenüber an der Hinterwand. Von diesen beiden war das eine äußerlich durch einen dichten Vorhang von Schling- und Hängepflanzen verschlossen, so daß es nur ein wenig gebrochenes Licht eindringen ließ. Das andere bot, wenn man es öffnete, einen herrlichen Ausblick über das ganze untere Thal des Vulcan. Ein wenig unterhalb des Thaleinschnittes schossen die polternden Wellen eines Bergbaches, des Nyad, daher; auf der einen Seite stürzte dieser Bach den Abhang des Mittelberges hinunter, da seine Quelle auf der Höhe des Plateaus von Orgall lag, das die Gebäude der Burg krönten; auf der andern rauschte er, stets, selbst in der heißen Sommerszeit, von vielen Zuflüssen aus dem Berge reichlich gespeist, dem Bette der walachischen Sil zu, die ihn im Vorüberfließen verschluckte.

Rechter Hand im Gasthause und gleich an die Gaststube anstoßend, befand sich ein halbes Dutzend kleiner Zimmer — eine hinreichende Zahl für die wenigen Reisenden, die vor Ueberschreitung der Grenze im »König Mathias« einmal Nachtquartier machten. Sie waren hier einer guten Aufnahme sicher, und zahlten auch nur mäßige Preise bei dem aufmerksamen, diensteifrigen Wirthe, der obendrein recht guten Tabak zu verkaufen hatte, welchen er sich aus den besten »Trafiks« der Umgebung beschaffte. Jonas selbst benutzte zum Schlafen eine schmale Dachkammer mit kleinen Fensterluken, die nach der Terrasse zu lagen.

In diesem Gasthause also hatten sich am Abend des 29. Mai alle »Häupter« von Werst zusammengefunden: Meister Koltz, Magister Hermod, der Forstwächter Nic Deck, ein Dutzend der angesehensten Bewohner des Dorfes und auch der Schäfer Frik, der hier nicht die unbedeutendste Rolle spielte. Der Doctor Patak fehlte bei dieser Vereinigung der Notablen. Er war eiligst zu einem seiner Kunden gerufen worden, der nur noch auf ihn wartete, um in die andere Welt überzusiedeln; doch hatte der Arzt versprochen zu erscheinen, sobald er sich seiner Pflichten im Sterbehause entledigt haben würde.

In Erwartung des Exkrankenwärters schwatzte man von dem höchst ernsthaften Tagesereignisse, doch nicht, ohne dabei tüchtig zu essen und zu trinken. Den Hungrigen bot Jonas eine Art Backwerk oder Maiskuchen, hier unter dem Namen »Mamaliga« bekannt, der wirklich gar nicht so übel schmeckt, wenn man ihn in frischer Milch aufweicht. Den Anderen brachte er ungezählte kleine Gläser mit jenem starken Branntwein, der wie Wasser durch die rumänischen Kehlen rinnt; dem gewöhnlichen spritreichen Schnaps, der nur einen einzigen Kreuzer das Glas kostet, noch mehr aber von dem »Rakiou«, ein sehr alkoholhaltiger Pflaumenbranntwein, von dem im Lande der Karpathen sehr viel umgesetzt wird.

Wir müssen hier einflechten, daß der Gastwirth Jonas — es war einmal so Sitte im Hause — nur »auf dem Teller« servirte, das heißt den Leuten, die an einem Tische Platz genommen hatten, da es ihm nicht entgangen war, daß die sitzenden Kunden allemal mehr verzehrten als die stehenbleibenden. Heute Abend schien das Geschäft blühen zu sollen, denn alle Schemel und Bänke waren von bekannten Gästen besetzt. So mußte Jonas immer mit Kannen in der Hand von einem Tisch zum andern gehen, nur um die sich immer wieder leerenden Becher zu füllen.

Es war jetzt halb neun Uhr Abends. Man verhandelte schon seit der Dämmerung, ohne sich darüber zu verständigen, was wohl zu thun sei. In einem Punkte stimmten die wackeren Leute jedoch alle überein, darin nämlich, daß das Karpathenschloß von Unbekannten bewohnt war und für die Dorfschaft Werst eine ebenso große Gefahr bilde, wie etwa eine Pulvermühle am Eingange einer Stadt.

»Die Sache ist sehr ernst! meinte Meister Koltz.

— Sehr ernst! wiederholte der Magister zwischen zwei tüchtigen Rauchwolken aus der von ihm unzertrennlichen Pfeife.

— Ungemein ernst! ließen alle Uebrigen sich vernehmen.

— Vorzüglich steht Eines fest, nahm da Jonas das Wort, daß der üble Ruf der Burg unserem Lande schon viel geschadet hat....

— Und jetzt wird das nur umsomehr der Fall sein, rief der Magister Hermod.

— Fremde kamen ohnehin nur selten hierher ... stieß Meister Koltz mit einem Seufzer hervor.

— Und nun wird sich gar keiner mehr sehen lassen! fügte Jonas, ebenso seufzend wie der Biró hinzu.

— Eine Menge Einwohner denken schon daran, die Gegend zu verlassen! bemerkte einer der Trinkenden.

— Und ich zwar zuerst, meldete sich ein Bauer aus der Nachbarschaft; ich ziehe von hier fort, sobald ich meine Weinberge verkauft habe....

— Nun, Käufer dafür werdet Ihr schwerlich finden, alter Freund!« versetzte der Gastwirth.

Der Leser erkennt hier, um was das Gespräch der Leute sich drehte. Zu dem Schrecken, den ihnen das Karpathenschloß selbst einflößte, gesellte sich noch die drohende Verletzung ihrer geschäftlichen Interessen. Blieben die Reisenden aus, so hatte Jonas in seinem Gewerbe davon den Nachtheil, so hinkte es bei Meister Koltz mit den Einnahmen von Weggeldern, deren Ertrag sicherlich zusammenschmolz; fehlte es an Kaufliebhabern für die Ländereien in Vulcan, so konnten die jetzigen Besitzer diese also nicht, selbst zu niedrigem Preise los werden. Wenn das schon mehrere Jahre lang andauerte, so drohte diese beklagenswerthe Lage der Dinge sich jetzt noch fühlbarer zu verschlechtern.

Natürlich, wenn die Geister der Burg sich früher so still verhielten, daß sie nicht das Geringste von sich sehen ließen, wie sollte es jetzt werden, wo sie ihre Anwesenheit durch greifbare Thatsachen zu erkennen gaben?

Da glaubte der Schäfer Frik sein Licht leuchten lassen zu sollen, und er sagte, wenn auch mit zaghafter Stimme:

»Vielleicht sollte man doch ...

— Was? fragte Meister Koltz.

— Einmal hingehen und selbst nachsehen, Herr Richter.«

Alle starrten einander an, senkten dann die Augen, und jene Frage blieb ohne Antwort.

Da nahm Jonas, sich an Meister Koltz wendend, wieder das Wort.

»Euer Schäfer, sagte er, hat doch am Ende den einzigen richtigen Vorschlag gemacht, der über die Sache Klarheit verschaffen könnte.

— Nach der Burg zu gehen ...

— Ja wohl, lieber Freund, antwortete der Gastwirth. Steigt eine Rauchsäule aus dem Schornstein des Wartthurms, so hat man darin Feuer gemacht, und wenn man Feuer gemacht hat, so muß es doch eine Hand angezündet haben....

— Eine Hand!... Wenn's nur keine Kralle gewesen ist! warf der alte Bauer kopfschüttelnd ein.

— Hand oder Kralle, meinte der Wirth, darauf kommt wenig an. Wir müssen wissen, was die Geschichte bedeutet. Es ist das erstemal, daß eine Rauchsäule aus dem Schornsteine des Schlosses aufsteigt, seitdem es der Baron Rudolph von Gortz verlassen hat.

— Immerhin wäre es nicht ausgeschlossen, daß es dort schon öfter geraucht hätte, ohne daß es Jemand gewahr wurde, bemerkte Meister Koltz.

— Das glaub' ich nun und nimmermehr, rief Magister Hermod lebhaft.

— Im Gegentheil, es ist sehr wohl möglich, entgegnete der Biró, da wir bisher kein Fernrohr besaßen, um zu beobachten, was auf der Burg etwa vorging.«

Dieser Einwurf schien gerechtfertigt. Dieselbe Erscheinung konnte ja schon lange bestanden haben und selbst dem Schäfer Frik trotz seiner vorzüglichen Augen entgangen sein. Doch einerlei, ob die genannte Erscheinung nun neueren Datums war oder nicht, so unterlag es doch keinem Zweifel, daß jetzt menschliche Wesen im Karpathenschlosse hausten. Diese Thatsache allein bildete aber schon eine Quelle der Beunruhigung für die Einwohner von Vulcan und Werst.

Magister Hermod glaubte bei seinem Aberglauben hiergegen Einspruch erheben zu müssen.

»Menschliche Wesen, meine Freunde?... Ihr werdet mir gestatten, daß ich daran nicht glaube. Wie sollten menschliche Wesen auf den Einfall kommen, sich in die Burg zu flüchten; was bezweckten sie da und wie wären sie hineingelangt?...

— Und wofür haltet Ihr denn jene Eindringlinge? fragte Meister Koltz.

— Für übernatürliche Wesen, erwiderte Magister Hermod in einem Tone, der allgemeinen Eindruck machte. Warum sollten es denn keine Geister sein, Gnomen, meinetwegen Berggeister, vielleicht auch gar einige der höchst gefährlichen Lamies, die in der Form schöner Frauen erscheinen....«

Während dieser Aufzählung hatten sich alle Blicke nach der Thür, den Fenstern oder dem Kamine der Gaststube des »König Mathias« gerichtet. Jeder der Anwesenden fürchtete schon, eins oder das andere jener Gespenstergebilde zu sehen, die der Schulmeister durch seine Worte erst recht heraufbeschwören konnte.

»Na, na, lieber Freund, wagte da Jonas einzuwenden, wenn jene Wesen Geister wären, so kann ich mir doch nicht erklären, weshalb sie ein Feuer angezündet haben sollten, da sie doch offenbar nichts zu kochen hätten....

— Nun, ihre Hexentränke? fiel der Hirt ein. Habt Ihr denn ganz vergessen, daß Feuer dazu gehört, diese zu brauen?

— Natürlich,« bestätigte der Schulmeister in einem Tone, der jeden Widerspruch abschnitt.

Diese Ansicht fand also allgemeine Zustimmung, und nach der Ueberzeugung Aller waren es unweifelhaft übernatürliche Wesen, nicht menschliche Geschöpfe, die das Karpathenschloß zum Schauplatz ihrer Ränke und Schliche erwählt hatten.

Bisher hatte sich Nic Deck an dem Gespräche noch gar nicht betheiligt. Der Forstwächter begnügte sich, aufmerksam anzuhören, was die Einen oder die Anderen sagten. Die alte Burg mit ihren geheimnißvollen Mauern, mit ihrem weit zurückliegenden Ursprung und ihrem feudalen Aussehen hatte ihm immer ebenso viel Neugier wie Respect eingeflößt. Da er aber kein Feigling war, hatte er trotz des Aberglaubens, der ihn nicht weniger erfüllte, als jeden anderen Bewohner von Werst, doch wiederholt Lust verspürt, jene Mauer zu übersteigen.

Natürlicherweise hatte ihn Miriota von einem so gefährlichen Vorhaben hartnäckig zurückzuhalten gesucht. Solche Gedanken mochte er nach Gefallen hegen, so lange er noch frei war; ein Verlobter gehört sich aber nicht mehr selbst an, und wenn er sich in solche Abenteuer einließ, so wäre das die That eines Narren oder eines gegen seine heiligsten Pflichten gleichgiltigen Menschen gewesen. Und doch fürchtete das hübsche Mädchen immer, daß der Waldwächter einmal seine Absicht ausführen könnte. Nur das Eine beruhigte sie ein wenig, daß Nic Deck nicht ausdrücklich erklärt hatte, sich nach der Burg begeben zu wollen, denn kein Mensch — selbst sie nicht — hätten dann Macht genug über den jungen Mann gehabt, ihn zurückzuhalten. Sie wußte, daß er ein worthaltender Bursche war, der auch that, was er thun zu wollen gesagt hatte. Miriota hätte gewiß die schwerste Beklemmung empfunden, wenn sie nur ahnte, welchem Gedankengange der junge Mann sich in diesem Augenblicke hingab.

Da Nic Deck indeß schwieg, wurde der Vorschlag des Schäfers von Niemand weiter aufgenommen. Wer hätte es auch jetzt, wo das Karpathenschloß entschieden verhext war, wagen sollen, dieses zu besuchen, wenn er nicht schon vorher den Kopf verloren hatte? Jeder suchte also die geeignetsten »Gründe« hervor, sich davon loszukaufen. Der Birò war nicht mehr in dem Alter, so etwas zu unternehmen. Der Lehrer hatte seine Schule zu besorgen, Jonas seinen Gasthof zu führen; Frik hatte seine Schafe zu hüten und die anderen Bauern hatten sich mit ihrem Vieh oder Heu zu beschäftigen.

Nein! Kein Einziger wollte das Opfer einer solchen Unbesonnenheit werden, und wiederholte für sich:

»Wer so kühn wäre, nach der Burg zu gehen, dürfte von dort wohl niemals wieder heimkehren!«

Da öffnete sich rasch die Thür der Gaststube ... Alle schracken zusammen.

Es war aber nur der Doctor Patak, und es wäre denn doch schwierig gewesen, ihn für eine jener bezaubernden Lamies anzusehen, von denen Magister Hermod gesprochen hatte.

Da sein Patient todt war — was seinem medicinischen Scharfsinn alle Ehre machte — hatte sich Doctor Patak beeilt, in die Versammlung im »König Mathias« zu kommen.

»Da seid Ihr endlich!« rief Meister Koltz.

Doctor Patak wechselte erst mit jedem einen kräftigen Händedruck, als wenn er Arzneien ausgetheilt hätte, und rief dann in halb spöttischem Tone:

»Nun, Ihr Leute, immer ist's die Burg, das Teufelsnest, das Euch beschäftigt! — O, Ihr Hasenfüße! Wenn das alte Schloß qualmen will, so laßt's doch ruhig qualmen! Raucht denn Euer gelehrter Hermod nicht, und noch dazu den ganzen langen Tag? ... Wahrlich, das ganze Dorf ist bleich vor Schrecken! Ich habe bei meinen Krankenbesuchen von gar nichts Anderem reden hören! Die Geister haben da draußen ein Feuer angezündet. Warum denn nicht? Wenn sie sich nun den Schädel erkältet haben? ... Vielleicht frieren sie auch in den Zimmern des Wartthurms — oder sie mußten dort gerade Brot für jene Welt backen! Man muß sich da oben doch am Ende auch ernähren, wenn es wahr ist, daß Jeder dereinst wieder aufersteht! . . . Vielleicht sind es Bäckergesellen aus dem Himmel, die dort ihren Backofen eingerichtet haben. . . .«

So platzte der Mann mit einem Scherze nach dem andern heraus — freilich nicht nach dem Geschmacke der Bewohner von Werst, die solchen Spott ernsthaft verabscheuten.

Man ließ den Doctor reden.

Dann aber fragte ihn der Biró:

»Sie schreiben also dem, was auf der Burg vor sich geht, keinerlei Bedeutung zu, Doctor? . . .

— Nicht die geringste, Meister Koltz.

— Sagten Sie nicht früher einmal, Sie wären gleich bereit dorthin zu gehen, wenn man Ihnen das nicht zutrauen sollte? . . .

— Ich? . . . erwiderte etwas stotternd der alte Krankenwärter, den es doch unangenehm berührte, daß man ihn jetzt an seine Worte erinnerte.

— Nun freilich! Haben Sie das nicht wiederholt geäußert? fuhr der Beamte unbeirrt fort.

— Gesagt hab' ich es wohl . . . ganz sicher, und wahrhaftig . . . wenn es sich nur darum handelt, es zu wiederholen . . .

— Es handelt sich darum, es zu thun.

— Es zu thun? . . .

— Ja, und statt, daß wir es Ihnen nicht zutrauen . . . begnügen wir uns, Sie darum zu ersuchen, setzte Meister Koltz hinzu.

— Ja, Ihr begreift, meine Freunde . . . natürlich . . . ein derartiger Vorschlag . . .

— Nun also, da Ihr zögert, Doctor, ließ der Wirth sich vernehmen, so ersuchen wir Euch darum nicht, sondern trauen es Euch einfach nicht zu...

— Ihr traut mir es nicht zu?...

— Ja, Doctor!

— Ihr geht gleich zu weit, Jonas, mischte sich da der Biró ein. Man darf so etwas von Patak nicht behaupten. Wir wissen, daß er ein Mann von Wort ist; was er gesagt hat, daß er thun werde, das wird er auch thun, und wär's auch nur um dem Dorfe, nein, dem ganzen Lande einen wichtigen Dienst zu erweisen.

— 'S ist also Ernst?... Ihr wollt, daß ich nach dem Schlosse gehe? rief der Doctor, dessen kupferiges Gesicht ganz blaß wurde.

— Davon werdet Ihr nun nicht loskommen, erklärte Meister Koltz entschieden.

— Ich bitte Euch aber, bester Freund... ich bitte Euch... das wollen wir uns doch erst überlegen!...

— Ueberlegt ist schon Alles, ließ Jonas sich vernehmen.

— Seid einmal gerecht... Wozu würde es nützen, wenn ich nun wirklich dahin ginge... und was könnte ich besten Falls finden?... Einige wackere Leute, die in der Burg ein Unterkommen gesucht haben und die keinen Menschen belästigen...

— Desto besser, meinte Magister Hermod, wenn da so wackere Leute sind, habt Ihr ja gar nichts zu fürchten, und findet vielmehr Gelegenheit, ihnen Eure Dienste anzubieten.

— Wenn sie meiner bedürfen, erwiderte Doctor Patak, werden sie mich rufen lassen, dann werd' ich, das könnt Ihr mir glauben, keinen Augenblick zögern, mich nach dem Schlosse zu begeben. Ohne verlangt worden zu sein, laufe ich aber nicht nach auswärts, und für nichts und wieder nichts mache ich auch keine Besuche.

— Nun, Eure Mühewaltung wird natürlich bezahlt werden, versicherte Meiste Koltz, ohne daß Ihr auf's Honorar zu warten braucht.

— Wer soll mich denn bezahlen?...

— Ich ... wir Alle ... so viel Ihr fordert!« antworteten die meisten Stammgäste Jonas'.

Trotz seiner fortwährenden Prahlereien war der gute Doctor offenbar ganz derselbe Hasenfuß wie die übrigen Bewohner von Werst. Nachdem er sich so oft als Freigeist aufgespielt und die Legenden des Landes bespöttelt hatte, brachte es ihn jetzt in schwere Verlegenheit, das an ihn gerichtete Gesuch abzuschlagen. Doch selbst wenn man ihn freiwillig honorirte, war die Aufgabe, nach dem Karpathenschlosse zu gehen, gar nicht nach seinem Sinne. Er suchte also durch alle erdenklichen Gründe nachzuweisen, daß dieser Besuch keinen Zweck haben könne, daß das ganze Dorf sich der Lächerlichkeit aussetze, wenn er entsendet würde, die Burg zu durchsuchen. Seine Beweise brannten ihm jedoch sozusagen von der Pfanne.

»Hört einmal, Doctor, wendete Magister Hermod dagegen ein, mir scheint, Ihr habt doch dabei gar nichts zu riskieren, da Ihr ja ohnehin nicht an Geister glaubt...

— Nein, daran glaube ich nicht.

— Nun also, sind es keine Geister, die dort im Schlosse ihr Wesen treiben, so sind es menschliche Geschöpfe, die sich daselbst befinden, und Ihr könnt bei dieser Gelegenheit bequem Bekanntschaft mit ihnen machen.«

Diese Einrede des Lehrers entbehrte ja nicht der Logik, und es war gewiß nicht leicht, sie zu widerlegen.

»Zugegeben, Hermod, antwortete der Doctor, ich könnte aber auf der Burg zurückgehalten werden ...

— Das wäre doch ein Beweis, daß Ihr wohl aufgenommen würdet, versetzte Jonas.

— Gewiß; doch wenn meine Anwesenheit nun länger dauerte und wenn dann Jemand im Dorfe meiner Hilfe bedürfte ...

— Keine Angst! Wir befinden uns Alle vortrefflich, versicherte Meister Koltz, und seit Euer letzter Patient sich das Billet nach jener Welt gelöst hat, giebt es in Werst keinen einzigen Kranken.

— Nun gerade heraus mit der Sprache, drängte der Gastwirth, wollt Ihr gehen oder nicht?

— Meiner Treu, nein! gab der Doctor zur Antwort. Aus Furcht weigere ich mich wahrlich nicht.... Ihr wißt ja, daß ich an Hexereien überhaupt nicht glaube. Nein, die ganze Geschichte erscheint mir aber höchst thöricht und, das wiederhole ich Euch, einfach lächerlich. Weil da aus einem Thurmschornsteine etwas Rauch aufgestiegen sein soll — ein Rauch, der noch gar kein solcher gewesen zu sein braucht ... Nein, ein- für allemal, ich schlag's ab, ich gehe nicht nach dem Karpathenschlosse.

— Ich werde aber gehen!«

Der Forstwächter Nic Deck war es, der jetzt diese Worte in das Gespräch geworfen hatte.

»Du ... Nic! rief Meister Koltz.

— Jawohl, ich; doch unter der Bedingung, daß Patak mich begleitet.«

Diese direct an die Adresse des Doctors gerichtete Aufforderung veranlaßte den armen Kerl aufzuspringen, wie um sich zu wehren.

»Meint Ihr wirklich, Forstwächter? erwiderte er. Ich ... Euch begleiten? ... Natürlich. Das wäre ja ein hübscher Spaziergang ... wir Beide zusammen ... wenn ich nur einen Nutzen davon sähe ... und wenn man die Sache auch wagen darf ... Ihr wißt selbst, Nic, daß es nicht einmal einen Weg giebt, nach der Burg zu gelangen ... wir können also einfach gar nicht hin....

— Ich habe erklärt, nach der Burg zu gehen, fiel ihm Nic ins Wort, und da ich das gesagt habe, werde ich eben hingehen.

— Schön; doch ich ... ich hab' es nicht gesagt! rief der Doctor mit Armen und Beinen strampelnd, als ob ihn Einer am Kragen gepackt hätte.

— Doch ... Ihr habt das gesagt ... erklärte Jonas.

— Ja! ... Ja wohl!« riefen die Anderen wie aus einem Munde.

Von der ganzen Gesellschaft bedrängt, wußte der alte Krankenwärter nicht mehr, wie er sich aus der Schlinge ziehen sollte. O, wie bedauerte er jetzt seine frühere Großsprecherei! Freilich hätte er sich niemals eingebildet, daß man ihn beim Worte nehmen und verlangen würde, mit eigner Person für seine Aussagen einzutreten. Jetzt gab's für ihn leider keine Ausflucht mehr, wollte er nicht zum Gelächter von ganz Werst werden und vor dem ganzen Lande Spießruthen laufen. Er beschloß also, gute Miene zum bösen Spiele zu machen.

»Nun denn, da Ihr es wünscht, sagte er, werd' ich Nic begleiten, obwohl das nutzlos sein wird.

— Schön ... Doctor Patak, das ist doch wenigstens ein Wort! riefen die Männer an den Schänktischen.

— Und wann machen wir uns auf den Weg, Forstwächter? fragte Doctor Patak in zwar möglichst gleichgiltigem Tone, der seine Scheu vor der ganzen Geschichte jedoch nur schlecht verhehlte.

— Morgen in der Frühe,« antwortete Nic Deck

Nach den letzten Worten wurde es ganz still rings. umher, ein Beweis, daß die Angelegenheit Meister Koltz wie die Uebrigen wirklich tief erregte. Gläser und Flaschen waren geleert, und doch stand Keiner auf, machte Keiner Anstalt, die Gaststube zu verlassen, obgleich es spät genug war, um nach Hause zu gehen. Jonas hielt es also für angezeigt, noch einmal mit Schnaps und Rakiou aufzuwarten.

Plötzlich ließ sich inmitten des allgemeinen Schweigens deutlich eine Stimme vernehmen, die langsam folgende Worte sprach:

»Nic Deck, geh' nicht nach der Burg!... Geh' nicht dahin!... Es droht dir Unheil!«

Wer hatte diese Warnung ausgesprochen? Woher kam die Stimme, die Keiner erkannt und die aus unsichtbarem Munde zu tönen schien? Das konnte nur die Stimme eines Gespenstes sein, eine übernatürliche, eine Stimme aus der andern Welt...

Jetzt erreichte das Entsetzen seinen Höhepunkt. Keiner wagte den Andern anzusehen, Keiner brachte eine Silbe über die Lippen.

Der Muthigste in der ganzen Gesellschaft — offenbar der junge Nic — wollte indeß wissen, woran er hiermit sei. Es unterlag keinem Zweifel, daß jene Worte hier in der Gaststube selbst ausgesprochen worden waren.

So näherte sich denn der Forstwächter zuerst einer großen Truhe, die er öffnete....

Niemand!

Er untersuchte die an die Gaststube stoßenden Fremdenzimmer ...

Niemand!

Er stieß die Thür des Wirthshauses auf, trat hinaus und ging über die Terrasse bis zur Landstraße von Werst ...

Niemand!

Wenige Minuten nachher hatten Meister Koltz, der Magister Hermod, Doctor Patak, Nic Deck, der Schäfer Frik und die Andern das Wirthshaus verlassen, so daß nur dessen Inhaber, Jonas, allein zurückblieb, der den Schlüssel in der Hausthüre heute zweimal umdrehte.

In derselben Nacht verbarrikadirten die Bewohner von Werst, als ob ihnen das wilde Heer schon auf dem Nacken säße, jeden Zugang zu ihren Häusern, so gut sie das konnten.

V.

Am folgenden Morgen machten sich Nic Deck und Doctor Patak gegen neun Uhr zum Aufbruch bereit. Der Forstwächter beabsichtigte den Bergrücken des Vulcan zu ersteigen, um sich so auf kürzestem Wege nach der Burgzu begeben.

Nach dem Auftreten des Rauches auf dem Wartthurme und nach der seltsamen Erfahrung mit der in der Gaststube des »König Mathias« gehörten Stimme, kann es nicht Wunder nehmen, daß die gesammte Bevölkerung ganz aus dem Häuschen war. Einige Zigeuner sprachen schon davon, das Land zu verlassen. In den Familien unterhielt man sich von nichts Anderem ... und auch nur mit ganz leiser Stimme. Wer hätte denn noch gewagt zu läugnen, daß es einen Teufel, den »Chort« gebe, der von jener an den jungen Forstmann gerichteten Warnung Kenntniß hatte? In Jonas' Wirthshause waren ja wenigstens fünfzehn der glaubwürdigsten Personen anwesend gewesen, die jene merkwürdigen Worte selbst mit vernommen hatten, so daß die Annahme, sie wären nur das Opfer einer Sinnestäuschung gewesen, ganz unhaltbar erschien. Nein, hier gab es keinen Zweifel; Nic war unter Nennung seines Namens gewarnt worden; ihm sollte ein Unglück widerfahren, wenn er wirklich so kühn war, das Karpathenschloß zu durchsuchen.

Und der junge Forstmann wollte das noch obendrein unternehmen, ohne daß er dazu gezwungen war. Obwohl Meister Koltz viel daran gelegen sein mußte, das Geheimniß der Burg zu entschleiern, und obwohl das ganze Dorf ein Interesse daran hatte zu erfahren, was dort in der That vorging, hatte man doch keine Mühe gespart, Nic zur Zurücknahme seiner Worte zu bestimmen. Verweint, verzweifelt, die Augen noch voller Thränen hatte Miriota ihn angefleht, sich das Abenteuer aus dem Sinne zu schlagen. Schon vor jener geheimnißvollen Warnung erschien das ja sehr ernst, nach derselben war es ein geradezu sinnloses zu nennen. Jetzt, fast am Vorabend seiner Hochzeit wollte Nic sein Leben bei einem solchen tollen Versuche auf's Spiel setzen, und selbst seine Verlobte, die vor ihm auf den Knien lag, vermochte ihn nicht davon abzubringen.

Auf den Forstwächter machten indeß, ebenso wie die Beschwörungen seiner Freunde, die Thränen Miriotas keinen merklichen Eindruck. Das verwunderte übrigens Niemand. Die Leute kannten ja seinen entschlossenen Charakter, seine Zähigkeit, um nicht zu sagen, seine Starrsinnigkeit. Er hatte einmal gesagt, daß er in das Karpathenschloß gehen werde, und daran konnte ihn nun nichts mehr hindern ... nicht einmal jene direct an ihn gerichtete Drohung.... Ja, er wollte nach der Burg gegen, selbst wenn er von da nimmermehr zurückkehrte!

Als die Stunde zum Aufbruche herangekommen war, drückte Nic Deck seine Miriota noch einmal ans Herz, während das junge Mädchen sich mit dem Daumen, Zeige- und Mittelfinger bekreuzigte, was nach rumänischer Sitte als Huldigung der Dreieinigkeit gilt.

Und der Doctor Patak? ... Nun, der arme Kerl, der sich genöthigt sah, den Forstwächter zu begleiten, hatte noch immer versucht, davon loszukommen — freilich ohne Erfolg. Was er nur dagegen sagen konnte, hatte er gesagt. Auch die Geisterstimme hatte er ins Treffen geführt, die ja ganz ausdrücklich verbot, das Schloß zu betreten....

»O, jene Drohung galt nur mir allein, gab ihm Nic Deck darauf einfach zur Antwort.

— Und wenn Euch nun ein Unglück zustieße, Forstwächter, hatte der Doctor geantwortet, würde ich denn dann ohne Schaden davon kommen?

— Schaden oder nicht, Ihr habt einmal zugesagt, mit mir nach dem Schlosse zu gehen, und das werdet Ihr thun, weil ich eben dahin gehe!«

Da sie einsahen, daß den jungen Forstmann nichts abhalten würde, sein Versprechen einzulösen, gaben ihm die Leute von Werst nun in dieser Hinsicht ganz besonders Recht. Es war doch immer besser, daß Nic

Deck sich in dieses Abenteuer nicht allein stürzte. Auch der Doctor gab zwar voller Angst endlich klein zu, da ihm doch jeder Rückzug abgeschnitten war, er seine ganze Stellung im Dorfe gefährden und sich sagen mußte, daß man ihn nach seinen gewohnten Prahlereien herzlich auslachen würde. Dennoch klammerte er sich immer an die Hinterthür, schon das kleinste unterwegs auftretende Hinderniß zu benutzen, um seinen Gefährten zur Rückkehr zu bestimmen.

Nic Deck und Doctor Patak machten sich also auf den Weg, und Meister Koltz, Miriota, Hermod, Frik und Jonas begleiteten sie bis zur nächsten Biegung der Landstraße, wo sie zurückblieben.

Hier richtete Meister Koltz zum letztenmale das Fernrohr — das er jetzt nicht mehr aus der Hand legte — nach dem Schlosse zu. Aus dem Schornstein des Thurmes stieg kein Rauch empor, denn ein solcher wäre bei der klaren Luft des schönen Frühjahrsmorgens unzweifelhaft erkennbar gewesen. Einige der Männer glaubten schon, die natürlichen oder übernatürlichen Insassen des Schlosses möchten zu Kreuze gekrochen sein, da sie sahen, daß sich der Forstwächter nicht um ihre Drohungen kümmerte — und das erschien ja als weiterer Grund, die Angelegenheit bis zur befriedigenden Lösung zu betreiben.

Man drückte einander noch einmal die Hand, und Nic Deck, der den Doctor mit sich weg zog, verschwand am Winkel des Bergrückens.

Der junge Forstmann trug seine Dienstkleidung, die mit breitem Schilde versehene Mütze, den Waffenrock mit Gürtel und den Hirschfänger darin, weite Beinkleider, eisenbeschlagene Stiefeln, die Patronentasche an der Hüfte und die lange Flinte auf der Schulter.

Er stand im Rufe eines sicheren Schützen, und da hier eine Begegnung, wenn auch nicht mit Geistern, so doch mit Landstreichern, die sich nahe der Grenze umhertrieben, oder wenn nicht mit diesen, dann wenigstens mit oft recht bösartigen Bären nicht ausgeschlossen schien, so war es ja ein Gebot der Klugheit, zur Abwehr gerüstet zu sein.

Der Doctor hatte sich mit einer alten Pistole mit Steinschloß bewaffnet, die bei fünf Schüssen dreimal versagte. Er trug auch eine Axt, die ihm sein Begleiter aufgenöthigt hatte, um sich im Nothfall durch das dichte Unterholz des Plesa einen Weg brechen zu können. Auf dem Kopfe den großen Hut der Landleute, den Körper in einen anschließenden Rock fest eingeknöpft, trug er an den Füßen mächtige Schuhe mit festem Eisenbeschlag — trotz dieser schweren Ausrüstung hoffte er aber doch entweichen zu können, sobald sich dazu eine irgend passende Gelegenheit bieten würde.

Nic Deck und er hatten sich gleichmäßig mit einigem Mundvorrathe versorgt, den sie im Rucksacke trugen, um ihren Ausflug gegebenen Falls länger ausdehnen zu können.

Ueber die Biegung der Straße hinausgekommen, gingen Nic Deck und der Doctor einige hundert Schritte längs des Nyad auf dessen rechtem Ufer hin. Der eigentliche Weg, der die Schluchten des Bergstockes vielfach umkreiste, hätte sie zu weit nach Westen geführt. Am vortheilhaftesten wäre es nun gewesen, wenn sie dem Bette des Bergbaches hätten immer weiter folgen können, da das die Entfernung bis zum Schlosse auf ein Drittel verkürzt hätte, denn der Nyad entspringt unmittelbar in den Falten der Hochfläche des Orgall. Das anfänglich gangbare Steilufer, das weiterhin sehr tief eingeschnitten und von Felsblöcken unterbrochen war, gestattete dann aber selbst Fußgängern kein Fortkommen mehr. Die beiden Wanderer mußten deshalb schräg nach links hin abweichen, um sich der Richtung nach dem Schlosse wieder zuzuwenden, wenn sie die untere Zone der Wälder des Plesa durchmessen hatten.

Das war übrigens die einzige Seite, von der aus man nach der Burg gelangen konnte. Zur Zeit, als Baron von Gortz noch darin wohnte, bildete ein Verbindungsweg nach dem Dorfe Werst, dem Rücken des Vulcan und dem Thale der walachischen Sil entlang, eine Art schmaler Schneuse, die in dieser Richtung angelegt worden war. Jetzt wucherte längs derselben freilich schon wieder seit zwanzig Jahren Baum und Strauch, die sie so dicht verschlossen, daß kein Weg, kein Schlangenpfad durch jene mehr aufzufinden war.

Beim Verlassen des tiefer ausgehöhlten Bettes des Nyad, durch das ein richtiger Wasserschwall hinunterschoß, blieb Nic einmal stehen, um sich zu orientiren. Das Schloß war jetzt nicht sichtbar. Es konnte erst jenseits des Waldes wieder hervortreten, der die unteren Stufen des Berges bedeckte — eine in der Oreographie der Karpathen ganz allgemeine Anordnung. Die Himmelsgegenden mußten also hier beim Mangel aller Merkzeichen schwer zu bestimmen sein. Nur die Stellung der Sonne, deren Strahlen über die entfernten Bergkämme im Südosten strichen, boten hierfür einigen Anhalt.

»Da sieht Er's ja, Forstwächter, da sieht Er's. Nicht einmal ein Weg ist vorhanden ... oder wenigstens nicht mehr da.

— Es wird sich schon einer herstellen lassen, erwiderte Nic Deck.

— Ja, das ist leicht gesagt, Nic ...

— Und auch leicht auszuführen, Patak.

— Ihr seid nach wie vor entschlossen...«

Der Forstwächter begnügte sich mit einem bejahenden Zeichen zu antworten und schlug einen Weg quer durch die Bäume ein.

Da empfand der Doctor ein kaum niederzukämpfendes Verlangen, stehenden Fußes umzukehren; sein Begleiter, der einmal den Kopf zurückwandte, warf ihm jedoch einen solchen gebieterischen Blick zu, daß der Hasenfuß es nicht für angezeigt hielt, zurückzubleiben.

Der Doctor Patak klammerte sich noch an eine einzige Hoffnung, an den Gedanken nämlich, daß Nic Deck sich in dem Labyrinth der unendlichen Waldmassen verirren könnte. Er rechnete dabei freilich ohne dessen vorzüglichen Spürsinn, den berufsmäßigen Instinct, jene so zu sagen »thierische« Fähigkeit, die ihm gestattete, sich nach den unscheinbarsten Zeichen zu richten, nach dem starken Hervorspringen der Zweige in der oder jener Richtung, nach den Wellen des Erdbodens, der wechselnden Farbe der Moose, je nachdem diese mehr dem Süd- oder dem Nordwind ausgesetzt sind.

Nic Deck war viel zu vertraut mit seinem Berufe; er ging diesem, ohne sich je zu verlaufen, mit größtem Eifer selbst in den unbekannten Waldbeständen nach. Er wäre der würdige Rival eines Lederstrumpf oder eines Chingachgook im Lande Cooper's gewesen.

Immerhin sollte diese Baumzone wirklich Schwierigkeiten bereiten. Ulmen, Buchen, einzelne jener Ahornbäume, die man »Falsche Platanen« nennt, und prächtige Eichen nahmen die unteren Stufen des Berges bis zur Region der Birken, Fichten und Tannen ein, die in den höheren Lagen der linken Seite des Bergrückens standen. Diese Bäume mit ihren mächtigen

Stämmen, ihren in jungem Safte stehenden Aesten, dem dichten Blätterschmuck, sproßten hier vielfach untereinander und bildeten ein grünes Dach, das die Sonnenstrahlen kaum da und dort einmal zu durchdringen vermochten.

Der Weg wäre immerhin nicht so schwierig gewesen, wenn sich die Wanderer unter die niedrigsten Zweige hätten bücken wollen. Dafür bot freilich die Erde desto mehr Hindernisse, und es hätte einer ungeheueren Arbeit bedurft, um sich gegen die Disteln und Nesseln zu schützen, die bei der leisesten Berührung Tausende von Brennhaaren ausstreuten. Nic Deck war am Ende nicht der Mann, der sich um dergleichen besonders kümmerte, und konnte er nur durch das Gehölz vorwärts dringen, so wären ihm einige Hautrisse und Abschürfungen von keiner Bedeutung gewesen. Die Fortbewegung mußte unter solchen Verhältnissen natürlich sehr langsam erfolgen. Eine unangenehme Zugabe, da weder Nic Deck noch dem Doctor Patak daran gelegen sein konnte, die Burg erst im Laufe des Nachmittags zu erreichen. War es dagegen noch hell genug, so konnten sie dieselbe besuchen und noch vor der Nacht nach Werst heimgekehrt sein

Mit der Axt in der Hand brach sich der Forstwächter Bahn durch das dichte Gestrüpp, das mit pflanzlichen Bajonnetten besäet war, und wo der Fuß nur auf unebenem Terrain, von Wurzeln und losem Geäst überzogen, stehen konnte. Dabei stieß er sich oft an abgehauene Baumstämme, wenn er in die feuchte Schicht von todten Blättern, die kein Windhauch je berührt hatte, einsank. Dabei zerplatzten Myriaden von Samenkapseln gleich Knallerbsen, zum großen Schrecken des Doctors, der bei diesem Geknatter scheu zur Seite sprang, sich nach rechts und links hin umsah und entsetzt umdrehte, wenn ein dürrer Zweig an seinem Ohre hängen blieb, wie eine Kralle, die ihn zurückhalten wollte. Nein, hier war er seines Lebens nicht sicher, der arme Mann. Jetzt hätte er auch nicht mehr gewagt, allein zurückzukehren, und so bemühte er sich nach Kräften, seinen unzugänglichen Begleiter keinen Vorsprung gewinnen zu lassen.

Zuweilen stießen die Wanderer auf merkwürdige Blößen; hier fiel das Tageslicht in vollem Strahle ein. Ganze Heerden von schwarzen, aus ihrer Einsamkeit aufgeschreckten Störchen entflohen aus den hohen Aesten am Rande und flatterten rauschend davon. Das Vorwärtskommen über die Waldblößen erschien nur noch ermüdender. Hier hatten sich — ein ungeheueres Stäbchenspiel — die vom Sturm geknickten oder vom Alter gestürzten Bäume, als ob ihnen die Axt des Holzhauers den Todesstoß gegeben hätte, in großer Menge übereinandergelegt. Hier fanden sich gewaltige Bäume, die von der Fäulniß verzehrt wurden, die niemals zu nützlichen Zwecken zerlegt und die von keinem Karren nach dem Bett der walachischen Sil geschafft werden sollten. Mit diesen nur schwierig zu überkletternden und zuweilen unmöglich zu umgehenden Hindernissen hatten Nic Deck und sein Gefährte schwere Mühe. Gelang das auch dem beweglichen, geschmeidigen und kräftigen jungen Forstwächter, so konnte doch der Doctor Patak mit seinen kurzen Beinen und seinem Schmerbäuchlein, der daneben auch schon ganz außer Athem war, dann und wann einen Sturz nicht vermeiden, so daß ihm jener zu Hilfe eilen mußte.

»Ihr seht, Nic, daß ich mir zu guter Letzt noch ein Bein breche! jammerte er wiederholt.

— Na, dann curirt Ihr Euch einmal selbst.

— Ich bitte Euch, junger Mann, seid vernünftig ... Man soll nicht gegen das Unmögliche anzukämpfen streben!«

Da war Nic Deck aber schon lange wieder ein Stück voraus, und der Doctor, der nichts mit ihm ausrichten konnte, beeilte sich, ihn wieder einzuholen.

Es wäre schwierig gewesen, sich Rechenschaft zu geben, ob die bisher eingehaltene Richtung die richtige war, um nach der Burg zu gelangen. Da der Erdboden jedoch immer wieder anstieg, konnte man ja hoffen, nach dem Waldesrande zu kommen, der dann wirklich um drei Uhr Nachmittags erreicht wurde.

Ueber diesen hinaus und bis zur Hochfläche des Orgall streckte sich der Vorhang grüner Bäume, die um so weniger eng standen, je steiler der Boden aufstieg.

Hier wurde auch der Nyad zwischen den Felsen wieder sichtbar, der sich also mehr nach Nordwesten gewendet hatte oder auf den zu Nic Deck marschirt sein mochte. Das vergewisserte den jungen Forstwächter, daß er den nächsten Weg eingeschlagen hatte, da der Bach aus den Felsenspalten jener Hochfläche zu entspringen schien.

Nic Deck konnte dem Doctor eine Stunde Rast am Ufer des Baches nicht abschlagen. Uebrigens verlangte der Magen jetzt ebenso gebieterisch sein Recht wie die Beine. Die Rucksäcke waren wohlversorgt, der Rakiou füllte die Kürbisflasche des Doctors und die Nic Deck's bis zum Pfropfen. Daneben murmelte noch ein frisches, klares, an den Kieseln des Baches filtrirtes Quellwasser wenige Schritte unter ihnen dahin. Was konnte man mehr wünschen? Hatten sich die beiden

Männer viel zugemuthet, so mußten sie sich jetzt auch wieder ordentlich stärken.

Seit dem Aufbruche hatte der Doctor kaum Muße gehabt, mit Nic Deck, der immer voraus war, ein Wort zu wechseln. Jetzt hielt er sich aber, als sie am Ufer des Nyad saßen, dafür schadlos. War der Eine wenig redselig, so schwatzte wenigstens der Andere gar zu gern. Es versteht sich also von selbst, daß von letzterer Seite viele weitschweifige Fragen gestellt, von der andern aber nur kurz beantwortet wurden.

»Sprechen wir ein wenig, Forstwächter, und sprechen wir ein ernstes Wort, begann der Doctor.

— Ich höre, sagte Nic Deck.

— Ich meine, wenn wir hier Halt gemacht haben, so geschah es, um neue Kräfte zu gewinnen.

— Ganz richtig.

— Ehe wir nach Werst zurückkehren...

— Nein, ehe wir nach der Burg weiter gehen.

— Ich bitte Euch, Nic Deck, nun sind wir bereits sechs Stunden unterwegs und haben noch kaum die Hälfte zurückgelegt...

— Ein Beweis, daß wir keine Zeit zu verlieren haben.

— Es wird aber die Nacht herankommen, ehe wir vor dem Schlosse stehen, und ich meine, Forstwächter, Ihr werdet nicht toll genug sein, das zu wagen, ohne klar sehen zu können; wir müssen dann den Tag abwarten...

— Nun ja, so warten wir eben.

— Ihr wollt also nicht auf dieses Vorhaben verzichten, das doch eigentlich keinen Sinn und Verstand hat?

— Nein.

— Wirklich! Hier sitzen wir nun, gänzlich entkräftet, brauchen einen gut besetzten Tisch in einer gemüthlichen Stube, und ein weiches Bett in stiller Kammer, und Ihr denkt die Nacht unter freiem Himmel zuzubringen?

— Ja wohl, wenigstens dann, wenn irgend etwas uns hindert, durch die Umfassungsmauer des Schlosses zu gelangen.

— Und wenn es kein solches Hinderniß gäbe?...

— Dann schlafen wir in einem Zimmer des Wartthurmes.

— In einem Zimmer des Wartthurmes! rief der Doctor Patak. Ihr glaubt, Forstwächter, daß ich zustimmen würde, eine Nacht im Innern des verhexten Schlosses zuzubringen?...

— Natürlich, wenn Ihr nicht etwa vorzieht, allein draußen zu bleiben.

— Allein, Forstwächter!... Das ist wider die Verabredung; doch wenn wir uns trennen müssen, würd' ich es lieber sehen, es geschähe hier, damit ich noch nach dem Dorfe zurückkehren kann.

— Verabredet, Doctor Patak, ist nur, daß Ihr mir folgen werdet, wohin ich auch gehe...

— Am Tage... ja; in der Nacht... nein.

— Nun, meinetwegen, es steht Euch frei, davonzugehen; achtet aber darauf, Euch im Dickicht nicht zu verirren.«

Sich zu verirren, das beunruhigte den Doctor am meisten. Auf sich allein angewiesen und ohne Bekanntschaft mit den unzähligen Kreuzundquerpfaden im gangbaren Theil des Waldes des Plesa, fühlte er sich außer Stande, den Weg nach Werst zu finden. Uebrigens allein zu sein, wenn die Nacht gekommen wäre —

eine voraussichtlich stockfinstere Nacht — die Abhänge des Bergstockes hinunter zu gehen, auf die Gefahr hin, vielleicht in eine Schlucht hinabzustürzen, das war für ihn keine verlockende Aussicht. Da er davon befreit sein sollte, die Mauer zu erklettern, woran ja nach Sonnenuntergang überhaupt nicht zu denken war, erschien es ihm richtiger, dem Forstmann bis zum Fuße der Umfassungsmauer zu folgen. Der Doctor wollte jedoch noch einen letzten Versuch wagen, seinen Begleiter abzuhalten.

»Ihr wißt, mein lieber Nic, wendete er sich an diesen, daß ich niemals im Stande wäre, Euch zu verlassen. Da Ihr darauf besteht, Euch nach dem Schlosse zu begeben, so werde ich Euch nicht allein gehen lassen.

— Das ist doch ein vernünftiges Wort, Doctor Patak, und ich meine, daran sollt Ihr festhalten.

— Nein, noch ein anderes Wort, Nic. Wenn die Nacht einbricht und wir erst dann an das Schloß kommen, so versprecht mir, keinen Versuch zum Eindringen in die Burg zu machen ...

— Ich verspreche nur, Doctor, selbst das Unmögliche nicht zu scheuen, um daselbst hinein zu gelangen, und nicht eher einen Fuß breit zurückzuweichen, ehe ich mich nicht überzeugt habe, was darin vorgeht.

— Was darin vorgeht, Forstwächter! rief der Doctor Patak mit den Achseln zuckend. Was meint Ihr denn, was darin vorgehen mag?

— Ja, im Voraus weiß ich davon nichts, da ich aber entschlossen bin, es zu erfahren, so werd' ich auch dahinterkommen ...

— Erst muß man überhaupt bis dahin, bis an das Teufelsschloß gelangen! versetzte der Doctor, der nun am Ende seiner Weisheit war. Wenn ich das nach den bisherigen Hindernissen beurtheile und nach der Zeit, die nur der Weg durch die Wälder des Plesa in Anspruch nimmt, so wird der Tag zur Rüste gehen, ehe wir es zu sehen bekommen.

— Das glaub' ich nicht, antwortete Nic Deck. Auf der Höhe des Berges ist das Fichtengehölz weit weniger mit Unterholz durchsetzt, als dieses Dickicht von Ulmen, Ahornbäumen und Buchen.

— Der Boden wird aber desto steiler ansteigen.

— Thut nichts, wenn er nur gangbar ist.

— Ich habe mir aber sagen lassen, wir würden es auf der Höhe des Orgall mit Bären zu thun haben.

— Ich habe meine Flinte und Ihr die Pistole, Euch der Haut zu wehren.

— Wenns aber Nacht wird, laufen wir Gefahr, uns in der Finsterniß zu verirren!

— O nein, denn wir besitzen jetzt einen Führer, der uns, wie ich hoffe, nicht wieder verlassen wird.

— Was? Einen Führer?« rief der Doctor entsetzt.

Er sprang schnell auf, um ringsumher einen unruhigen Blick zu werfen.

»Ja gewiß, versicherte Nic Deck, und dieser Führer ist hier der Bach, der Nyad, längs seines rechten Ufers werden wir voraussichtlich den Rand der Hochfläche erreichen können, denn von dort nimmt er seinen Ursprung. Meiner Ansicht nach werden wir vor Ablauf von zwei Stunden am Thore der Burg stehen, wenn wir hier nicht länger verweilen.

— Binnen zwei Stunden ... wenn nur nicht etwa sechs daraus werden!

— Nun also, vorwärts! Seid Ihr bereit?...

— Ihr wollt schon fort, Nic?...Wir haben doch kaum ein paar Minuten ausgeruht!

— Ein paar Minuten, die zusammen eine gute halbe Stunde ausmachen. — Zum letzten Male also, seid Ihr fertig?

— Zum Kuckuck, wenn einem die Beine wie Blei am Leibe hängen...Ihr wißt doch, daß ich keine Försterschenkel habe, Nic Deck! — Mir sind die Füße ganz gehörig angeschwollen, und es ist eine Grausamkeit, mich zwingen zu wollen, Euch zu folgen....

— Nun, ich habe das Lamentiren satt, Patak — Ich stelle es Euch frei, mich zu verlassen. Glückliche Reise!«

Nic Deck erhob sich.

»Um des Himmelswillen, Forstwächter, rief der Doctor Patak, hört noch auf ein Wort!

— Auf Eure Dummheiten!

— Nein, nein; doch da es schon so spät ist, wäre es doch besser, vorläufig hier zu bleiben und unter diesen Bäumen zu übernachten. Morgen mit Tagesgrauen brechen wir wieder auf und haben dann den ganzen Vormittag vor uns, um zum Schlosse zu gelangen....

— Doctor, erwiderte Nic Deck, ich wiederhole Euch nur, daß es meine Absicht ist und bleibt, darin schon die Nacht zuzubringen.

— Nein! widersprach der Doctor mit Entschiedenheit, das werdet Ihr nicht thun, Nic. — Ich würde Euch schon daran zu hindern wissen....

— Ihr?

— Ich hänge mich an Euch an.... Ich zerre Euch zurück.... Schlage auf Euch los, wenns sein muß....«

Er wußte nicht mehr, was er sagte, der unglückliche Patak.

Nic Deck hatte diese Redereien gar keiner Antwort gewürdigt, und nachdem er sich die Flinte wieder umgehängt, that er einige Schritte nach dem Ufer des Nyad hin.

»Wartet doch, wartet doch nur! rief der Doctor kläglich. Ein wahrer Teufel von Kerl!... Nur noch einen Augenblick!... Mir sind ja die Beine ganz steif ... Meine Gelenke bewegen sich nicht ...«

Die Gelenke verloren ihre Unbeweglichkeit indeß sehr bald, denn der Exkrankenwärter mußte sich mit seinen kurzen Beinen wohl oder übel zwingen, dem Forstwächter nachzulaufen, der sich nicht einmal nach seinem jammernden Gefährten umdrehte.

Es war jetzt vier Uhr. Ueber den Kamm des Plesa, der sie bald ganz aufhalten sollte, hinstreichend, beleuchteten die Sonnenstrahlen nur noch das hohe Gezweig des Tannenwaldes.... Nic Deck hatte alle Ursache, schnell vorwärts zu kommen, denn unter den Bäumen wurde es, wenn der Tag zur Neige ging, sehr bald ganz dunkel.

Diese Wälder mit den gewöhnlichen alpinen Baumarten bieten einen merkwürdigen und seltsamen Anblick. Statt der schiefen, gekrümmten, wirr verzweigten Bäume weiter unten, streben hier gerade, vereinzelt bis fünfzig und sechzig Fuß über der Wurzel nackte Stämme empor, die nirgends einen Astknoten aufweisen und ihre immergrünen Kronen gleich einer flachen Decke ausbreiten. Weder Gebüsch noch Gräser umhüllen ihren Fuß. Die

Wurzeln derselben kriechen auf der Erde hin, wie von der Kälte erstarrte Schlangen. Der Erdboden selbst ist nur mit gelblichem, glattem Moose bedeckt, da und dort mit verdorrtem Reisig bestreut, sowie mit einzelnen abgefallenen Tannenzapfen, die knirschend unter dem Fuße des Wanderers brechen. Dazu der steile und von krystallinischem Gestein durchsetzte Abhang, an dem sich die beste Ledersohle schnell abnutzt. Der Weg durch diesen Tannenwald gestaltete sich denn auch auf eine Viertelmeile weit recht ermüdend. Um die ihn gelegentlich versperrenden Felsblöcke zu erklimmen, bedurfte es einer Geschmeidigkeit des Körpers, einer Kraft der Schenkel und einer Sicherheit in der Beherrschung aller Glieder, die dem Doctor Patak leider nicht eigen waren. Wenn Nic Deck für sich allein eine Stunde zur Ueberwindung dieser schwierigen Strecke gebraucht hätte, so kostete es ihm deren drei mit dem »Anhängsel« seines Genossen, da er wiederholt stehen bleiben mußte, um diesen zu erwarten, oder ihm helfen, ein für seine kurzen Beine zu hohes Felsstück zu erklimmen. Der Doctor hatte nur eine Furcht — eine entsetzliche Furcht, nämlich die, in dieser trostlosen Einöde allein zurückzubleiben.

War der Bergabhang auch schwieriger zu ersteigen, so standen dafür nahe dem Scheitel des Plesa wenigstens die Bäume nicht mehr so dicht. Sie bildeten nur noch vereinzelte Gruppen von mäßigem Umfange. Zwischen diesen hindurch erblickte man schon die Linie der Gebirgszüge, die sich am Horizonte abzeichneten und noch den aufsteigenden Abendnebel überragten.

Der Nyad, dessen Verlaufe der Forstwächter bisher gefolgt war und den hier nur eine schwache Wasserader belebte, mußte in geringer Entfernung entspringen.

Wenige hundert Fuß über den letzten beiden Stufen dehnte sich die Hochfläche des Orgall aus, die von dem Gemäuer der Burg bekrönt war.

Nachdem sich Beide noch einmal tüchtig ins Zeug gelegt, erreichte Nic Deck endlich diese Fläche, bei der der Doctor freilich nur mehr als leblose Masse anlangte. Der arme Mann hätte sich keine zwanzig Schritte mehr weiter schleppen können, und er stürzte jetzt auch zusammen wie der Stier, der unter dem Axthiebe des Fleischers fällt.

Nic Deck fühlte sich durch den beschwerlichen Aufstieg kaum ermüdet. Hoch aufgerichtet stand er da und verzehrte mit dem Blicke das Karpathenschloß, dem er sich noch niemals soweit genähert hatte.

Vor ihm lag die Umfassungsmauer mit ihren Zinnen, selbst wieder vertheidigt durch einen tiefen Wallgraben, dessen einzige Brücke nach dem Thore zu aufgezogen war, das ein Thorbogen aus großen Quadersteinen umrahmte.

In der nächsten Umgebung auf der ganzen Hochfläche des Orgall war alles still und leer.

Ein letzter Tagesschein gestattete noch, das Gesammtbild der Burg zu erkennen, die mächtig, aber halb verschwommen aus dem Abendschatten aufragte.

Ueber der Mauerbrüstung war kein Mensch sichtbar, keiner auf der oberen Fläche des Wartthurmes oder auf der Kreisterrasse des ersten Stockwerkes. Nicht das feinste Rauchwölkchen wirbelte um den stolzen, doch vom Roste der Jahrhunderte zerfressenen Wetterhahn.

»Nun, Forstwächter, fragte der Doctor Patak, gebt Ihr nun zu, daß es unmöglich ist, diesen Graben zu überschreiten, die Zugbrücke niederzulassen und das Thor zu öffnen?«

Nic Deck schwieg, er sagte sich ja auch selbst, daß er gezwungen sein würde, vorläufig vor den Mauern der Burg Halt zu machen, denn bei der herrschenden Finsterniß war gar nicht daran zu denken, in die Tiefe des Grabens hinunterzugleiten, die steile Mauerböschung zu erklimmen und hinter die Umfassungsmauer einzudringen. Nein, es schien weit rathsamer, den nächsten Morgen abzuwarten, um bei vollem Lichte ans Werk zu gehen.

Das beschlossen denn auch die beiden Männer, zum großen Leidwesen des Forstwächters, aber zur noch größeren Befriedigung des ängstlichen Doctors.

VI.

Die Silbersichel des zunehmenden Mondes war sehr bald der untergegangenen Sonne nachgefolgt. Aus Westen heranziehende Wolken verlöschten allmählich den letzten Dämmerschein am Himmel. Von der Erde aus stieg der Schatten immer weiter in die Höhe. Die Berge rund umher hüllten sich in den Mantel der Finsterniß und die Formen der Burg verschwanden unter dem Florschleier der Nacht.

Wenn diese Nacht auch sehr finster zu werden drohte, so wies doch nichts darauf hin, daß sie durch Witterungsunbill, durch Gewitter, Sturm oder Regen gestört werden sollte. Für Nic Deck und seinen Begleiter, die ja unter freiem Himmel übernachten mußten, war das ein glücklicher Umstand.

Auf der öden Hochfläche des Orgall fand sich keine zusammenhängende Baumgruppe mehr; nur da und dort kroch so niedriges Buschwerk über die Erde hin, daß es gegen die nächtliche Kühle keinerlei Schutz bieten konnte. Felsblöcke gab's freilich so viele man sich nur wünschen konnte; hier zur Hälfte in der Erde vergraben, dort in so gefährlichem Gleichgewicht aufgerichtet, daß ein tüchtiger Windstoß hätte hinreichen müssen, sie in den Tannenwald darunter zu stürzen.

Die einzige, auf diesem steinigen Boden üppig wuchernde Pflanze war eine buschige Distel, der »Russendorn« genannt, deren Samenkörner, wie Elisée Reclus erzählt, von dem rauhen Felle moskowitischer Pferde hierher gebracht worden waren — »ein Andenken, das die Russen bei einem früheren Feldzuge den Transsylvaniern hinterließen«.

Jetzt handelte es sich also darum, eine irgend geeignete Stelle auszuwählen, auf der man den Tag erwarten und sich einigermaßen gegen die in dieser Höhe voraussichtlich starke Abnahme der Temperatur schützen konnte.

»Wer die Wahl hat, hat die Qual; so geht's auch uns ... freilich im schlechten Sinne! brummte der Doctor Patak.

— So beklagt Euch doch darüber! antwortete Nic Deck sehr kurz.

— Natürlich, ich beklage mich auch! Das ist ja der herrlichste Ort, um sich einen guten Schnupfen oder gar einen tüchtigen Rheumatismus zu holen, von dem ich mich schwerlich wieder zu befreien vermöchte.«

Ein offenes Geständniß der Wissensarmuth aus dem Munde des alten Heilgehilfen der Quarantäne! O, wie schmerzlich entbehrte er jetzt sein hübsches Häuschen in Werst, mit dem wohlverwahrten Schlafzimmer, dem Bett mit einem Berge von Kissen und dem Vorhange davor!

Unter den auf der Hochfläche des Orgall verstreuten Felstrümmern galt es nun einen Block auszusuchen, der durch seine Lage am besten als Schirm gegen den eben auffrischenden Südwestwind dienen konnte. Dessen unterzog sich auch Nic Deck, und bald gesellte sich der Doctor zu ihm hinter einem Felsstück, das oben flach wie ein Tisch erschien.

Dieser Felsen bildete eine jener von Scabiosen und Saxifragen umwucherten Steinbänke, denen man in den walachischen Provinzen an Straßenkreuzungen so häufig begegnet. So wie der Wanderer darauf ausruhen kann, findet er hier auch Gelegenheit, seinen Durst mit dem Wasser zu löschen, das eine darauf stehende Kanne enthält und das von den menschenfreundlichen Landleuten alltäglich erneuert wird. Als Baron Rudolph von Gortz noch auf dem Schlosse wohnte, trug auch diese Steinbank ein Gefäß, das seine Diener niemals leer werden lassen durften. Jetzt war es freilich mit Sand und Pflanzenresten angefüllt, mit grünlichem Moose bewachsen und so morsch, daß es der geringste Stoß vollständig zertrümmert haben würde.

Am Ende der Bank erhob sich ein Steinpfeiler, der Rest eines alten Kreuzes, von dessen Armen auf jenem nur noch die halbverwitterte Fuge, die sie gehalten hatte, sichtbar war. In seiner Eigenschaft als Freigeist konnte der Doctor Patak natürlich nicht annehmen, daß ihn dieses, obendrein zerfallene Kreuz vor übersinnlichen Erscheinungen schützen würde. Und doch war er — eine bei Ungläubigen oft beobachtete merkwürdige Anomalie — gar nicht fern davon, an den Teufel zu glauben. Seiner Vorstellung nach mußte der

Chort ja in der Nähe sein, denn er hielt das Schloß in seinem Banne, und wenn dem Gottseibeiuns etwa das Lüstchen anwandelte, ihnen Beiden den Hals umzudrehen, so würde ihn weder das geschlossene Burgthor noch die aufgezogene Brücke am Herauskommen hindern können.

Und wenn sich der Doctor überlegte, daß er eine ganze Nacht unter solchen Verhältnissen zubringen sollte, da zitterte er wie Espenlaub. Nein, das hieß von der menschlichen Natur zuviel verlangen, und seiner Meinung nach wäre dem auch der willensstärkste Charakter unterlegen.

Da dämmerte ihm langsam noch ein Gedanke auf — ein Gedanke, der sich seit dem Aufbruche aus Werst in seinem Gehirn noch nicht gemeldet hatte. Jetzt war es Dienstag Abends, und an diesem Tage hüten sich die Bewohner des Comitats weislich, nach Sonnenuntergang noch auszugehen. Der althergebrachten Ansicht nach hieß es, die Begegnung mit bösen Geistern geradezu herausfordern, wenn man sich da noch über das Dorf hinaus begab. Des Dienstags verkehrt nach Sonnenuntergang dort wirklich keine Seele mehr auf den Landstraßen oder Feldwegen. Und jetzt sah sich der Doctor Patak nicht allein außerhalb seines Hauses, sondern sogar ganz in der Nähe eines verwunschenen Schlosses, fast drei Meilen entfernt von dem sicheren Dorfe. Hier sollte er aushalten bis zum Morgenrothe des nächsten Tages ... wenn er überhaupt ein solches wiedersah! Wahrlich, das hieß doch den Teufel versuchen!

Noch ganz diesen Vorstellungen hingegeben, sah der Doctor seinen Gefährten ganz unbefangen ein tüchtiges Stück kaltes Fleisch aus dem Rucksacke ziehen, nachdem er sich vorher mit einem herzhaften Schlucke gestärkt hatte. Da meinte er, vorläufig doch nichts Besseres thun zu können, als jenem nachzuahmen, und das that er denn auch. Nur eines Stückes Schinken nebst einer Schnitte Brot bedurfte er, die verlorenen Kräfte wieder zu ersetzen. Doch wenn er damit seines Hungers Herr wurde, seine Furcht und Angst besiegte er jedenfalls nicht.

»Nun wollen wir aber schlafen, begann da Nic Deck, der sich den Proviantsack am Fuße des Felsblockes schon als Kopfkissen zurechtgelegt hatte.

— Schlafen, Forstwächter?

— Natürlich, Doctor! Gute Nacht also.

— Eine gute Nacht ist leicht gewünscht, ich fürchte nur, daß die heutige ein schlechtes Ende nimmt ...«

Nic Deck, der zum Plaudern nicht in der Laune war, gab keine Antwort. Von lange her gewöhnt, dann und wann im Walde zu nächtigen, suchte er sich, gegen die Steinbank gelehnt, die bequemste Lage und fiel bald in tiefen Schlummer. Der Doctor konnte schließlich nichts thun, als für sich hin zu brummen, als er sah, wie regelmäßig und tief sein Begleiter athmete. Er selbst vermochte freilich — nicht einmal auf wenige Minuten — Gesichts- und Gehörsinn außer Dienst zu stellen. Trotz aller Ermüdung spähte und horchte er nach allen Seiten hin und her. Sein Gehirn wurde eine Beute der ausschweifendsten Trugbilder, wie sie die Qual der Schlaflosigkeit zu gebären pflegt. Doch was wollte er denn bei der jetzt völligen Finsterniß wahrnehmen?... Alles und nichts; die unbestimmten Formen der ihn umgebenden Gegenstände, die über das Himmelsgewölbe hinziehenden Wolken, die kaum erkennbare Steinmasse des Schlosses. Dann waren es wieder die Felsblöcke des Orgallplateaus, die Leben zu bekommen und eine Höllen-Sarabande aufzuführen schienen. Wenn diese sich nun von ihrem Untergrunde ablösten, den Abhang herunterstürmten, wenn sie über die beiden Vorwitzigen hinwegrollten, sie vor dem Thore der Burg, die zu betreten ihnen gestern ausdrücklich verboten worden war, zermalmten — was dann? Hatten sie ihr Schicksal nicht verdient?

Er hatte sich erhoben, der unglückliche Doctor, und lauschte auf die Geräusche, die sich über diesen hohen Plateaus bemerklich zu machen pflegen, auf jenes beunruhigende Gemurmel, das zugleich wie ein Surren, ein Aechzen und Stöhnen klingt. Er hörte auch, wie die Nyctalopen (Nachtvögel) mit schwerem Flügelschlage über die nahen Felsblöcke strichen, die Strigen, die zur nächtlichen Runde ausgeschwärmt waren, und zwei oder drei Paare jener Schleiereulen, deren Geschrei einer unheimlichen Todtenklage ähnelt. Da krampften sich die Muskeln des beklagenswerthen Mannes schmerzhaft zusammen, daß er sich kaum noch zu rühren vermochte, und in eiskaltem Schweiß gebadet, zitterte er am ganzen Körper, als wäre sein seliges, nein, sein unseliges Ende nahe.

So schlichen die langen Stunden bis Mitternacht dahin. Hätte der Doctor Patak ein wenig plaudern können, wäre ihm nur dann und wann Gelegenheit gegeben gewesen, ein paar Worte zu wechseln und wenigstens dem Strome seiner Klagen freien Lauf zu lassen, gewiß hätte er sich weniger abgeängstigt.

Doch Nic Deck schlief — schlief wie ein Murmelthier.

Jetzt war es Mitternacht, die schlimmste Stunde von allen, die Stunde der Hexen und Geistererscheinungen.

Was ging denn jetzt da vor?

Der Doctor hatte sich völlig aufgerichtet und fragte sich, ob er wirklich wach sei oder noch unter dem Einflusse eines Alpdrückens stehe.

Wahrhaftig, da oben glaubte er nicht nur zu sehen, sondern sah er wirklich seltsame Gestalten, beleuchtet von blendendem Lichtschimmer, die von einer Himmelsgegend nach der anderen schwebten, aufstiegen und herabwallten und sich mit den Wolken senkten. Es sah aus wie Ungeheuer, Drachen mit Schlangenschwanz, wie Hippogryphe mit langen Flügeln, gigantische Kraken, furchtbare Vampyre, die ihn mit ihren Krallen ergreifen oder mit den riesigen Kinnbacken mit Haut und Haar verschlingen wollten.

Jetzt schien ihm auf dem Plateau des Orgall Alles in Bewegung, die Felsen, wie die Bäume, die am Waldessaume tanzten. Gleichzeitig schlugen noch schrille, in kurzen Zwischenräumen sich wiederholende Töne an sein entsetztes Ohr.

»Die Glocke, raunte er vor sich hin, die Burgglocke!«

Es war in der That die Glocke der Kapelle, nicht die des Kirchthurms in Vulcan, deren Läuten vom Winde nach entgegengesetzter Richtung verweht worden wäre.

Jetzt folgten die Schläge einander noch schneller ... Die Hand, die den Klöppel bewegt, läutet damit nicht wie mit einer Todtenglocke. ... Nein, das ist eine Sturmglocke, deren keuchende Schläge die Echos der transsylvanischen Grenze wachrufen.

Das unheimliche Schwirren und Klingen erfüllt den Doctor Patak mit wahrhaft convulsivischer Furcht, mit unerträglicher Angst, mit so schrecklichem Entsetzen, daß ein eisiger Schauer den ganzen dicken Körper durchfröstelt.

Auch der Forstwächter ist durch die, wie drohend klingenden Schläge der Glocke erweckt worden. Er hat sich aufgerichtet, während der Doctor wie in sich selbst zusammengebrochen aussieht.

Nic Deck horcht gespannt und seine Augen suchen die tiefe Dunkelheit zu durchdringen, die die Burg umlagert.

»Die Glocke! . . . Die schreckliche Glocke! . . . platzte der Doctor Patak heraus, das ist der Chort, der sie läutet!«

Entschieden glaubt der ganz des Verstandes beraubte arme Mann jetzt mehr als je an den leibhaftigen Teufel.

Der ruhig verharrende Forstwächter giebt ihm gar keine Antwort.

Plötzlich bricht ein Geheul, ähnlich dem, das die Nebelhörner am Eingange von Häfen hören lassen, in lärmenden Tonwellen hervor. Auf weiten Umkreis hin wird die Luft von dem durchdringenden Geräusche erschüttert.

Dann schießt ein Lichtstrahl aus dem Mittelthurme, eine intensive Helligkeit, zuweilen unterbrochen durch noch strahlendere Blitze, durch wahrhaft blendende Lichtpfeile. Aus welcher Quelle stammt dieses mächtige Lichtbündel, das in breitem Strahle über die Oberfläche des Orgallplateaus hinwandert? Aus welchem Glühofen bricht diese strahlende Masse, die gleichzeitig die Felsen zu entzünden droht und sie doch mit seltsamem fahlen Scheine übergießt?

»Nic . . . Nic . . . ruft der Doctor, seht mich an! . . . Bin ich nicht wie Ihr nur noch ein Leichnam?«

In der That haben die beiden Männer ein täuschend leichenähnliches Aussehen bekommen, ein blasses Gesicht, erloschene Augen, tiefe Augenhöhlen, grünliche Wangen mit gesprenkeltem Teint und Haare, die dem Moose gleichen, das der Sage nach auf den Schädeln von Gehenkten wuchert.

Nic Deck ist verblüfft über das was er sieht, wie über das was er hört. Der Doctor Patak, der sich schon im höchsten Stadium des Entsetzens befindet, hat starrgespannte Muskeln, sich aufsträubendes Haar und erweiterte Pupillen — Sein ganzer Körper ist steif wie in tetanischem Krampfe. Er »athmet Schrecken«, wie der Dichter sagt.

Eine Minute — höchstens eine Minute — währte die erschreckende Erscheinung, dann schwächte sich das Licht allmählich ab, das Geheul verstummte und das Plateau des Orgall lag wieder in Schweigen und Dunkelheit eingehüllt.

Weder der Eine, noch der Andere machte einen weiteren Versuch zu schlafen. Sie erwarteten, der Doctor durch das Entsetzen völlig vernichtet, der Forstwächter vor der Steinbank stehend und aufmerksam lauschend, das Grauen des nächsten Tages.

Woran mochte wohl Nic Deck gegenüber diesen in seinen Augen offenbar übernatürlichen Dingen denken? War auch die letzte Erfahrung nicht im Stande, seinen Entschluß zu erschüttern? Würde er sich darauf versteifen, dem gefährlichen Abenteuer noch weiter nachzugehen? Er hatte freilich versichert, daß er in die Burg eindringen und den Wartthurm durchsuchen werde. ... War es denn aber nicht genug, bis an deren unübersteigbare Mauer gelangt zu sein, sich dem Zorne der Geister und dem Sturme der Elemente ausgesetzt zu haben? Würde man ihm einen Vorwurf darüber machen, daß er sein Versprechen nicht eingelöst habe, wenn er ins Dorf zurückkehrte, ohne die Thorheit so weit getrieben zu haben, daß er sich in das Teufelsschloß wagte?

Urplötzlich stürzt sich der Doctor auf ihn, packt ihn mit der Hand, sucht ihn fortzuzerren und ruft mit dumpfer Stimme:

»Kommt!... Kommt, weg von hier!

— Nein!« antwortete Nic Deck.

Jetzt hält er vielmehr den Doctor zurück, der nach einer letzten Anstrengung zusammensinkt.

Die Nacht ging schließlich zu Ende, der Gemüthszustand der beiden Männer hatte diese aber alles Urtheils darüber beraubt, wie viel Zeit bis zum Anbrechen des Tages noch verstrich. Die dem Doctor übersinnlich, dem Forstwächter nur unerklärlich erscheinenden Erfahrungen der Nacht ließen Beiden deren weitere Stunden ohne zurückbleibenden Eindruck auf sie verrinnen.

Jetzt färbte sich der Kamm des Paring mit schwach rosenrothem Saume; ein Lichtschimmer flog über den östlichen Horizont an der anderen Seite des Thales der beiden Sil. Bald zuckten auch die ersten Strahlen nach dem von Wolkenstreifen übersäeten Zenith empor.

Nic Deck wendete sich nach dem Schlosse zu. Er sah dessen Formen sich nach und nach abzeichnen, den Wartthurm aus den Nebelwolken der Höhe, die jetzt schon am Vulcan selbst niederstiegen, deutlicher hervortreten; er sah die Kapelle, die Gallerien' die Mauer zwischen den Bastionen aus dem nächtlichen Dunste auftauchen, dann die Eckbastion selbst und die Buche, deren Blätter im Morgenwinde rauschten, sich vom Hintergrunde abheben.

Die Burg bot ganz das Aussehen wie am Vorabende. Die Glocke erschien ebenso unbewegt, wie der alte verrostete Wetterhahn. Den Schornsteinen des Wartthurmes entstieg nicht die feinste Rauchsäule, und die Fenster desselben waren hinter ihren Gittern fest verschlossen.

Ueber der Plattform zogen mit hellem Geschrei einige Vögel ihre luftigen Kreise.

Nic Deck richtete den Blick nach dem Haupteingange des Schlosses. Die gegen die Maueröffnung aufgezogene Wallgrabenbrücke versperrte das Ausgangsthor, dessen Steinpfeiler das Wappen der Barone von Gortz trugen.

War nun der Forstwächter noch wie zuvor entschlossen, dieses abenteuerliche Wagniß bis zu Ende zu führen? Ja; auch die nächtlichen Erscheinungen hatten ihn hierin nicht wankend machen können. — Gesagt — gethan! so lautete, wie wir wissen, des jungen Mannes Wahlspruch. Weder die geheimnißvolle Stimme, die ihn persönlich in der Gaststube des »Königs Mathias« jene Warnung zugerufen hatte, noch die freilich unerklärlichen Erscheinungen des blendenden Strahlenlichtes und der unheimlichen Töne, deren Zeuge er gewesen war, sollten ihn abhalten, die Mauer der Burg zu übersteigen. Eine Stunde mußte ihm schon genügen, durch die Gallerien zu eilen, vor Allem, den Wartthurm genau zu durchsuchen, und dann, wenn er sein Versprechen ganz erfüllt, gedachte er den Weg nach Werst wieder einzuschlagen, wo die beiden Männer noch vor der Mittagsstunde eintreffen konnten.

Was den Doctor angeht, so glich dieser zunächst freilich nur einer leblosen Maschine ohne die Kraft, ja ohne den Willen zu irgend welchem Widerstande. Er ging, wohin man ihn gerade stieß; fiel er zur Erde, so hätte er sich nicht wieder zu erheben vermocht. Die Erscheinungen der vergangenen Nacht hatten seine Hirnthätigkeit offenbar völlig lahm gelegt; so erhob er auch nicht den leisesten Widerspruch, als der Forstwächter, nach dem Schlosse zeigend, sagte:

»Nun vorwärts!«

Und doch war's jetzt schon heller Tag und hätte der Doctor Werst gewiß wieder erreichen können ohne die Befürchtung, sich in den Waldmassen des Plesa zu verirren. Daß er trotzdem bei Nic Deck ausharrte, war ihm aber nicht etwa als Verdienst anzurechnen. Wenn er seinen Gefährten nicht verließ, um nach dem Heimatdorfe zu flüchten, so lag das daran, daß ihm das Bewußtsein der Sachlage mangelte, daß er nur noch ein Leib ohne Seele war. Auch als ihn der Forstmann nach der äußeren Böschung des Wallgrabens zerrte, ließ er ihn ruhig gewähren.

Nic Deck wollte jetzt zunächst erspähen, ob es möglich sei, in die Burg anders als durch das Ausfallsthor zu gelangen, und von wo aus das am leichtesten ausführbar erschien.

Die Zwischenmauer der Bastionen zeigte keine Bresche, keine eingestürzte Stelle, nicht einmal eine Spalte, die Zugang nach dem Raume hinter der Umfassung gewährt hätte. Es war wirklich überraschend, die alten Mauern so vortrefflich erhalten zu finden, was sie wohl nur ihrer außerordentlichen Dicke zu verdanken hatten. Bis zu dem sie bekrönenden Zinnenrande hinaufzuklettern, erschien ganz unausführbar, da sie wenigstens vierzig Fuß über die Grabensohle emporragten. Es gewann also den Anschein, als ob Nic Deck jetzt, wo er bis zum Karpathenschlosse vorgedrungen war, auf ganz unüberwindbare Hindernisse stoßen sollte.

Zum Glück — oder eigentlich recht zum Unglück für ihn — befand sich über dem Ausfallsthor eine Art Schießluke, oder vielmehr ein Mauereinschnitt, durch den früher die Mündung einer Feldschlange herausgeblickt haben mochte. Benützte er nun eine der Zugbrückenketten, die bis zum Erdboden herabhingen, so konnte es für einen kräftigen, geschmeidigen Mann nicht besonders schwierig sein, bis zu jenem Ausschnitt emporzuklimmen. Dessen Breite genügte offenbar, sich hindurch zu zwängen, und wenn er nicht an der Innenseite durch ein Eisengitter verschlossen war, so mußte Nic Deck auf diesem Wege in den Burghof gelangen können.

Der Forstwächter durchschaute auf den ersten Blick, daß er gar nicht anders zu seinem Ziele gelangen könne, und so stieg er denn, mit dem ganz bewußtlosen Doctor hinter sich, auf schiefem Fußpfade die äußere Böschung des Wallgrabens hinunter.

Bald hatten Beide den mit Steinen, die unter wucherndem Unkraut lagen, bedeckte Sohle des Grabens erreicht. Freilich wußten sie kaum, worauf ihre Füße standen und ob nicht unzähliges giftiges Gethier aus dem Pflanzengewirr der feuchten Aushöhlung hervorbrechen würde.

In der Mitte des Grabens und parallel mit der Verbindungsmauer verlief der alte Abzugscanal, der freilich jetzt fast ausgetrocknet und übrigens ohne große Anstrengung zu überspringen war.

Nic Deck, der nichts an geistiger und körperlicher Energie eingebüßt hatte, ging mit dem gewohnten kalten Blute vor, während der Doctor ihm maschinenartig folgte, wie ein Thier, das man am Stricke hinter sich nachzieht.

Nachdem sie über den Abzugscanal gelangt, ging der Forstwächter etwa zwanzig Schritte weit längs des Fußes der Verbindungsmauer bis dicht unter das Ausfallsthor hin, nach der Stelle, wo das Ende der gesehenen Kette herabhing. Unter Benutzung der Hände und der Füße mußte er hier leicht den Steinsims erreichen können, der unter dem Mauereinschnitt ein Stück hervorsprang.

Nic Deck hatte offenbar nicht die Absicht, auch den Doctor Patak zu dieser Kletterübung aufzufordern; einem so schweren Männchen wäre das unmöglich gewesen. Er begnügte sich also, diesen kräftig zu schütteln, um sich ihm bestimmt verständlich zu machen, und empfahl ihm, sich mäuschenstill hier unten im Graben zu verhalten.

Dann begann Nic Deck — für seine Gebirgsbewohnermuskeln nur ein Spiel — längs der Kette hinaufzuklimmen.

Als sich der Doctor aber allein sah, mochte er sich der augenblicklichen Sachlage doch einigermaßen wieder bewußt werden. Er fing an zu begreifen, blickte nach allen Seiten herum, sah seinen Gefährten schon zehn bis zwölf Fuß über dem Erdboden schweben und schrie mit einer von der ausgestandenen Angst heiser gewordenen Stimme:

»Halt, Nic! ... Haltet ein!«

Der Forstwächter hörte gar nicht darauf.

»Kommt herunter... aber gleich, oder ich gehe davon! jammerte der Doctor, der mit Mühe wieder auf die Füße gekommen war.

— So geht, wenn's Euch beliebt!« rief Nic Deck herunter.

Immer weiter kletterte der junge Mann an der Zugbrückenkette hinauf.

Der Doctor Patak, jetzt von beispiellosem Schrecken gepackt, wollte den schmalen Pfad der Außenböschung wieder aufsuchen, um darauf nach dem Rande des Plateaus des Orgall zu gelangen und, was er laufen konnte, den Weg nach Werst wieder einzuschlagen....

O Wunder, vor dem alle, die die vergangene Nacht gestört hatten, völlig verblaßten... er konnte sich nicht mehr von der Stelle rühren! Seine Füße erschienen wie festgehalten von den Backen einer mächtigen Zange. Vielleicht konnte er einen Fuß nach dem anderen frei bekommen... nein, auch das nicht — beide hingen mit den Absätzen und den Sohlen der Stiefel unverrückbar fest. Hatte sich der Doctor vielleicht in die Fangeisen einer Falle verirrt?... Er war jetzt viel zu verdutzt, um das erkennen zu können. Es schien aber weit mehr, als ob er durch die eisernen Nägel seines Schuhwerkes festgehalten würde.

Mochte dem sein, wie ihm wolle, der arme Mann fühlte sich an der Stelle, wo er stand, unbeweglich festgebannt... er war an den Erdboden genietet... Da es ihm an Kraft fehlte, um zu rufen, streckte er voller Verzweiflung die Arme aus. Es hatte den Anschein, als wolle er einem Ungeheuer, dessen Rachen über der Erde gähnte, die innersten Eingeweide herausreißen.

Inzwischen war Nic Deck bis zur Höhe des Ausfallthors gelangt und wollte eben die Hand auf eines der Eisenbänder legen, das den einen Haspen der Zugbrücke hielt ...

Da entrang sich ihm ein schmerzlicher Aufschrei, dann streckte er sich, wie vom Blitze getroffen, nach rückwärts, glitt längs der Kette, die er mehr instinctmäßig im letzten Augenblicke wieder erfaßt hatte, herunter und stürzte auf der Erde zusammen.

»Die Stimme hatte es ja vorausgesagt, daß mir ein Unglück zustoßen würde«, murmelte er. Dann schwand dem Forstwächter das Bewußtsein.

VII.

Wie sollten wir die Beängstigung schildern, die seit dem Weggange des jungen Forstwächters und des Doctor Patak herrschte! Sie schien mit jeder weiteren Stunde nur noch zu wachsen, da die Zeit der Abwesenheit der beiden Allen fast endlos vorkam.

Meister Koltz, der Gastwirth Jonas, Magister Hermod und einige Andere waren überhaupt gleich auf der Terrasse im Dorfe geblieben. Keiner ließ davon ab, die ferne Masse der Burg zu betrachten und vorzüglich aufzupassen, ob über dem Wartthurme wieder eine Rauchsäule sichtbar würde. Doch kein Rauch wollte sich zeigen, was mittelst des unabänderlich nach dem Karpathenschlosse gerichteten Fernrohrs deutlich erkannt wurde. Die beiden, für dieses Instrument ausgegebenen Gulden waren wirklich gut angelegtes Geld gewesen. Niemals hatte der übrigens etwas habsüchtig angelegte Biró, der die eigene Börse gern zuhielt, eine für seine Rechnung gemachte Ausgabe so wenig bereut, wie im vorliegenden Falle.

Um halb ein Uhr Mittags, als Schäfer Frik von der Weide zurückkam, bestürmten ihn Alle mit neugierigen Fragen, ob etwas Neues, etwas Außerordentliches, etwas Uebernatürliches vorgekommen sei....

Frik antwortete, daß er weit durch das Thal der Walachischen Sil gezogen sei, ohne etwas Verdächtiges bemerkt zu haben.

Nach dem Mittagsessen, so um zwei Uhr, eilte Jeder wieder auf seinen Beobachtungsposten. Keiner hätte daran gedacht, heute daheim zu bleiben, und Keiner dachte auch daran, den »König Mathias« nur mit einem Fuße zu betreten, wo sich so verderbendrohende Stimmen vernehmen ließen. Daß die Wände Ohren hatten, mochte ja noch hingehen, denn an diese Vorstellung ist man am Ende durch den allgemeinen Sprachgebrauch gewöhnt ... aber auch noch einen Mund!... Das war gar zu toll!

Der würdige Gasthalter konnte wirklich fürchten, daß über sein Haus eine Art Quarantäne verhängt werden würde, und das nahm er sich doch gewaltig zu Herzen. Vielleicht sah er sich gar gezwungen, sein Geschäft zu schließen und wegen Mangels an Gästen seine Vorräthe selbst aufzuzehren. Um die Bevölkerung von Werst nach Kräften zu beruhigen, hatte er übrigens eine gründliche Durchsuchung des »König Mathias« vorgenommen, hatte alle Stuben — selbst bis unter die Betten — persönlich nachgesehen, Schränke und Schanktische durchwühlt, alle Ecken und Winkel der großen Gaststube durchstöbert, und Keller und Boden obendrein, wo sich ein rücksichtsloser Spaßvogel nur immer hätte verbergen können, um eine solche Nasführung ins Werk zu setzen ... Nichts! ... Nichts fand sich auch längs der nach dem Nyad zu liegenden Hauswand. Die Fenster waren hier viel zu hoch, als daß es möglich gewesen wäre, sich an der Rückseite einer lothrechten Mauer, deren Untergrund obendrein in den wilden Lauf des Nyad tauchte, bis an deren Oeffnung hinaufzuschwingen. Gleichviel! Die Furcht kennt keine Vernunft, und gewiß würde recht lange Zeit verfließen, bis die Stammgäste des wackeren Jonas wieder zu seiner Wirthschaft, seinem Schnaps und seinem Rakiou Vertrauen gewonnen hatten.

Lange Zeit? ... Er täuschte sich, wie der Leser sehen wird; diese betrübende Aussicht sollte sich nicht verwirklichen.

Schon wenige Tage später nahmen nämlich in Folge eines unvorhergesehenen Umstandes die Notablen des Dorfes ihre täglichen Zusammenkünfte bei einem herzstärkenden Trunke an den Tischen des »König Mathias« wieder auf.

Vorläufig müssen wir jedoch zu dem jungen Forstwächter und seinen Begleiter, den Doctor Patak, zurückkehren.

Der freundliche Leser erinnert sich, daß Nic Deck beim Fortgehen von Werst der trostlosen Miriota versprochen hatte, seinen Besuch des Karpathenschlosses nicht unnöthig zu verlängern. Stieß ihm kein Unglück zu, ging die unheimliche Drohung nicht in Erfüllung, so rechnete er, noch in den ersten Abendstunden zurück zu sein. Jetzt erwartete man ihn also, und mit welcher Ungeduld! Natürlich konnte das junge Mädchen ebenso wenig wie ihr Vater oder der Schulmeister voraussehen, daß die Schwierigkeiten des Weges dem Forstwächter nicht gestatten würden, das Plateau des Orgall vor Einbruch der Nacht zu erreichen.

Selbstverständlich mußte die schon tagsüber lebhafte Unruhe alles Maß übersteigen, als es schon acht Uhr am Kirchthurm von Vulcan schlug, was im Dorfe Werst ganz deutlich zu hören war. Was konnte geschehen sein, daß Nic Deck und der Doctor nach eintägiger Abwesenheit nicht wieder erschienen waren? Unter diesen Umständen wäre es Keinem in den Sinn gekommen, seine Wohnung aufzusuchen, bevor jene sich nicht wieder gezeigt hatten. Jeden Augenblick glaubte man sie schon an der Biegung der bergauf führenden Straße erscheinen zu sehen.

Meister Koltz und seine Tochter waren bis an die Stelle der Straße hinausgegangen, wo der Schäfer auf Wache ausgestellt worden war. Wiederholt meinten sie, sich Schatten in der Ferne unter den vereinzelt stehenden Bäumen am Waldesrand abheben zu sehen ... leider eine Täuschung! Der Bergrücken blieb verlassen wie gewöhnlich, denn es kam nur selten vor, daß Leute von der Grenze sich während der Nacht dahin begeben hätten. Außerdem war es Dienstag Abend — der Dienstag der bösen Geister — und an diesem Tage zogen die Transsylvanier von Sonnenuntergang an schon allein nicht gern über Land. Nun mußte gerade Nic einen solchen Tag zu seinem Besuche der Burg wählen! In Wahrheit hatte freilich der junge Forstwächter mit keiner Silbe hieran gedacht, und im Dorfe obendrein auch kein Mensch.

Miriota dachte aber jetzt sehr ernst daran. Welch' entsetzliche Bilder zogen da an ihrem Geiste vorüber! Sie hatte ja ihren Verlobten in Gedanken Stunde für Stunde begleitet, durch die dichten Wälder des Plesa, bis hinauf zur Hochfläche des Orgall. Jetzt, wo die Nacht hereinbrach, erschien es ihr, als sähe sie ihn innerhalb der Burgmauer, wie er sich bemühte, den Geistern, die das Karpathenschloß in Bann hielten, zu entkommen. Er war ihrer Meinung nach zum Spielball der Zaubereien der Letzteren geworden ... zum Opfer, das sie ihrer Rache darbrachten. ... Vielleicht war er jetzt in schauriger unterirdischer Höhle eingesperrt. ... Vielleicht gar schon todt. ...

Was hätte das arme Mädchen darum gegeben, den Spuren Nic Deck's nacheilen zu können! Doch da sie das nicht konnte, wollte sie ihn wenigstens an dieser Stelle die ganze Nacht hindurch erwarten. Ihr Vater nöthigte sie jedoch, endlich mit nach Hause zu gehen, und während er den Schäfer zur Beobachtung zurückließ, erreichten Beide wieder schweigend einherziehend ihre Wohnung.

Sobald sie in ihrer Kammer allein war, ließ Miriota ihren Thränen freien Lauf. Sie liebte ihn ja von ganzer Seele, den wackeren Nic, und war ihm nur um so zärtlicher zugethan, weil sich der Forstwächter ihre Liebe nicht unter den gewöhnlichen Verhältnissen erworben hatte, unter denen die meisten Ehen hier in den transsylvanischen Provinzen in so wunderlicher Art und Weise zu Stande kommen.

Jedes Jahr am Johannistage wird hier nämlich eine sogenannte »Brautmesse« abgehalten. An genanntem Tage strömen aus dem Comitat alle jungen Mädchen zusammen. Sie kommen dann auf den besten, mit den schönsten Pferden geschmückten Wagen, auf den sie ihre Aussteuer unterbringen, nämlich eigenhändig gesponnene, genähte und gestickte Kleider in großen Truhen von leuchtender Farbe. Die Familien, Freundinnen und

Nachbarinnen geben ihnen dabei das Geleite. Ebenso finden sich die heiratsfähigen jungen Burschen ein, die seidene Schärpen um die Taille zu tragen pflegen. Auf dem Markte umherstolzirend, wählen sie sich die Dirne, die ihnen gefällt; dann übergeben sie dieser einen Ring und ein Taschentuch als Verlobungsgeschenk — und bald nach diesem Feste wird dann die Hochzeit ausgerichtet.

Auf einem solchen Markte war es also nicht gewesen, wo Nicolas Deck seine Miriota zuerst getroffen hatte; ihre Verbindung beruhte nicht auf einem Zufall. Beide kannten sich schon von Kindheit her und liebten sich schon von der Zeit ab, wo man eben zu lieben anfängt. Der junge Forstwächter war niemals zu einer solchen Brautmesse gegangen, um sich die zu küren, die einmal seine Braut werden sollte, und Miriota war ihm dafür herzlich dankbar. Ach, warum war Nic Deck aber ein so entschlossener, so zäher, um nicht zu sagen, starrsinniger Charakter, ein so unbedachtes Versprechen zu halten? Er liebte sie, liebte sie trotz alledem, und dennoch hatte sie nicht Macht genug gehabt, ihn von dem Wege nach dem verzauberten Schlosse abzuhalten!

Welch' schreckliche Nacht durchweinte Miriota in ihrer Seelenangst! Sie hatte sich gar nicht niederlegen wollen. Gegen das Fenster gelehnt und den Blick nach der aufsteigenden Landstraße gerichtet, glaubte sie da eine Stimme zu vernehmen, die ihr zumurmelte:

»Nicolas Deck hat Deine Warnung nicht beachtet!... Miriota hat keinen Verlobten mehr!«

Doch das war nur eine Sinnestäuschung; keine Stimme unterbrach die nächtliche Stille. Das unerklärliche Vorkommniß in der Gaststube des »König

Mathias« wiederholte sich nicht im Hause des Meister Koltz.

Am folgenden Tage war die Bewohnerschaft von Werst schon mit dem Morgenrothe draußen. Von der Terrasse bis zur Straßenbiegung am Berge sah man die Einen auf der Straße hinauf-, die Anderen hinabwandeln — Jene, um Neuigkeiten zu erfahren, Diese, um sie zu verbreiten. Man sagte, der Schäfer Frik sei bis auf eine gute Meile vom Dorfe weit hinausgegangen, zwar nicht durch den Wald des Plesa, sondern an dessen Saume langhin, und daß er dazu seinen besonderen Grund haben möchte.

Ihn mußte man jedenfalls abwarten, und um schneller etwas zu erfahren, hatten sich der Meister Koltz, Miriota und Jonas bis zum letzten Ende des Dorfes hinausbegeben.

Nach Verlauf einer halben Stunde wurde Frik einige hundert Schritte die Straße aufwärts zuerst bemerkt.

Da er seine Schritte keineswegs beeilte, hielt man das für eine schlechte Vorbedeutung.

»Nun, Frik, was weißt Du? ... Was hast Du wahrgenommen? fragte ihn Meister Koltz, als er zu diesem herangekommen war.

— Ich habe nichts gesehen, nichts erfahren, antwortete Frik.

— Nichts! murmelte das junge Mädchen, deren Augen sich mit Thränen füllten.

— Bei Tagesanbruch, fuhr der Schäfer fort, bemerkte ich eine Meile von hier zwei Männer. Erst hielt ich sie für Nic Deck und den Doctor, doch — diese waren es nicht.

— Weißt Du denn, wer dieselben waren?

— Zwei fremde Reisende, die geraden Weges von der walachischen Grenze herkamen.

— Du hast also mit ihnen gesprochen?

— Ja.

— Und sie kommen nach dem Dorfe herunter?

— Nein, sie zogen zunächst in der Richtung nach dem Retyezat weiter, da sie dessen Gipfel ersteigen wollten.

— Es sind also zwei Lustreisende?

— So sahen sie aus, Meister Koltz.

— Und obwohl sie diese Nacht über den Rücken des Vulcan gekommen sind, haben sie von der Burg doch nichts gesehen?

— Nein ... denn zu der Zeit befanden sie sich noch jenseits der Grenze, erwiderte Frik.

— Du bringst also über Nic Deck keine Nachricht?

— Nicht die geringste.

— O mein Gott! schluchzte die arme Miriota.

— Uebrigens werdet Ihr diese Reisenden in wenigen Tagen selbst fragen können, fügte Frik hinzu, denn sie gedenken vor ihrer Rückkehr nach Kolosvar in Werst Halt zu machen.

— Vorausgesetzt, daß man ihnen von meinem Gasthofe nichts Schlechtes zuflüstert! dachte der untröstliche Jonas. Sie wären wohl im Stande, dann auf Wohnung bei mir zu verzichten.«

Seit sechsunddreißig Stunden schon war der vortreffliche Gasthalter von der Furcht besessen, daß kein Reisender jemals wieder im »König Mathias« zu speisen oder zu übernachten wagen würde.

Alle zwischen dem Schäfer und seinem Herrn gewechselten Fragen und Antworten hatten die Sachlage nicht im Geringsten weiter geklärt, und da weder der junge Forstwächter, noch der Doctor Patak bis acht Uhr Morgens zurückgekehrt war, konnte man wohl schon der Befürchtung Raum geben, daß sie niemals wiederkommen würden. Niemand nähert sich eben ungestraft dem alten Karpathenschlosse.

Gebrochen von der Aufregung dieser schlaflosen Nacht, hatte Miriota nicht mehr die Kraft sich aufrecht zu erhalten. Nur schwankend vermochte sie sich langsam hinzuschleppen. Mit herzzerreißender Stimme rief sie nach ihrem Nic. Sie wollte fort, ihn aufzusuchen. Der Auftritt war schmerzlich mit anzusehen und legte die Befürchtung nahe, daß das junge Mädchen ernstlich erkranken könnte.

Jetzt war es jedoch ebenso nothwendig wie dringend, zu einem Entschlusse zu kommen. Irgendwer mußte dem Forstwächter und dem Doctor ohne Zeitverlust zu Hilfe eilen. Nun konnte es kaum darauf ankommen, Gefahren zu trotzen, sich der Rache menschlicher oder anderer Wesen, die in der Burg hausen mochten, auszusetzen. Die Hauptsache war, zu erkunden, was aus Nic Deck und dem Doctor geworden war. Diese Pflicht drängte sich deren Freunden ebenso gebieterisch auf, wie den ihnen ferner stehenden Dorfbewohnern. Die Muthigsten konnten sich ja nicht wohl weigern, in die Waldmasse des Plesa einzudringen, um selbst bis zum Karpathenschlosse emporzuklimmen.

Nach fernerem nutzlosen Hin- und Herreden entpuppten sich als die Muthigsten ihrer drei: der Meister Koltz, der Schäfer Frik und der Gastwirth Jonas — der würdige Schulmeister Magister Hermod empfand dagegen plötzlich ganz außerordentliche Gichtschmerzen am Beine und hatte dieses in der Schulstube über zwei Stühle ausstrecken müssen.

Gegen neun Uhr machten sich Meister Koltz und seine Begleiter — vorsichtigerweise wohl bewaffnet — auf den Weg nach dem Vulcan — an derselben Stelle der Straße, wo Nic Deck diese verlassen hatte, wichen auch sie davon ab, um in das dichte Gehölz einzudringen.

Sie sagten sich nicht ohne Berechtigung, daß der junge Mann und der Doctor, wenn sie auf der Heimkehr nach dem Dorfe begriffen wären, denselben Weg wählen würden, den sie auf dem Hinweg über den Plesa eingeschlagen hätten. Ihre Spuren mußten sich ja leicht genug wiederfinden lassen, und das traf auch zu, als alle Drei kaum hinter dem Saume des Waldes verschwunden waren.

Wir lassen sie nun dahinziehen, um zu berichten, welcher Wechsel der Ansichten in Werst Platz griff, sobald man Jene aus dem Gesichte verloren hatte. Wenn es erst ganz selbstverständlich erschienen war, daß sich mehrere Leute freiwillig entschlossen, Nic Deck und Patak entgegen zu gehen, so fand man darin jetzt eine Unklugheit sondergleichen, nachdem Jene aufgebrochen waren. Was würde das Ende vom Liede sein? Dem ersten Unglücke konnte sich nur noch ein zweites anreihen. Daß der Forstwächter und der Doctor die Opfer ihres Unterfangens geworden wären, daran zweifelte Niemand mehr, was konnte es also nützen, daß Koltz, Frik und Jonas auch noch ihrer Hilfswilligkeit für Jene zum Opfer fielen?

Es würde eine geraume Zeit vergehen, während der das junge Mädchen ihren Vater ebenso beweinte, wie sie ihren Verlobten beweinen, die Freunde des Schäfers und des Gastwirths deren Verlust betrauern würden.

Die Verzweiflung in Werst wurde schon eine allgemeine und es sah hier nicht so aus, als ob sie sobald verschwinden sollte. Selbst angenommen, daß den ersten Beiden kein Unglück zugestoßen war, so konnte man auf die Rückkehr des Meister Koltz und seiner beiden Begleiter nicht eher rechnen, als bis die Nacht die benachbarten Höhen mit ihrem schwarzen Mantel bedeckte.

Wie groß war daher das Erstaunen, als Jene gegen zwei Uhr Nachmittags weit draußen auf der Landstraße zum Vorschein kamen. Mit welch' freudiger Hast eilte die davon sofort benachrichtigte Miriota den Männern entgegen!

Es waren ihrer aber nicht drei, sondern vier, und ein Fünfter befand sich offenbar unter der Pflege des Doctors.

»Nic ... mein armer Nic! rief das junge Mädchen klagend. Ist denn Nic nicht da?« ...

Ja, Nic war freilich da, er lag aber auf einer Bahre aus Baumzweigen, die Jonas und der Schäfer vorsichtig trugen.

Miriota stürzte auf ihren Verlobten zu, sie neigte sich über ihn und schloß ihn innig in die Arme.

»Er ist todt ... jammerte sie, er ist todt!

— Nein, todt ist er nicht, erwiderte der Doctor Patak, doch er verdiente es zu sein, und ich mit ihm!«

In Wahrheit hatte der junge Forstwächter nur das Bewußtsein verloren. Seine starren Glieder, das blasse Gesicht und die vom Athmen sich kaum hebende Brust ließen den Zustand vielleicht noch schlimmer erscheinen, als er in der That war. Das Gesicht des Doctors dagegen war nicht so entfärbt wie das seines Gefährten — doch das rührte nur davon her, daß der

Weg nach Hause ihm wieder den gewöhnlichen backsteinrothen Teint verliehen hatte.

Die zärtliche, herzzerreißende Stimme Miriotas vermochte doch Nic Deck nicht aus der Starrsucht, in der er lag, zu erwecken. Als er ins Dorf zurück und schon nach dem Hause des Meister Koltz gebracht worden war, hatte er noch kein Wort gesprochen, doch als er nur unklar bemerkte, daß das junge Mädchen sich über sein Lager beugte, da flog ein schwaches Lächeln über seine Lippen. Ein Theil seines Körpers erwies sich als gelähmt, als hätte ihn eine Hemiplegie befallen. Um Miriota wenigstens etwas zu beruhigen, flüsterte er ihr aber bald, wenn auch nur sehr schwach, die Worte zu:

»Es hat nichts auf sich ... gewiß, das geht vorüber!

— Nic ... mein armer Nic! klagte das junge Mädchen.

— Nur etwas Erschöpfung, liebste Miriota, etwas Aufregung. Das giebt sich bald wieder ... und unter Deiner Pflege ...«

Doch der Kranke brauchte selbst und in seiner Umgebung die größte Ruhe. So verschwand auch Meister Koltz aus dem Zimmer und ließ Miriota bei dem jungen Forstwächter, der sich eine aufmerksamere Krankenwärterin gar nicht hätte wünschen können und bald sanft entschlummerte.

Inzwischen berichtete der Gastwirth Jonas vor einem großen Zuhörerkreis und mit starker Stimme, um von Allen richtig verstanden zu werden, was sich seit ihrem Abgang zugetragen hatte.

Nachdem Meister Koltz, der Schäfer und er im Walde den Pfad aufgefunden, den Nic Deck und der

Doctor sich gebrochen, hatten sie die Richtung gerade nach dem Karpathenschlosse eingeschlagen. Zwei Stunden arbeiteten sie sich die Abhänge des Plesa schon hinauf, als zwei Männer sichtbar wurden. Das waren der Doctor und der Forstwächter, der Eine, dem die Beine jeden Dienst versagten, und der Andere am Rande seiner Kräfte und am Fuße eines Baumes zusammengesunken.

Nach dem Doctor hinzulaufen, ihn zu fragen, ohne von ihm eine Antwort zu erhalten, denn er war viel zu sehr außer sich, um eine Silbe hervorbringen zu können, ferner aus Baumzweigen eine Bahre herzustellen, Nic Deck darauf zu legen und Patak wieder auf die Füße zu helfen, das war im Handumdrehen geschehen. Koltz und der Schäfer, die zuweilen von Jonas im Tragen abgewechselt wurden, hatten darauf den Rückweg nach Werst eingeschlagen.

Warum Nic Deck sich in einem solchen Zustand befand und ob er die Ruinen der Burg durchsucht habe, das wußte der Gastwirth ebenso wenig wie Meister Koltz, nicht mehr als der Schäfer Frik, denn der Doctor hatte sich noch nicht so weit wieder erholt, um ihre Wißbegierde befriedigen zu können.

Hatte Patak bis jetzt aber nicht gesprochen, so mußte er es nun wohl thun. Sapperment, er befand sich ja in Sicherheit im Dorfe, umgeben von seinen Freunden, inmitten seiner Clienten. — Von den Wesen da draußen hatte er nichts mehr zu fürchten; selbst wenn sie ihm den Eid entrissen hatten, zu schweigen, nichts von dem zu verrathen, was er im Karpathenschloß gesehen, so legte ihm doch das Interesse der Allgemeinheit den Zwang auf, jenen Eid zu brechen.

»Nun vorwärts, rafft Euch auf, Doctor, setzte ihm Meister Koltz zu, ruft Eure Erinnerung wieder wach!

— Ihr wollt ... daß ich rede ...

— Im Namen der Einwohner von Werst und um die Ruhe und den Frieden des Dorfes zu sichern, befehl' ich's Euch!«

Ein volles Glas Rakiou, das Jonas herbeibrachte, hatte die Wirkung, dem Doctor den Gebrauch seiner Zunge wiederzugeben, und in mehrfach unterbrochenen Sätzen erzählte er dann Folgendes:

»Ihr wißt, wir machten uns Beide zusammen auf ... Nic und ich ... Thoren waren wir, reine Thoren! ... Fast den ganzen Tag brauchten wir, um durch die vermaledeiten Wälder zu dringen. ... Spät des Abends bei der Burg angelangt ... Hu, ich zittre noch bei dem Gedanken und werde mein ganzes Leben lang zittern! ... Nic wollte mit aller Gewalt hinein ... Ja, schlafen wollte er sogar in dem Wartthurme ... und das heißt ebensoviel, wie mit dem Belzebub sich ins Bett zu legen! ...«

Der Doctor brachte das Alles mit so hohler Stimme vor, daß Jedem schon vom bloßen Anhören seiner Rede eine Gänsehaut überlief.

»Das hab' ich aber nicht zugegeben ... fuhr er fort ... nein, ich gab's nicht zu! Was wäre denn daraus geworden, wenn ich Nic's Verlangen nachgab? ... Die Haare stehen mir zu Berge, wenn ich mir das ausmale!«

Wenn die Haare des Doctors auf seinem Schädel jetzt wirklich in die Höhe standen, kam das freilich daher, daß er sie unwillkürlich selbst durchwühlte.

»Nic mußte sich also begnügen, auf dem Plateau des Orgall zu bleiben. Das war eine Nacht, Ihr Leute, eine Nacht, sag' ich Euch! ... Versucht nur einmal Ruhe zu finden, wenn Einen die Geister keine Minute schlafen lassen ... nein, nicht eine Minute! Plötzlich erscheinen feurige Gespenster, in den Wolken leibhaftige Balauris. Sie stürmen auf das Plateau hernieder, um uns aufzufressen ...«

Alle richten die Blicke nach dem Himmel, um zu sehen, ob nicht etwa schon wieder eine Gespenstergaloppade über diesen hinjage.

»Und wenige Augenblicke danach, erzählte der entsetzte Doctor weiter, fing auch noch die Glocke der Kapelle an zu läuten!«

Alle Ohren lauschten gespannt, und mehr wie Einer glaubte entfernte Glockenschläge zu vernehmen, so sehr verschärfte der Bericht des Doctors die Einbildungskraft der an sich abergläubischen Zuhörer.

»Plötzlich, rief er schaudernd, ertönte ein furchtbares Geheul .... schon mehr ein Gebrüll von allerhand Raubthieren.... Nachher schoß ein blendender Schein aus den Fenstern des Wartthurmes.... Eine höllische Flamme badete das ganze Plateau bis in den Tannenwald hin in unerträglichem Lichte.... Nic Deck und ich ... wir starren uns an ... O, den Anblick wünsch' ich meinem verhaßtesten Feinde nicht! ... Wir gleichen nur noch zwei Leichnamen, die bei dem fahlen Teufelsscheine einander angrinsen! ...«

Wer jetzt den Doctor Patak mit dem krampfhaft verzerrten Gesicht und den unstät rollenden Augen sah, hätte wirklich fragen können, ob der Mann nicht eben aus jener Welt zurückgekehrt sei, nach der er schon so viele Seinesgleichen befördert hatte.

Man mußte ihn erst wieder zu Athem kommen lassen, denn er wäre jetzt ganz außer Stande gewesen, in der Erzählung fortzufahren. Das kostete Jonas ein zweites Glas Rakiou, das dem Exkrankenwärter einen

Theil des Verstandes, den die Geister ihm geraubt hatten, wiederzugeben schien.

»Was war denn aber schließlich mit dem armen Nic Deck geschehen?« fragte Meister Koltz.

Mit gutem Grunde legte der Biró ein besonderes Gewicht auf die Beantwortung dieser Frage, da ja der junge Forstwächter persönlich in der Gaststube des »König Mathias« durch die Geisterstimme gewarnt worden war.

»Davon weiß ich selbst nicht mehr allzuviel, erklärte der Doctor. Es war endlich wieder Tag geworden. ... Ich hatte Nic Deck gebeten, auf sein Vorhaben zu verzichten ... doch Ihr kennt ihn ja ... von einem solchen Starrkopf ist nichts zu wollen ... er kletterte in den Wallgraben hinunter und mich schleppte er hinterher. Ich hatte übrigens gar kein Bewußtsein von dem, was um mich her vorging ... Nic geht nachher bis dicht an das Ausfallsthor weiter. ... Er ergreift eine Kette der Zugbrücke und klimmt längs der Verbindungsmauer zwischen den Bastionen hinauf. ... Jetzt wurde ich mir wieder etwas klarer. ... Noch ist es Zeit, den Wahnwitzigen aufzuhalten ... um nicht zu sagen, den Gotteslästerer! Zum letzten Male befehle ich ihm, herunterzukommen, zurückzukehren, den Weg nach Werst wieder mit mir einzuschlagen. — »Nein!« Das ist die ganze Antwort, die ich von ihm bekomme. ... Nun will ich entfliehen ... ja wohl ... Ihr Leute ... ich gesteh' es ein, ich wollte entfliehen, und unter Euch ist Keiner, der nicht ganz denselben Gedanken gehabt hätte. ... Doch vergeblich such' ich vom Erdboden loszukommen. Meine Füße sind angenagelt ... festgenietet ... eingewurzelt ... Ich versuche mich mit Gewalt loszureißen

... unmöglich! ... Ich zapple mit allen Gliedern ... vergebens!«

Doctor Patak ahmte hierbei die verzweifelten Bewegungen eines an den Beinen festgehaltenen Mannes nach, die etwa denen eines Fuchses glichen, der in ein Fangeisen gerathen ist.

Dann kam er auf seine Erzählung zurück:

»In diesem Augenblicke, sagt er, hör' ich einen Schrei ... und was für einen! ... Nic Deck hatte ihn ausgestoßen. Seine die Kette umklammernden Hände haben diese losgelassen, er stürzt in den Graben hinunter, wie von unsichtbarer Hand niedergeschlagen!«

Der Doctor berichtete ja hier die Ereignisse ganz so wie sie sich abgespielt hatten, und ohne daß seine Einbildungskraft, so erregt diese auch war, etwas hinzusetzte. Wie er sie schilderte, so hatten sich die Wunderdinge, deren Schauplatz das Plateau des Orgall in vergangener Nacht gewesen war, in der That zugetragen.

Nic Deck aber erging es nach seinem Absturz wie folgt: Der Forstwächter ist bewußtlos, der Doctor Patak ganz unfähig, ihm zu Hilfe zu kommen, denn seine Stiefeln sind an die Erde genagelt und die geschwollenen Füße vermag er nicht herauszuziehen. Plötzlich wird die unsichtbare Macht, die ihn fesselt, mit einem Schlage gebrochen. Seine Beine sind wieder frei ... er eilt auf seinen Gefährten zu und — von seiner Seite schon eine wahre Heldenthat — benetzt das Gesicht Nic Deck's mit seinem Taschentuche, das er mit Wasser aus dem Abzugscanal befeuchtet hatte. Der Forstwächter kommt wieder zu sich, sein linker Arm und ein Theil des Körpers sind aber seit dem schrecklichen Schlage, der ihn getroffen, wie gelähmt. Mit

Hilfe des Doctors gelingt es ihm jedoch, die Böschung hinaufzuschleichen und nach dem Plateau zu gelangen. Dann geht es ohne Besinnen rückwärts, nach dem Dorfe zu. Nach einstündiger Wanderung schmerzen ihn der Arm und die linke Seite des Körpers dermaßen, daß er Halt machen muß.... Endlich, gerade in dem Augenblicke, wo der Doctor, um weitere Hilfe zu holen, allein nach Werst laufen will, stellen sich Meister Koltz, Jonas und Frik gerade noch zu rechter Zeit ein.

Was dem jungen Forstwächter widerfahren und ob er schwer verletzt war, darüber vermied der Doctor Patak sich zu äußern, obwohl er sonst, wenn es sich um einen Krankheitsfall handelte, immer mit einem sehr bestimmt lautenden Urtheil bei der Hand war.

»Liegt Einer an einer natürlichen Krankheit danieder, begnügte er sich in sehr lehrhaftem Tone zu sagen, so ist das schon ernst genug. Handelt es sich aber gar um eine übernatürliche Krankheit, die der Chort Euch in die Glieder schickt, so kann diese auch nur der Chort wieder vertreiben.«

Bei jedem Mangel einer Diagnose erschien die Prognose bezüglich Nic Deck's wenig beruhigend. Zum Glück waren des Doctors Worte kein Evangelium, und wie viel Aerzte seit Hippokrates und Galen haben sich getäuscht und täuschen sich noch täglich, obwohl sie dem Doctor Patak im Wissen und Können weit »über« sind. Der junge Forstwächter war ein von Natur gesunder Bursche, bei seiner kräftigen Constitution konnte man wohl erwarten, daß er sich — auch ohne Teufelshilfe — wieder aus der Schlinge zöge — freilich unter der Voraussetzung, daß er die Vorschriften des alten Krankenwärters von der Quarantaine nicht gar zu genau befolgte.

VIII.

Derartige Vorkommnisse waren natürlich nicht geeignet, die Bewohner von Werst zu beruhigen. Jetzt stand es außer Zweifel — es waren keine leeren Drohungen gewesen, die der »Mund des Schattens«, wie der Dichter sich ausdrücken würde, den Gästen im »König Mathias« anzuhören gegeben hatte. In unerklärlicher Weise verletzt, war Nic Deck für seinen Ungehorsam und seine Verwegenheit bestraft worden. War das nicht eine ernste Mahnung an Alle, denen es etwa einfallen sollte, seinem Beispiele zu folgen? Das beklagenswerthe Unternehmen bewies klar und deutlich, daß es unbedingt verboten sei, in das Karpathenschloß einzudringen. Wer das je wieder unternahm, setzte dabei das Leben auf's Spiel. Wäre es dem Forstwächter gelungen, die Verbindungsmauer zu ersteigen, so wäre er wohl nimmer wieder im Dorfe erschienen.

Die allgemeine Bestürzung in Werst, selbst in Vulcan und sogar im Thale der beiden Sil war jetzt größer als je. Man sprach schon von nichts Geringerem als einer Auswanderung der Bewohnerschaft, und einige Zigeunerfamilien zogen wirklich lieber von hier fort, als länger in der Nachbarschaft der Burg zu weilen. Jetzt, wo sie als Zufluchtsort für übernatürliche und verderbenbringende Wesen diente, mochte kein Mensch mehr von der ganzen Gegend wissen. Es blieb nur der eine Ausweg, nach irgend einen anderen Theil des Comitats zu verziehen, wenn sich die ungarische Regierung nicht etwa entschloß, das unzugängliche Nest von Grund aus zu zerstören — übrigens zweifelten die Leute hier daran, daß das Karpathenschloß mit menschlichen Hilfsmitteln allein zu zerstören wäre.

Während der ersten Juniwochen wagte sich Niemand aus dem Dorfe hinaus, nicht einmal, um die nöthige Feldarbeit zu besorgen. Konnte denn nicht der geringste Spatenstich die Erscheinung eines, in den Eingeweiden der Erde verborgenen Geistes hervorlocken? Würde die Pflugschaar, wenn sie die Furchen schnitt, nicht ganze Schwärme von Staffii oder Strigen aufscheuchen? Und wenn man Getreide säete, würde da nicht Teufelskorn aufgehen?

»Natürlich könnte so etwas gar nicht ausbleiben!« erklärte der Schäfer Frik in überzeugendem Tone.

Er selbst hütete sich weislich, mit seinen Schafen nach den Weideplätzen der Sil zurückzukehren.

Das Dorf stand also unter der Herrschaft des Schreckens. Die Feldbestellung wurde gänzlich vernachlässigt. Die Leute hielten sich bei geschlossenen Thüren und Fenstern zu Hause. Meister Koltz zermarterte sich den Kopf, wie er seinen »Unterthanen« ein Vertrauen wieder einflößen sollte, das ihm selbst fehlte. Das einzige Mittel blieb höchstens, nach Kolosvar zu gehen und das Einschreiten der Behörden zu verlangen.

Aus dem Schornsteine des Wartthurms war übrigens wiederholte Male eine aufsteigende Rauchsäule beobachtet worden; mit Hilfe des Fernrohres konnte man sie trotz der Dunstmassen, die wallend über das Plateau des Orgall hinzogen, deutlich genug unterscheiden.

Auch die Wolken am Himmel nahmen in der Nacht eine röthliche Färbung an, als ob darunter eine Feuersbrunst wüthete, und mehrmals sah man lodernde Flammengarben über das Schloß emporschießen.

Und dröhnte das Geheul, das den Doctor Patak so über die Maßen erschreckt hatte, nicht durch die Dickichte des Plesa zum Entsetzen der furchtsamen Bewohner von Werst? . . . Ja, trotz der großen Entfernung trugen wenigstens die Südwestwinde jene furchtbaren Töne, die am Rücken der Berge ihr Echo fanden, gelegentlich bis hierher.

Nach der Meinung der schon an und für sich ziemlich beschränkten Leute sollte auch der Erdboden ein Erzittern wahrnehmen lassen, als wäre in der Karpathenkette ein alter Krater wieder in Thätigkeit getreten. Alles, was die Werstianer zu sehen, zu hören und zu fühlen glaubten, war freilich stark übertrieben. Jedenfalls lagen aber auch greifbare, nicht zu bezweifelnde Thatsachen vor, und man wird vielleicht zugeben, daß diese hinreichten, Jedem das Leben in einem so im Bann böser Geister stehenden Lande zu vergällen.

Das Wirthshaus zum »König Mathias« blieb natürlich auch in der Folgezeit leer. Selbst ein Lazareth zur Zeit einer Epidemie hätte nicht mehr verlassen sein können. Niemand wagte es, dessen Schwelle zu überschreiten, und Jonas fragte sich schon, ob er nicht aus Mangel an Kunden sein Geschäft werde gänzlich aufgeben müssen, als die Ankunft zweier Reisender den Sachverhalt plötzlich änderte.

Am 9. Juni gegen acht Uhr Abends wurde auf die Klinke der Gasthofthür von außen gedrückt; die Thür öffnete sich jedoch nicht, da sie von innen her verriegelt war.

Jonas eilte aus dem Dachstübchen, in das er sich schon zurückgezogen hatte, wieder herunter. Mit der ihn erfüllenden Hoffnung, einen Gast vorzufinden, verknüpfte sich freilich auch die Furcht, dieser Gast könnte vielleicht ein böser Geist sein, dem er Abendessen und Nachtlager ohne zu überlegen abschlagen mußte.

Vorsichtigerweise fing also Jonas, ehe er die Thür öffnete, durch dieselbe an zu parlamentiren.

»Wer da? fragte er.

— Zwei Reisende.

— Lebende?

— Freilich; sehr lebende.

— Sind Sie sich dessen gewiß?

— So lebend, wie nur Einer sein kann, Herr Wirth; wir werden aber bald vor Hunger umkommen, wenn Sie so grausam sind, uns noch länger hier draußen stehen zu lassen.«

Jonas entschloß sich, den Riegel zurückzuschieben, und zwei Männer traten über die Schwelle in die Gaststube.

Kaum waren sie darin, als sie schon für jeden von Beiden ein Zimmer verlangten, da sie in Werst vierundzwanzig Stunden Rast zu halten beabsichtigten.

Beim Schein seiner Lampe betrachtete sich Jonas die neuen Ankömmlinge mit größter Aufmerksamkeit und erlangte dadurch die Ueberzeugung, daß es wirklich menschliche Wesen waren, mit denen er es zu thun hatte. Ein großes Glück für den »König Mathias«.

Der Jüngere der Reisenden schien gegen dreiunddreißig Jahre alt zu sein. Von hohem Wuchs, vornehmem hübschen Gesicht, schwarzen Augen, dunkelbraunem Haar, mit sorgfältig gepflegtem Bart und etwas traurigen, aber stolzen Zügen, machte er den Eindruck eines Landedelmannes, worüber ein so scharfsichtiger Gastwirth wie Jonas gar nicht im Unklaren bleiben konnte.

Als Letzterer noch gefragt, unter welchem Namen er die beiden Reisenden ins Fremdenbuch einzutragen habe, erklärte der Jüngere derselben:

»Der Graf Franz von Telek und sein Soldat Rotzko.

— Woher, wenn ich bitten darf?...

— Aus Krajowa.«

Krajowa mit seinen fünfundzwanzigtausend Einwohnern ist eine der bedeutendsten Städte Rumäniens, das im südlichen Theile der Karpathen mit Siebenbürgen zusammenstößt. Franz von Telek war also rumänischer Abstammung — was Jonas übrigens auf den ersten Blick erkannt hatte.

Der zweite, Rotzko mit Namen, ein großer, breitschultriger Mann von etwa vierzig Jahren, mit buschigem Schnurrbart, dickem Hauptthaar und wettergebräunter Haut, zeigte eine ausgesprochene militärische Haltung. Er trug sogar einen mittelst Gurtband über die Schulter gehängten Tornister und daneben eine leichte Reisetasche in der Hand.

Das bildete das ganze Gepäck des jungen Grafen, der als Tourist meist zu Fuß reiste. Man ersah das aus seiner Bekleidung, dem zusammengerollten Mantel, der leichten, aber regensicheren Mütze, dem um die Lenden von einem Gürtel zusammengeschnürten Rocke, an dem das walachische Messer in seiner Lederscheide hing, und an den Gamaschen, die sich dicht an die bequemen, dicksohligen Schuhe anschlossen.

Diese beiden Reisenden waren keine andern als die, denen Frik vor etwa zehn Tagen begegnet war, als sie sich über die Bergstraße nach dem Retyezat zu begaben.

Nachdem sie die Gegend bis zum Maros hin durchstreift und auch den genannten Berg erstiegen hatten, gedachten sie jetzt im Dorfe Werst ein wenig auszuruhen und dann nach dem Thale der beiden Sil weiterzuziehen.

»Sie können uns doch ein paar Zimmer überlassen? fragte Franz von Telek.

— Zwei ... drei ... vier, so viele es dem Herrn Grafen beliebt, erklärte Jonas.

— Zwei sind schon genug, sagte Rotzko, nur müssen sie unmittelbar nebeneinander liegen.

— Würden Ihnen diese hier passen? fragte Jonas, während er zwei Thüren an der einen Längsseite der Gaststube öffnete.

— Vollkommen,« antwortete Franz von Telek.

Von seinen neuen Gästen hatte Jonas also offenbar nichts zu fürchten. Das waren keine übernatürlichen Wesen, keine Gespenster, die Menschengestalt angenommen hatten, nein, der vornehme junge Mann verrieth deutlich seine hohe Geburt, und solche Gäste sieht jeder Wirth gern in seinem Hause einkehren. Das war ein unerwarteter Glücksfall, der den jetzt gemiedenen »König Mathias« wieder in Aufnahme zu bringen versprach.

»Wie weit sind wir noch von Kolosvar entfernt? fragte der junge Graf.

— So gegen fünfzehn Meilen auf der kürzesten Straße über Petroseny und Karlsburg, belehrte ihn Jonas.

— Ist der Weg dahin anstrengend?

— Für Fußgänger allerdings recht anstrengend, und — wenn mir der Herr Graf einen wohlgemeinten

Rath nicht übel deutet — ich glaube, Sie würden gut thun, mindestens einige Tage zu rasten ...

— Können wir etwas Abendessen erhalten, fragte Franz von Telek, die ehrerbietigen Rathschläge des Gastwirthes kurz abschneidend.

— Nur ein halbes Stündchen Geduld, und ich werde die Ehre haben, dem Herrn Grafen ein Abendbrod vorzusetzen, das seiner würdig ist ...

— Etwas Brod, Wein, einige Eier und kaltes Fleisch werden für heut' Abend genügen.

— Werd' ich mit Vergnügen herbeischaffen.

— Doch recht schnell.

— Augenblicklich!«

Jonas sprang schon nach der Küche zu, als ihn eine Frage zurückhielt.

»Ihr Gasthaus scheint sich keineswegs zahlreichen Besuches zu erfreuen? ... sagte Franz von Telek.

— Ja freilich, augenblicklich ist gar Niemand hier, Herr Graf.

— Ist das jetzt nicht die gewöhnliche Zeit, wo die Leute hier einen Schluck trinken und eine Pfeife rauchen?

— Diese Zeit, Herr Graf, ist schon vorüber ... denn im Dorfe Werst geht man mit den Hühnern zu Bett.«

Um Alles in der Welt hätte er nicht mittheilen mögen, warum sich im »König Mathias« kein einziger Gast eingefunden hatte.

»Euer Dorf zählt doch wohl zwischen vier- und fünfhundert Bewohner?

— Annähernd so viel Herr Graf.

— Wir sind aber keiner einzigen Seele begegnet, als wir die Hauptstraße herunter kamen.

— Ja ... das heißt ... es ist ja Sonnabend ... und am Vorabend des Sonntags ...«

Zum Glück für Jonas, der schon keine Antwort mehr wußte, erkundigte sich Franz von Telek nicht weiter. Der Gastwirth hätte sich ja niemals entschließen können, die eben herrschende Lage zuzugestehen. Seiner Meinung nach erfuhren die Fremden davon zeitig genug, und wer weiß, ob sie sich dann nicht beeilten, ein Dorf zu verlassen, das von so seltsamen Dingen in Schrecken gesetzt war.

»Wenn nur die Geisterstimme nicht wieder zu schwatzen anfängt, während sie essen!« dachte Jonas, als er einen Tisch in der Mitte des Zimmers zurecht machte.

Nach kurzer Zeit war die von dem jungen Grafen verlangte höchst einfache Mahlzeit auf blendend weißem Tischtuche aufgetragen. Franz von Telek setzte sich, und Rotzko nahm, wie er es auf der Reise stets gethan, ihm gegenüber Platz. Beide aßen mit trefflichem Appetit, und nachdem sie sich gesättigt, verschwand Jeder in seinem Zimmerchen.

Da der junge Graf und Rotzko während des Abendbrotes keine zehn Worte mit einander gewechselt hatten, konnte sich Jonas — sehr zu seinem Leidwesen — nicht in ihre Unterhaltung mischen. Franz von Telek schien übrigens wenig mittheilsam zu sein, und was Rotzko betraf, so glaubte der Gastwirth, als er diesen genauer beobachtet, daß er auch von ihm etwas Näheres über die Familie seines Herrn schwerlich werde erfahren können.

Jonas hatte sich also begnügen müssen, seinen Gästen gute Nacht zu wünschen. Ehe er nach seinem Mansardenstübchen hinaufging, sah er sich im ganzen Gastzimmer sorgsam um, horchte auf das leiseste Geräusch im Innern und von draußen und murmelte wiederholt vor sich hin:

»Wenn jene vermaledeite Stimme sie nur nicht aus dem Schlafe weckt!«

Die Nacht verlief in friedlicher Stille.

Am andern Morgen hatte sich schon sehr frühzeitig die große Neuigkeit verbreitet, daß im Gasthause zum »König Mathias« zwei Reisende abgestiegen seien, und flugs liefen eine Menge Leute vor dem Hause zusammen.

Von ihrer gestrigen Wanderung sehr ermüdet, lagen Franz von Telek und Rotzko noch in tiefem Schlummer. Es schien als ob sie vor sieben oder acht Uhr nicht aufzustehen gedachten.

Die neugierigen Leute wurden damit auf eine harte Geduldsprobe gestellt, fanden aber doch nicht den Muth, das Gastzimmer eher zu betreten, als bis die Reisenden aus ihren Schlafzimmern gekommen wären.

Schlag acht Uhr wurden Beide gleichzeitig sichtbar.

In der Nacht war ihnen nichts Schlimmes widerfahren, denn sie gingen sorglos in der Gaststube hin und her. Dann setzten sie sich nieder, um sich durch ein Frühstück zu stärken.

Das sah doch ziemlich beruhigend aus.

Jonas, der freundlich lächelnd auf der Schwelle der nach außen führenden Thür stand, lud seine alten Stammgäste ein, ihn doch wieder mit ihrem Vertrauen zu beehren. Da der Reisende, der den »König Mathias« mit seiner Anwesenheit beehrte, ein Edelmann war —

ja, ja, ein rumänischer Edelmann, und aus einer der ältesten Adelsfamilien obendrein — was konnte man dann in so vornehmer Gesellschaft zu fürchten haben?

Kurz, Meister Koltz, der sich verpflichtet fühlte, mit gutem Beispiele voranzugehen, wagte es, den auf den Leuten lastenden Bann zu brechen.

Es war gegen neun Uhr, als der Biró etwas zögernd eintrat. Fast sofort folgten ihm der Magister Hermod, drei oder vier alte Stammgäste und der Schäfer Frik. Der Doctor Patak freilich hatte sich nicht entschließen können, diese zu begleiten.

»Ich soll wieder einen Fuß in Jonas' Haus setzen, rief er; niemals! Und wenn er mir den Besuch mit zehn Gulden bezahlte!«

Hier müssen wir zur Aufklärung eine nicht unwichtige Bemerkung einflechten. Wenn der Meister Koltz sich herbeigelassen hatte, wieder in den »König Mathias« zu gehen, so geschah das nicht allein in der Absicht, ein Gefühl der Neugier zu befriedigen, auch nicht in dem Wunsche, sich mit dem Grafen Telek in Verbindung zu setzen ... nein, es war zum nicht geringen Theile das Geldinteresse, das seinen Entschluß gezeitigt hatte.

Als Durchreisender hatte der junge Graf für sich und seinen Soldaten eine Wegabgabe zu zahlen, und der Leser wird sich erinnern, daß der Ertrag derselben unmittelbar der Tasche des ersten Beamten in Werst zufloß.

Der Biró machte also seine Ansprüche in der höflichsten Form geltend, und Franz von Telek beeilte sich, wenn auch etwas verwundert über ein solches Verlangen, die merkwürdige Steuer zu entrichten.

Er lud den Meister Koltz und den Magister Hermod sogar ein, an seinem Tische ein wenig Platz zu nehmen. Beide nahmen die so freundliche Einladung — da sie nicht wohl anders konnten — stillschweigend an.

Jonas beeilte sich, verschiedene Liqueure, das Beste, was sein Keller barg, vorzusetzen. Da verlangten auch einige Bewohner von Werst für sich »eine Runde«. So konnte man glauben, daß die kurze Zeit verstreute alte Kundschaft des Hauses den gewohnten Weg nach dem »König Mathias« bald wieder wie früher finden würde.

Nachdem Franz von Telek die örtliche Fremdensteuer berichtigt, wünschte er zu wissen, ob diese denn auch einträglich sei.

»Nicht so, wie wir es wünschten, Herr Graf, erklärte der Meister Koltz.

— Dieser Theil Transsylvaniens wird wohl nur wenig von Reisenden besucht?

— Leider recht selten, erwiderte der Biró, und das Land verdiente doch besser besucht zu werden.

— Das ist auch meine Ansicht; was ich bis jetzt davon gesehen, scheint mir alle Aufmerksamkeit von Reisenden zu verdienen. Vom Gipfel des Retyezat aus hab' ich die schönen Thäler der Sil bewundert, die Städtchen und Flecken, die nach Osten zu sichtbar sind, und nicht minder die Bergkette, die der Karpathenstock im Hintergrunde abschließt.

— Ja, das ist Alles recht schön, Herr Graf, wunderschön, versetzte Magister Hermod, und um Ihren Ausflug noch ergiebiger zu gestalten, sollten Sie nun auch noch den Paring ersteigen.

— Ich fürchte, dazu nicht die nöthige Zeit zu haben, antwortete Franz von Telek.

— Na, dazu würde schon ein Tag hinreichen.

— Gewiß, mein Weg führt aber nach Karlsburg, wohin ich morgen aufzubrechen denke.

— Wie, der Herr Graf will uns schon so bald wieder verlassen?« sagte Jonas mit der verbindlichsten Miene von der Welt.

Er hätte es natürlich nicht ungern gesehen, wenn seine Gäste den Aufenthalt im »König Mathias« verlängerten.

»Es muß sein, erwiderte Franz von Telek; wozu sollte es auch nützen, wenn ich noch länger in Werst bliebe? . . .

— Sie dürfen glauben, daß es sich für Touristen lohnt, einige Zeit in unserem Dorfe zu verweilen, bemerkte Meister Koltz.

— Es scheint jedoch wenig besucht zu sein, versetzte der Graf, und doch wahrscheinlich, weil seine nächsten Umgebungen nichts Merkwürdiges bieten.

— Ja freilich, etwas besonders Merkwürdiges nicht! . . . gab der Biró zu, dem schon das fatale Schloß durch den Kopf fuhr.

— Nein, nein, etwas Merkwürdiges nicht! versicherte auch der Schulmeister.

— Oho! . . . Oho!« fiel da der Schäfer Frik ein, dem dieser Ausruf mehr unwillkürlich entschlüpfte.

Da guckten ihn aber der Meister Koltz und die Anderen schön an . . . vorzüglich der besorgte Gastwirth. War es denn so nöthig, einen Fremden in die Geheimnisse des Landes einzuweihen? Ihn über das aufzuklären, was auf dem Plateau des Orgall vorging? Seine Aufmerksamkeit dem Karpathenschlosse zuzulenken, wenn man ihn nicht blos erschrecken und ihm nahe legen wollte, recht bald aus dem Dorfe zu scheiden? Welcher Reisende würde dann später noch den Weg über den Vulcanrücken einschlagen, um nach Transsylvanien zu gelangen?

Wahrlich, dieser Schäfer zeigte nicht mehr Verstand, als das geringste seiner Schafe.

»So schweig' doch Dummkopf, schweig' doch still!« raunte ihm der Meister Koltz zu.

Trotzdem war die Neugier des jungen Grafen schon wachgerufen; er wendete sich deshalb unmittelbar an Frik, und fragte diesen, was seine Ohos denn zu bedeuten hätten.

Der Schäfer war nicht der Mann dazu, sich einschüchtern zu lassen, und vielleicht dachte er hier, Franz von Telek könnte etwa einen guten Rath geben, der dem Dorfe von Nutzen wäre.

»Nun ja, ich habe Oho! Oho! gesagt, Herr Graf, und dabei bleib' ich auch.

— Giebt es denn hier in der Nähe von Werst irgend ein Wunderding, das man besichtigen könnte? fuhr der junge Graf fort.

— Ein Wunderding... ließ Meister Koltz sich vernehmen.

— Nein!... Nein!...« riefen die Anderen wie aus einem Munde.

Die Leute entsetzten sich schon bei dem Gedanken, daß es zu einem zweiten Versuche, in die Burg einzudringen, kommen könnte, wodurch nur neues Unheil entstehen mußte.

Nicht ohne einige Verwunderung betrachtete Franz von Telek die wackeren Dörfler, deren Gesichter in verschiedener, doch sehr bezeichnender Weise den Schrecken ausdrückte, der sie durchbebte.

»Nun, was giebt es denn!... fragte er.

— Was es giebt, Herr Graf? meldete sich Rotzko. Nun denn, wie es scheint, das Karpathenschloß.

— Das Karpathenschloß?

— Ja, wenigstens raunte mir der Schäfer dieses Wort ins Ohr.«

Hierbei zeigte er auf Frik, der den Kopf schüttelte, ohne den Biró freilich dabei anzusehen.

Jetzt war eine Bresche gelegt in die Privatangelegenheiten des abergläubischen Dorfes, und bald schlüpfte auch seine ganze Geschichte durch diese Bresche heraus.

Meister Koltz, der nun wohl oder übel zu einem Entschlusse kommen mußte, wollte dem jungen Grafen die Sache selbst erläutern und erzählte nun Alles, was das Karpathenschloß betraf.

Erklärlicherweise konnte Franz von Telek das Erstaunen, das diese Erzählung in ihm erweckte, und die Gefühle, die sie ihm erregte, nicht verbergen. Wenn auch nur dürftig unterrichtet in wissenschaftlichen Dingen, wie die allermeisten jungen Leute in seiner Stellung, die auf ihren tief in der Walachei liegenden Schlössern verweilten, war er doch ein Mann von gesundem Menschenverstand. Auch glaubte er wenig an Geistererscheinungen und verlachte die darüber umlaufenden Märchen. Eine von Geistern verzauberte Burg, so etwas mußte schon seine Ungläubigkeit herausfordern. Seiner Ansicht nach lag in dem, was Meister Koltz berichtet hatte, noch gar nichts Wunderbares, sondern einzig verschiedene mehr oder weniger richtig beobachtete Thatsachen, denen nur die Bewohner von Werst übernatürliche Ursachen zuschrieben. Der Rauch aus dem Wartthurm, die in starken Schlägen ertönende Glocke — das ließ sich ja wohl höchst einfach erklären. Was die blitzartigen Erscheinungen und das Geheul betraf, die beide von der Umfassungsmauer ausgegangen sein sollten, so hielt er diese nur für Bilder erregter Phantasie.

Franz von Telek genirte sich nicht, das auszusprechen und zum stillen Ingrimm seiner Zuhörer darüber zu scherzen.

»Aber, Herr Graf, bemerkte da Meister Koltz, das war ja noch nicht Alles ...

— Nicht Alles? ...

— Nein! Es ist nämlich auch unmöglich, in das Karpathenschloß einzudringen.

— Wirklich? ...

— Unser Forstwächter und unser Doctor haben versucht über die Mauer zu gelangen ... erst vor wenig Tagen ... aus Liebe zu unserem Dorfe. ... Sie hätten diesen Versuch aber bald mit dem Leben bezahlt.

— Was ist ihnen denn widerfahren? ...« fragte Franz von Telek in ziemlich spöttischem Tone.

Meister Koltz erzählte nun eingehend die Abenteuer Nic Deck's und des Doctor Patak.

»Als der Doctor also, sagte der junge Graf, den Graben verlassen wollte, da wurden seine Füße am Boden so fest gehalten, daß er keinen Schritt vorwärts machen konnte?

— Keinen Schritt, weder vor- noch rückwärts! setzte Magister Hermod hinzu.

— Das wird er nur geglaubt haben, Euer Doctor, erwiderte Franz von Telek, und es war nur die Angst, der ihm bis in die Beine, ja bis in die Füße gefahren war.

— Zugegeben, Herr Graf, antwortete der Meister Koltz. Wie läßt sich aber erklären, daß Nic Deck einen furchtbaren Schlag erhielt, als er das Eisenwerk der Zugbrücke berührte. ...

— Das war irgend ein Schelmenstreich, dem er zum Opfer fiel....

— Ja, doch ein so schlechter, daß er noch heute davon bettlägrig ist, ergänzte der Biró.

— Hoffentlich nicht in Lebensgefahr? fiel ihm der junge Graf ins Wort.

— Nein ... zum Glück nicht.«

Hier lag ja eine offenbar nicht wegzuleugnende Thatsache vor, und Meister Koltz sah gespannt der Erklärung derselben durch Franz von Telek entgegen.

Dieser antwortete darauf ruhigen Tones Folgendes:

»Alles, was ich bis jetzt gehört habe, erscheint mir, ich wiederhole es, höchst einfacher Natur. Zweifelhaft ist für mich freilich nicht, daß das Karpathenschloß jetzt Bewohner hat.... Welche, weiß ich natürlich nicht. Jedenfalls sind das aber keine Geister, sondern Leute, die, nachdem sie sich dahin geflüchtet, guten Grund haben mögen, sich zu verbergen ... wahrscheinlich irgendwelche Verbrecher....

— Was, Verbrecher? ... rief Meister Koltz.

— Das ist sehr leicht möglich, und da sie nicht wünschen, zur Verantwortung gezogen zu werden, haben sie das Märchen verbreitet, daß die Burg von übernatürlichen Wesen verzaubert sei.

— Wie, Herr Graf, ließ Meister Hermod sich vernehmen, Sie denken ...

— Ich denke, daß das Land hier sehr abergläubisch ist, daß die Insassen des Schlosses davon Kenntniß haben, und daß sie auf diese Weise die Besuche ihnen ungelegener Leute abzuhalten trachten.«

Es hatte ja viel Wahrscheinlichkeit für sich, daß sich die Sachen so verhielten. Niemand wird aber erstaunen, daß die Leute in Werst eine solche Erklärung nicht anerkennen wollten.

Der junge Graf sah wohl ein, daß er aus dieser Zuhörerschaft, die sich nicht überzeugen lassen wollte, Keinen zu vernünftigerer Anschauung bekehrt hatte. So begnügte er sich denn hinzuzufügen:

»Da Sie Alle für meine Vernunftgründe unzugänglich sind, meine Herren, so glauben Sie meinetwegen über das Karpathenschloß Alles, was Ihnen beliebt.

— Wir glauben, was wir gesehen haben, Herr Graf, antwortete Meister Koltz.

— Und was wirklich der Fall war und ist, fügte der Magister hinzu.

— Schön; doch wahrlich, ich beklage, nicht über vierundzwanzig Stunden verfügen zu können, denn sonst wäre ich mit Rotzko ausgezogen, Ihre berüchtigte Burg näher in Augenschein zu nehmen, und ich gebe Ihnen die bestimmte Versicherung, es würde nicht lange gedauert haben, ehe wir wußten, woran wir uns zu halten hätten....

— Die Burg besuchen!... rief Meister Koltz.

— Ohne Zögern; und der Teufel in eigener Person sollte uns nicht verhindert haben, durch die Umwallung zu kommen.«

Als sie Franz von Telek sich in so bestimmter, ja in spöttischer Weise aussprechen hörten, da packte Alle neues Entsetzen. Wenn die Geister des Schlosses in dieser Weise behandelt wurden, mußte das ja dem Dorfe ein neues Unglück zuziehen. Die Geister hörten doch ohne Zweifel jedes Wort, das hier im »König Mathias« gesprochen wurde... und schon spannten Alle darauf, daß die unbekannte Stimme sich noch einmal vernehmbar machen würde.

Bei dieser Gelegenheit berichtete Meister Koltz noch dem jungen Grafen, unter welchen Umständen der Forstwächter unter Nennung seines Namens mit greulicher Strafe bedroht worden war, wenn er es unternähme, die Geheimnisse der Burg zu entschleiern.

Franz von Telek zuckte dazu nur mit den Achseln, dann stand er auf mit den Worten, daß in dieser Gaststube niemals eine Stimme — wie man es behauptete — hörbar gewesen sei. Alles das bestehe nur in der Einbildung der gar zu leichtgläubigen und vielleicht dem Schnaps des »König Mathias« etwas zu sehr huldigenden Kunden des Wirthshauses.

Daraufhin wandten sich schon Einige nach der Thür, da es sie nicht länger duldete, ferner in einem Raum zu verweilen, wo dieser junge Zweifler derartige Sachen vorzubringen wagte.

Franz von Telek hielt sie durch einen Wink zurück.

»Ganz entschieden, meine Herren, sagte er, erkenn' ich, daß das Dorf hier unter der Herrschaft der bleichen Furcht steht.

— Und das nicht ohne Ursache, Herr Graf, versicherte Meister Koltz.

— Nun, da liegt ja das Hilfsmittel auf der Hand, dem Hexentreiben, das Ihrer Meinung nach im Karpathenschlosse vor sich geht, ein baldiges Ende zu machen. Uebermorgen werd' ich in Karlsburg sein, und wenn Sie wünschen, erstatte ich einen Bericht an die Behörden der Stadt. Da wird man eine Abtheilung Gendarmen oder Polizisten hierhersenden, und ich stehe Ihnen dafür ein, diese werden schon in die Burg einzudringen wissen, um die Spaßvögel auszutreiben, die mit Ihrer Leichtgläubigkeit ihr Wesen treiben, oder um die Verbrecher zu verhaften, die vielleicht einen schlimmen Streich vorbereiten«.

Dieser Vorschlag erschien gewiß annehmbar, war aber doch nicht ganz nach dem Sinn der Notablen von Werst. Ihrer Meinung nach konnten weder Gendarmen noch Polizisten, nicht einmal Soldaten mit den übersinnlichen Wesen fertig werden, die sich ja mit ganz unbekannten Mitteln zu vertheidigen verstanden.

»Doch da fällt mir ein, meine Herren, nahm der junge Graf noch einmal das Wort, Sie haben mir ja noch gar nicht gesagt, wem das Karpathenschloß gehört oder doch gehört hat.

— Einer alten im Lande angesessenen Familie, Herr Graf, der der Barone von Gortz, antwortete Meister Koltz.

— Der Familie von Gortz ... rief Franz von Telek.

— Ja, dieser.

— Zu derselben gehörte auch Baron Rudolph?

— Gewiß, Herr Graf.

— Und weiß Jemand, was aus diesem geworden ist?

— Nein. Seit einer Reihe von Jahren ist der Baron von Gortz nicht im Schlosse erschienen.«

Franz von Telek war kreidebleich geworden, und unwillkürlich wiederholte er mit halbgebrochener Stimme den Namen:

»Rudolph von Gortz.«

IX.

Die Familie der Grafen von Telek, eine der ältesten und berühmtesten Rumäniens, nahm hier schon eine hervorragende Stellung ein, ehe sich das Land gegen Anfang des sechzehnten Jahrhunderts seine Unabhängigkeit erkämpft hatte. Verknüpft mit allen politischen Vorkommnissen, die die Geschichte dieser Gebiete bilden, leuchtete darin der Name der gräflichen Familie schon lange in fleckenreinem Glanze.

Heute, minder begünstigt als die vielgenannte Buche des Karpathenschlosses, der ja noch drei Zweige übrig geblieben waren, sah sich der Stammbaum der Telek's auf einen einzigen Zweig beschränkt, den der Telek's von Krajowa, dessen letzter Sproß in dem jungen Edelmanne blühte, der eben im Dorfe Werst angelangt war.

Während seiner Kindheit hatte Franz den Familienstammsitz, den der Graf und die Gräfin von Telek bewohnten, niemals verlassen. Die Nachkommen des Hauses genossen das größte Ansehen und machten von ihrem Vermögen freigebigen Gebrauch. Für gewöhnlich das sorglose und glatt verlaufende Leben des Landadels führend, verließen sie ihr Besitzthum bei Krajowa nur einmal jährlich, wenn Geschäfte sie nach dem Flecken gleichen Namens riefen, obgleich dieser nur wenige Meilen von ihrem Schlosse entfernt lag.

Diese Lebensweise äußerte selbstverständlich ihren Einfluß auf die Erziehung ihres einzigen Sohnes, und Franz sollte noch lange von der Umgebung, in der seine Jugend verstrichen war, gewisse Nachwehen fühlen.

Als Lehrer hatte er nur einen alten italienischen Weltgeistlichen, der ihm nur beibringen konnte, was er selbst kannte, und das war verzweifelt wenig. Als man den Knaben schon mehr einen jungen Mann nennen konnte, besaß er nur sehr dürftige Kenntnisse der Wissenschaften, Künste und der herrschenden Literatur. Leidenschaftlich zu jagen, Tag und Nacht durch Wald und Feld zu streifen, Hirsche und Sauen zu hetzen, mit dem Messer in der Hand die wilden Thiere in den Bergen anzugreifen — das bildete so den gewöhnlichen Zeitvertreib des jungen Grafen, der, muthig und entschlossen, bei diesen rauhen Uebungen wahre Heldenthaten leistete.

Die Gräfin von Telek starb, als ihr Sohn kaum fünfzehn Jahre zählte, und dieser hatte erst die Zwanzig erreicht, als sein Vater durch einen Jagdunfall ums Leben kam.

Der Schmerz darüber schnitt Franz tief in die Seele. Wie er die Mutter beweint hatte, so beweinte er den Vater. Beide waren ihm im Laufe weniger Jahre entrissen worden. Seine ganze Zärtlichkeit, Alles, was sein Herz an liebevollen Regungen besaß, hatte sich bisher in jener kindlichen Anhänglichkeit vereinigt, die ja den Ansprüchen der Kindheit und der ersten Jugend vollständig Genüge leistet. Als diese Liebe ihm aber zu fehlen begann und er, da inzwischen auch sein Lehrer gestorben war, niemals einen Freund gehabt hatte, da fühlte er sich recht vereinsamt in der Welt.

Noch drei Jahre lang blieb der junge Graf auf dem Schlosse bei Krajowa, das er nie zu verlassen gedachte. Er lebte hier, ohne Verbindungen nach Außen auch nur anzustreben. Höchstens begab er sich zwingender Geschäfte halber ein- oder zweimal im Jahre nach Bukarest. Auch dann kürzte er seine Abwesenheit so gut es anging, und eilte nach dem alten Familiensitze zurück.

Ein solches Leben konnte aber doch nicht immer andauern; Franz begann schließlich das Bedürfniß nach einer Erweiterung seines Horizonts zu empfinden, den die rumänischen Gebirge doch gar zu eng begrenzten, und es verlangte ihn nun, auch einmal über diese hinauszufliegen.

Der junge Graf stand ungefähr im dreiundzwanzigsten Lebensjahre, als er den Entschluß zu reisen faßte. Sein Vermögen gestattete ihm, der neuen Liebhaberei unbeschränkt zu huldigen. So überließ er eines Tages das Schloß bei Krajowa der Sorge seiner alten Diener und verließ das walachische Vaterland. Mit sich nahm er Rotzko, einen früheren rumänischen Soldaten, der schon seit zehn Jahren im Dienste der Familie von Telek stand und ihn bisher auf allen Jagdausflügen begleitet hatte. Das war ein kühner, thatkräftiger Mann, voller Ergebenheit gegen seinen jugendlichen Herrn.

Die Absicht des jungen Grafen ging dahin, Europa zu besuchen, indem er einige Monate in den Residenzen und sonstigen Hauptplätzen des Erdtheiles zu verweilen gedachte. Nicht ohne Grund erwartete er, seine durch den Unterricht im Schlosse bei Krajowa doch nur mangelhaft entwickelte Ausbildung zu vervollkommnen durch die Erfahrungen bei einer längeren Reise, deren Plan er sich sorgsam zurechtgelegt hatte.

Italien wollte Franz von Telek in erster Linie besuchen, weil er die italienische Sprache, die ihm der alte Geistliche gelehrt hatte, am geläufigsten sprach. Der Zauber dieses an Erinnerungen so überreichen Landes, zu dem er sich vor Allem hingezogen fühlte, fesselte ihn daselbst vier volle Jahre. Er verließ nur Venedig, um nach Florenz, oder Rom, um nach Neapel zu gehen, und kehrte nach diesen Hauptsitzen der Künste, von denen er sich nicht losreißen konnte, immer wieder zurück. Frankreich, Deutschland, Spanien, Rußland, England u. s. w. wollte er später sehen und hoffte, diese Länder mit um so größerem Erfolge studiren zu können, wenn die Zeit seine geistige Auffassung weiter gereift hätte. Dagegen bedarf es der frischesten Eindrucksfähigkeit der Jugend, um die Reize der italienischen Großstädte voll zu genießen.

Franz von Telek war siebenundzwanzig Jahre alt, als er zum letztenmale nach Neapel kam. Er wollte hier vor seiner Abreise nach Sicilien nur wenige Tage verweilen. Mit einer Besichtigung der alten »Trinakria« gedachte er seine erste Reiseperiode abzuschließen, um sich dann einmal auf dem Schlosse Krajowa ein Jahr der Ruhe zu gönnen.

Da sollte ein unvorhergesehener Zwischenfall nicht nur seine für die nächste Zukunft vorliegenden Pläne umwerfen, sondern über sein ganzes Leben entscheiden und diesem ein anderes Ziel geben.

Wenn der junge Graf während des mehrjährigen Aufenthaltes in Italien bezüglich seiner wissenschaftlichen Ausbildung — wofür es ihm an natürlicher Anlage gebrach — wenig gewonnen hatte, so war in ihm doch das Gefühl für das Schöne ebenso erweckt worden, wie etwa in einem früher Blinden das Verständniß für den Begriff des Lichtes. Für die Wunderpracht der Kunst jetzt in höchstem Maße empfänglich, begeisterte er sich im Anblick von Meisterwerken der Malerei, wenn er die Museen von Neapel, Venedig, Florenz und Rom besuchte. Gleichzeitig hatte er durch die Theater die dramatische Literatur der Zeit kennen gelernt und sich mit Leidenschaft in der Beurtheilung der Leistungen vieler Bühnenkünstler ausgebildet.

Da ereignete es sich während seines letzten Verweilens in Neapel und unter in Folgendem zu schildernden außergewöhnlichen Umständen, daß in sein Herz ein tieferes Gefühl, eine bisher ungekannte Theilnahme nicht für die Bühne allein einzog.

Gerade zu jener Zeit trat im San Carlo-Theater eine berühmte Sängerin auf, deren silberhelle Stimme, vollendeter Vortrag und vorzügliches Spiel die Bewunderung der Dilettanten erweckten. Bisher hatte la Stilla noch niemals nach dem Beifalle des Auslandes gestrebt und sang ausschließlich italienische Musik, die bezüglich der Compositionskunst die erste Stelle einnahm. Das Theater Carignan in Turin, die Scala in Mailand, das Theater Alfieri in Florenz, das Apollotheater in Rom und San Carlo in Neapel wechselten im zeitweiligen Besitz der Sängerin ab, und bei den hier geernteten Triumphen kam dieser niemals ein Bedauern an, auf den anderen großen Bühnen Europas noch nicht geglänzt zu haben.

Die jetzt fünfundzwanzigjährige Stilla war ein Weib von berückender Schönheit mit langem goldigen Haar, schwarzen, unergründlichen Augen, aus denen Flammen hervorzuzucken schienen, mit tadellos reinen Gesichtszügen, warmem Teint und einer Gestalt, die der Meißel eines Praxiteles nicht hätte vollkommener formen können. Und diese Frau erblühte zur seltensten Künstlerin, zu einer zweiten Malibran, von der Musset ebenfalls hätte sagen können:

»Auf deiner Töne Schwingen flog der Schmerz hinauf zum Himmel!«

Eine solche Stimme aber, die der allbeliebte Dichter in seinen unsterblichen Stanzen gefeiert hat:

»... des Herzens eigne Stimme, die allein zum anderen Herzen dringt«, eine solche Stimme war die la Stilla's in ihrer ganzen unbeschreiblichen Herrlichkeit.

Die große Künstlerin, die mit so unnachahmlicher Treue die Töne der zärtlichsten Liebe, der mächtigsten Seelenerregungen wiedergab, hatte — wie man allgemein behauptete — im eigenen Herzen doch noch nie deren himmlische Macht verspürt. Noch nie hatte sie geliebt, nie mit dem Auge einen jener Tausende von Blicken beantwortet, die auf der Bühne unausgesetzt an ihr hingen. Es schien, als lebte sie nur in ihrer Kunst, einzig und allein für diese.

Gleich zum erstenmale, wo Franz la Stilla sah, fühlte er sich von dem unwiderstehlichen Zwange einer ersten Liebe zu ihr hingezogen. Sofort beschloß er, unter Verzichtleistung auf sein Vorhaben, nach dem Besuche Siciliens Italien endgiltig zu verlassen, jetzt bis zum Schlusse der Saison in Neapel zu bleiben. Als ob ein unsichtbares Band, das er nicht zu sprengen vermochte, ihn an die Sängerin fesselte, wohnte er allen Vorstellungen bei, worin sie auftrat und die eine maßlose Begeisterung der Zuhörer stets zu wirklichen Triumphen gestaltete. Mehrmals, wenn er seine Leidenschaft nicht zu bemeistern im Stande war, hatte er versucht, bei la Stilla Zutritt zu erlangen; deren Thür blieb jedoch für ihn, wie für andere fanatische Anbeter der Künstlerin, unerbittlich geschlossen.

Der junge Graf verfiel hierdurch erklärlicherweise bald einem recht beklagenswerthen Zustande. Da er nur noch la Stilla's gedachte, nur lebte, um sie zu sehen und zu hören, ohne daß es ihm einfiel, in der

Gesellschaft sonstige Verbindungen zu suchen, zu denen ihn Name und Geburt eigentlich fast verpflichteten, wurde seine Gesundheit in Folge jener unablässigen Spannung des Herzens und des Geistes bald ernsthaft erschüttert. Was würde er erst gelitten haben, wenn er gar noch einen Rivalen gehabt hätte! Doch er wußte ja, daß ein derartiger Verdacht grundlos wäre — sogar bezüglich einer seltsamen Persönlichkeit, die wir hier etwas eingehender zeichnen müssen, weil sie in den Verlauf dieser Erzählung bedeutungsvoll eingreift.

Es war das zur Zeit der letzten Reise Franz von Telek's nach Neapel ein Mann von fünfundfünfzig Jahren — für so alt schätzte man ihn wenigstens allgemein. Diese sehr verschlossene Persönlichkeit schien die in den höheren Classen geltenden gesellschaftlichen Forderungen gänzlich zu verachten. Niemand erfuhr etwas von seiner Familie, von seiner Stellung oder Vergangenheit. Man sah den Mann heute in Rom und morgen in Florenz, doch wohl zu merken, nur je nachdem la Stilla in Rom oder in Florenz auftrat. Man kannte von ihm nur eine Leidenschaft: die berühmte Primadonna zu hören, die damals den allerersten Platz in der Kunst des Gesanges einnahm.

Lebte Franz von Telek für la Stilla erst seit dem Tage, wo er sie in jenem Theater Neapels gesehen hatte, so lebte jener excentrische Kunstfreund schon seit sechs Jahren nur dafür, sie zu hören, und es schien wirklich, als sei die Stimme der Sängerin für seine Existenz ebenso nothwendig geworden, wie die Luft, die er athmete. Dabei hatte er ihr niemals anderswo zu begegnen gesucht als auf der Bühne; niemals sich ihr vorgestellt oder sich schriftlich an sie gewendet. Allemal aber, wenn la Stilla in einem beliebigen Theater

Italiens singen sollte, sah man in das nämliche einen hochgewachsenen Mann mit langem dunklen Ueberrock und einem das Gesicht beschattenden Hute eintreten. Dieser Mann nahm schleunigst in einer vorher für ihn bestellten vergitterten Loge Platz. Hier blieb er abgeschlossen, einsam und schweigend während der ganzen Vorstellung sitzen. Sobald aber la Stilla's letzte Töne verklungen waren, eilte er davon, ohne daß irgend ein anderer Sänger oder eine andere Sängerin ihn hätte zurückhalten können; er hätte diesen überhaupt kein Ohr geliehen.

Vergebens hatte la Stilla zu erfahren gesucht, wer dieser übereifrige Bewunderer ihrer Leistungen wohl sein möge. Bei ihrer sehr empfindsamen Natur erschrak sie schließlich über die fortwährende Anwesenheit des wunderlichen Mannes — ein Schrecken, der übrigens ebenso grundlos war, wie sie sich dessen doch nicht zu erwehren vermochte. Obwohl sie ihn in seiner Loge, deren Gitter stets hochgezogen blieb, nicht selbst sehen konnte, wußte sie, daß er sich darin befand, fühlte sie seinen auf sie gerichteten durchbohrenden Blick und wurde dadurch so erregt, daß sie nicht einmal den Jubel der Zuschauer hörte, der sie bei ihrem Erscheinen begrüßte.

Wir erwähnten bereits, daß sich dieser Sonderling la Stilla niemals vorgestellt hatte. Unterließ er aber jeden Versuch, das »Weib« kennen zu lernen — wir legen hierauf besonderes Gewicht — so blieb doch Alles, was ihn an die »Künstlerin« erinnern konnte, das Endziel seiner nie erlahmenden Aufmerksamkeit. So besaß er eines der schönsten Porträts, die der große Maler Michel Gregorio von der Künstlerin hergestellt hatte, in dem sie mit ihrer ganzen Leidenschaftlichkeit, selbst erbebend und doch erhaben und völlig in ihrer

Rolle aufgegangen, wiedergegeben war, und dieses mit Gold aufgewogene Bild hatte in der That den von dem Kunstenthusiasten dafür bezahlten Werth.

Blieb dieser seltsame Mann stets allein, wenn er bei den Vorstellungen la Stilla's seine Loge einnahm, und verließ er sonst niemals seine Wohnung, außer um sich nach dem Theater zu begeben, so darf man daraus doch nicht schließen, daß er vollständig als Einsiedler dahinlebte. Nein, ein Gefährte, freilich nur ein nicht minder verschrobener Mann, theilte seine Gesellschaft.

Dieses Individuum nannte sich Orfanik. Wie alt er war, woher er kam und wo er das Licht der Welt erblickt hatte — das hätte kein Mensch sagen können. Wenn man ihn hörte — denn er plauderte recht gern — hielt man den Mann wohl für einen verkannten Gelehrten, dessen Licht unter dem Scheffel brennen mochte und der die Welt mit widerwilligem Auge ansah. Man vermuthete nicht ohne Grund, er werde so ein armer Teufel von Erfinder sein, der gemächlich auf Kosten der Börse des reichen Kunstfreundes lebte.

Orfanik war von Mittelgröße, hager, sah kränklich und abgezehrt aus und hatte eines jener bleichen Gesichter, die man in der Sprache früherer Zeit als die eines »Erzknickers« bezeichnete. Als besonderes Kennzeichen trug er eine künstliche schwarze Ohrmuschel an Stelle des rechten Ohres, das er bei irgend einem physikalischen oder chemischen Experimente verloren haben mochte, und auf der Nase eine mächtige Brille, deren einziges myopisches Glas für das in grünlichem Glanze leuchtende linke Auge diente. Während seiner einsamen Spaziergänge fuchtelte er mit den Armen umher, als spräche er mit einem unsichtbaren Wesen, das ihm wohl zuhörte, doch niemals antwortete.

Diese beiden Gestalten, der sonderbare Musiknarr und der nicht minder sonderbare Orfanik, waren, wenigstens, soweit das möglich war, sehr bekannt in allen italienischen Städten, wohin sie die jeweilige Theatersaison rief. Sie besaßen eine Art Vorzugsrecht, die öffentliche Neugierde zu erregen, und obgleich der Bewunderer la Stilla's alle Berichterstatter und indiscreten Interviewer sich vom Halse zu halten verstanden hatte, so wurde dessen Name und Nationalität schließlich doch bekannt. Er stammte danach aus Rumänien, und als Franz von Telek nach seinem Namen fragte antwortete man ihm:

»Baron Rudolph von Gortz.«

So war die Sachlage zur Zeit, wo der junge Graf eben in Neapel eingetroffen war. Seit zwei Monaten schon wurde das Theater San Carlo niemals leer, und die Erfolge la Stilla's steigerten sich nach jedem Abend. Noch nie hatte sie sich in den verschiedenen Rollen ihres Repertoirs so bewunderungswürdig erwiesen, nie mehr begeisterte Huldigungen entfesselt.

Bei jeder Vorstellung, der Franz von Telek auf seinem Parquetsitze nahe dem Orchester beiwohnte, vertiefte sich der in seiner Loge verborgene Baron von Gortz in diesen herrlichen Gesang und saugte die ergreifende Stimme förmlich in sich auf, ohne die er nicht bestehen zu können schien.

Da lief ein unerwartetes Gerücht durch ganz Neapel — ein Gerücht, dem anfangs Niemand Glauben schenken wollte, das schließlich aber die ganze kunstfreundliche Welt schwer beunruhigte.

Man erzählte sich, daß la Stilla nach Ablauf der Saison der Bühne entsagen werde. Wie? Im Vollbesitz ihres Talentes, in der Fülle kaum ausgereifter Schönheit, auf dem Gipfel des Künstlerruhmes — war es da möglich, daß sie schon an ein Zurückweichen nur denken konnte?

So unwahrscheinlich das erschien, war es doch begründet, und ohne daß er etwas davon ahnte, verschuldete diesen Entschluß zum Theil wenigstens der unselige Baron von Gortz.

Dieser Zuhörer mit seinem geheimnißvollen Verhalten, der, wenn auch in der vergitterten Loge unsichtbar, doch stets anwesend war, hatte in la Stilla endlich eine fortdauernde nervöse Ueberreizung erzeugt, der sich die Sängerin nicht mehr zu wehren vermochte. Von ihrem ersten Erscheinen auf der Scene fühlte sie sich von diesem, übrigens auch für die Zuschauer wahrnehmbaren Seelenleiden tief bedrückt, und das hatte allmählich ihre Gesundheit untergraben. Ein Fortgehen von Neapel, eine Flucht nach Rom, Venedig oder einer anderen Stadt der Halbinsel hätte, das wußte sie, auch nicht genügt, den Baron von Gortz aus ihrer Nähe zu scheuchen. Sie wäre ihm auch sicherlich nicht entgangen, wenn sie sich von Italien aus etwa nach Deutschland, Rußland oder Frankreich begeben hätte. Er folgte ihr doch überall hin, wo ihre Stimme erklang, und so sah sie eine Befreiung von diesem lästigen Verfolger nur in dem gänzlichen Aufgeben ihrer Bühnenthätigkeit.

Schon zwei Monate, ehe sich das Gerücht von ihrem Rücktritte verbreitete, hatte Franz von Telek sich der Sängerin gegenüber zu einem Schritte entschlossen, dessen weitere Folgen unglücklicherweise die verderblichste Katastrophe herbeiführen sollten. Von Person völlig frei und Herr eines sehr beträchtlichen Vermögens, hatte er einmal Zutritt bei ihr erlangt und ihr da angeboten, Gräfin von Telek zu werden.

La Stilla kannte übrigens schon seit einiger Zeit die Empfindungen, die sie dem jungen Grafen einflößte. Sie hatte sich auch gestanden, daß dieser ein Mann sei, dem jedes Weib — selbst aus den höchsten Kreisen — ihr Lebensglück getrost anvertrauen könne. Derartigen Gedanken hing sie eben nach, als Franz von Telek ihr seinen Namen anbot, und sie nahm das mit warmem Entgegenkommen an, das sie gar nicht zu verbergen suchte. Mit vollem Vertrauen auf seine Gefühle stimmte sie zu, die Gattin des Grafen Telek zu werden, ohne die Unterbrechung der künstlerischen Laufbahn zu beklagen.

Die große Neuigkeit bestätigte sich also, la Stilla sollte nach Schluß der Spielzeit im San Carlo auf keiner Bühne mehr erscheinen. Ihre Vermählung, die man bisher nur vermuthete, wurde jetzt als gewiß hingestellt.

Natürlich brachte das eine wunderbare Wirkung nicht nur in den Künstlerkreisen, sondern überhaupt in der vornehmen Welt Italiens hervor. Hatte man zuerst an die Verwirklichung eines solchen Vorhabens nicht glauben wollen, so mußte man sich nun der Thatsache fügen. Eifersucht und Haß erwachten gegen den fremden jungen Grafen, der die größte Sängerin der damaligen Zeit ihrer Kunst, ihren Erfolgen und der Vergötterung durch alle Theaterfreunde abwendig machte. Ja es kam sogar zu persönlichen Drohungen gegen Franz von Telek, um die sich der junge Mann indeß nicht im geringsten kümmerte.

Wenn eine solche Aufregung in weiteren Kreisen herrschte, kann man sich wohl vorstellen, was Rudolph von Gortz bei dem Gedanken empfinden mußte, daß la Stilla ihm entrissen werden, daß er damit Alles verlieren sollte, was ihn an das Leben fesselte. Man raunte sich schon zu, daß er mit Selbstmordgedanken umgehe. Gewiß war nur das Eine, daß man Orfanik nicht länger in den Straßen Neapels umherwandern sah. Er wich nicht mehr von Baron Rudolphs Seite, erschien dagegen sogar mehrmals mit in der Loge des San Carlo, die der Baron für jede Opernvorstellung belegt hatte — und das war dem Manne niemals begegnet, da dieser, wie so viele andere Gelehrte, für den Reiz der Musik jedes Verständnisses entbehrte.

Inzwischen verstrich ein Tag nach dem anderen, die Erregung beruhigte sich aber nicht, ja sie erreichte ihren Höhepunkt an dem Abend, wo la Stilla zum letzten Male auftreten sollte. In der prächtigen Rolle der Angelica, im »Orlando«, dem schönsten Werke des Maestro Arconati, gedachte sie den Zuhörern das letzte Lebewohl zu sagen.

An dem betreffenden Abende erwies sich das San Carlo-Theater um das Zehnfache zu klein für alle die Schaaren, die sich vor seinen Pforten drängten und deren größter Theil unverrichteter Sache umkehren mußte. Man befürchtete Kundgebungen gegen den Grafen von Telek, wenn auch nicht während des Gesanges der Gefeierten, so doch, wenn nach dem fünften Acte der Oper der Vorhang herabsinken würde.

Der Baron von Gortz hatte in seiner Loge Platz genommen, und auch diesml befand sich Orfanik an seiner Seite.

La Stilla erschien, aber aufgeregter als je. Sie wußte sich jedoch zu fassen, überließ sich ganz ihrer Eingebung und sang ... sang mit solcher Vollendung, mit so unvergleichlicher Begabung, daß es jeder Schilderung spottet. Die unbeschreibliche Begeisterung, die sich der Zuhörer bemächtigte, steigerte sich fast bis zum Wahnwitz.

Während der Vorstellung befand sich der junge Graf hinter der Bühne; dort wartete er ungeduldig, nervös, fast fieberhaft erregt, verwünschte, seiner selbst nicht mehr Herr, die Länge der einzelnen Auftritte und ereiferte sich über die Verzögerungen durch den nie endenwollenden Beifall und die Hervorrufe aus allen Rängen des Hauses. O wie drängte es ihn, die Eine, die nun Gräfin von Telek werden sollte, dem Theater zu entreißen, sie weit, weit hinweg zu führen, so weit, daß sie ihm ... nur ihm allein angehörte.

Endlich kam der tief ergreifende Auftritt, in dem die Heldin des »Orlando« stirbt. Niemals vorher erschien die prächtige Musik Arconati's packender, niemals verlieh ihr la Stilla einen so leidenschaftlichen Ausdruck. Ihre ganze Seele schien auf den Lippen der Künstlerin zu schweben ... Und doch ... es machte den Eindruck als ob diese, dann und wann kurz absetzende Stimme brechen wollte, diese Stimme, die nun für immer verstummen sollte.

In diesem Augenblick sank das Gitter vor der Loge des Barons von Gortz herunter. Ein merkwürdiger Kopf mit langem halbgrauen Haar und flammenden Augen wurde sichtbar, das Gesicht zeigte eine erschreckende Blässe, und Franz von Telek, dem das noch nie begegnet war, sah die Erscheinung von seinem Standpunkte hinter den Coulissen in vollem Lichte.

La Stilla ließ sich von dem begeisternden Feuer der unvergleichlichen Schlußarie mit hinreißen ... Sie sang gerade mit überirdischem Ausdrucke die Worte:

Innamorata, mio cuore tremante,
Voglio morire . . .

Plötzlich schweigt sie still. Das Gesicht des Barons von Gortz macht sie erstarren . . . Ein furchtbares Entsetzen lähmt sie . . . Sie führt die Hand nach dem Munde, der sich mit Blut röthet . . . sie strauchelt . . . sinkt zusammen . . .

Die Zuhörerschaft springt in die Höhe . . . bebend . . . verwirrt . . . sinnlos vor Angst . . .

Aus der Loge des Barons von Gortz dringt ein schriller Aufschrei hervor.

Franz stürmt auf die Scene, er nimmt la Stilla in die Arme . . . hebt sie auf . . . starrt sie an . . . ruft sie mit Namen . . .

»Todt! . . . Todt! . . . schreit er, todt!«

La Stilla weilt nicht mehr unter den Lebenden . . . In ihrer Brust ist eine Ader gesprungen . . . Ihr Gesang verstummte mit ihrem letzten Seufzer!

— — — — — — — — — — — — — —

Der junge Graf wurde nach seinem Hôtel in einem Zustande geschafft, der für seinen Verstand fürchten ließ. Er war außer Stande, dem Begräbnisse la Stilla's beizuwohnen, das unter einem nie dagewesenen Zulauf aus allen Volksschichten Neapels stattfand.

Auf dem Campo Santo Nuovo, wo die Sängerin beerdigt wurde, liest man auf einfachem weißen Marmorblocke nur den Namen

La Stilla.

Am Abende des Begräbnißtages erschien ein Mann auf dem Campo Santo Nuovo. Mit irrem Blick, herabgesunkenem Haupte und so fest geschlossenen Lippen, als hätte der Tod sie schon versiegelt, starrte er lange

Zeit auf die Stelle, unter der la Stilla für immer schlummerte. Er scheint zu lauschen, als ob die Stimme der Künstlerin noch einmal aus dem Grabe herauftönen solle …

Rudolph von Gortz war der schweigsame Besucher.

Noch in derselben Nacht verließ der Baron von Gortz in Begleitung Orfanik's Neapel, und seit dieser Zeit hätte Niemand sagen können, was aus ihm geworden war.

Am folgenden Morgen aber erhielt der junge Graf einen an ihn gerichteten Brief eingehändigt.

Dieser Brief enthielt nur in kurzer drohender Fassung die Worte:

»Du bist es, der sie getödtet hat! und Wehe über Dich, Graf von Telek!«

Rudolph von Gortz.«

X.

Das war das Trauerspiel des Lebens unseres Franz von Telek.

Einen Monat lang schwebte er in höchster Gefahr; der junge Graf erkannte Niemand — nicht einmal seinen getreuen Rotzko. Als er im hitzigsten Fieber lag, entschlüpfte seinen Lippen, die bald den letzten Seufzer auszuhauchen drohten, nur noch ein Name: der la Stilla's.

Und doch entrann der Graf dem Tode. Die Kunst der Aerzte, die sorgfältige Pflege durch Rotzko und auch seine Jugend und die heilende Kraft der Natur retteten ihm noch einmal das Leben. Auch sein geistiges Vermögen ging ungeschmälert aus dieser entsetzlichen Erschütterung hervor. Doch als er sich wieder zu erinnern begann, als er sich die tragische Schlußscene aus dem »Orlando«, mit der die Seele der Künstlerin dieser Erde entflohen war, ins Gedächtniß zurückrief, da schluchzte er laut:

»Stilla! ... Meine Stilla!« und die hageren Hände streckten sich vor, als wollte er ihr noch einmal Beifall zujubeln.

Sobald sein Herr das Bett verlassen konnte, erhielt Rotzko den Auftrag, Alles vorzubereiten, um die traurige Stätte zu verlassen, und geraden Weges nach Krajowa zurückzukehren. Bevor er aber von Neapel Abschied nahm, wollte der Graf noch einmal am Grabe der Dahingeschiedenen beten und ihr einen letzten Abschiedsgruß — für immer — bringen.

Rotzko begleitete ihn nach dem Campo Santo Nuovo. Franz warf sich auf die grausame Erde, die sein Theuerstes verschlungen hatte; er versuchte sie mit den Nägeln aufzuwühlen, um auch sich darin zu begraben.... Nach langem Bemühen gelang es Rotzko ihn von dem Grabe wegzuziehen, worin sein Erdenglück ruhte.

Nach wenig Tagen in Krajowa eingetroffen, hatte Franz von Telek den alten Stammsitz seiner Familie im Walachenlande wiedergesehen. Hier im Schlosse, das zu verlassen er sich hartnäckig weigerte, lebte er volle fünf Jahre in ungestörter Einsamkeit. Weder Zeit noch Entfernung hatten seinen Schmerz zu lindern vermocht. Er hätte gerade müssen vergessen können, und das war ihm unmöglich. Die noch immer wie am ersten Tage lebendige Erinnerung an la Stilla war einmal mit seinem Seelenleben verwachsen. Es giebt ja Wunden, die sich nur mit dem Tode schließen.

Zur Zeit jedoch, mit der unsere Erzählung beginnt, hatte der junge Graf das Schloß seit einigen Wochen verlassen, freilich erst nach langen dringenden Bitten Rotzko's, der ihn dieser allmählich tödtlichen Einsamkeit entreißen wollte. Wenn Franz dadurch auch keinen eigentlichen Trost fand, so sollte er wenigstens seinen Schmerz zeitweise betäuben lernen.

So wurde denn ein Reiseplan festgestellt, um zunächst die transsylvanischen Länder zu besuchen. Später — so hoffte Rotzko — werde sich der Graf auch bestimmen lassen, die durch jene traurigen Vorkommnisse in Neapel unterbrochene Fahrt durch Europa wieder aufzunehmen.

Franz von Telek war also, diesmal nur als Tourist, zu kurz bemessenem Ausfluge abgereist. Mit Rotzko hatte er die walachischen Ebenen bis zu dem mächtigen Gebirgsstocke der Karpathen durchzogen. Beide durchstreiften dann die Pässe und Thäler des Vulcan, und nach Besteigung des Retyezat und einem Abstecher durch das Thal des Maros, hatten sie im »König Mathias«, dem Gasthause des Dorfes Werst, Rast gemacht.

Wir kennen schon den hier herrschenden Zustand, zur Zeit, wo Franz von Telek eintraf, und wie er über die scheinbar unbegreiflichen Ereignisse, deren Schauplatz die Burg war, unterrichtet wurde. Wir wissen auch, daß er zuletzt noch den Baron von Gortz als Besitzer jener Gespensterburg nennen hörte.

Die Wirkung dieses Namens auf den jungen Grafen war zu deutlich, als daß sie dem Meister Koltz und den übrigen Anwesenden hätte entgehen können. Rotzko hätte diesen unseligen Meister Koltz, der jenen Namen zuerst aussprach, gern zum Teufel gejagt und dessen ganze albernen Geschichten hinterdrein gewünscht.

Daß der unglückliche Zufall Franz von Telek gerade nach Werst und in die Nachbarschaft des Karpathenschlosses verschlagen mußte!

Der junge Graf blieb stumm. Sein von dem Einen zum Andern irrender Blick verrieth nur zu sichtbar den Aufruhr seines Herzens, den er vergeblich zu verbergen suchte.

Meister Koltz und seine Freunde begriffen wohl, daß den Grafen ein geheimnißvolles Band mit dem Baron von Gortz verknüpfen möchte; so neugierig sie aber auch waren, bewahrten sie doch eine höfliche Zurückhaltung und versuchten nicht, hierüber mehr zu erfahren. Später würde das Weitere sich ja von selbst ergeben.

Wenige Minuten später hatten Alle den »König Mathias« verlassen, Alle aber erregt durch diese seltsame Verkettung von Abenteuern, die für das Dorf von keiner guten Vorbedeutung schien.

Würde der junge Graf nun, wo er den Besitzer des Karpathenschlosses kannte, sein Versprechen halten? Würde er, in Karlsburg angelangt, die Behörden von Allem unterrichten und ihr Eingreifen erbitten? Diese Frage legten sich der Biró, der Schulmeister, der Doctor Patak und auch die Anderen vor. Jedenfalls war, wenn Jener das unterließ, Meister Koltz entschlossen, es zu thun. Die Polizei sollte Kunde erhalten, sie würde dann das Schloß durchsuchen lassen, würde klarlegen, ob hier Geister spukten oder Uebelthäter hausten, denn lange durfte das Dorf unter der jetzigen Anfechtung nicht leiden.

Den meisten Bewohnern schien das freilich ein unnützer Versuch, eine wirkungslose Maßregel zu sein. Wer würde den Geistern etwas anhaben können! Dabei mußten ja die Säbel der Gendarmen wie Glas zersplittern und ihre Gewehre bei jedem Schusse versagen.

Allein in der Gaststube des »König Mathias« zurückgeblieben, überließ sich Franz von Telek dem Laufe seiner Erinnerungen, die der Name des Baron von Gortz so schmerzlich wieder wachgerufen hatte.

Nachdem er eine Stunde lang wie geistesabwesend in seinem Lehnstuhle gesessen, erhob er sich, verließ das Gasthaus, begab sich nach dem Ende der Terrasse und blickte in die Ferne hinaus.

Auf dem Kamme des Plesa, in der Mitte der Hochfläche des Orgall, ragte das Karpathenschloß empor. Hier hatte jener Sonderling, der tägliche Gast des San Carlo-Theaters, also gelebt, jener Mann, der der unglücklichen la Stilla einen so unerträglichen Schrecken einflößte. Jetzt mochte die Burg wohl verödet, wenigstens der Baron von Gortz seit seiner Flucht aus Neapel hierher nicht zurückgekehrt sein. Niemand wußte ja, was aus ihm geworden war und ob er nach dem Ableben der großen Künstlerin nicht etwa gar selbst Hand an sich gelegt habe.

Franz durchirrte also ein weites Feld von Vermuthungen, ohne sich für die eine mehr als für die andere entscheiden zu können.

Andererseits nahm doch das Abenteuer des Forstwächters Nic Deck seine Gedanken in gewissem Grade gefangen, und er hätte, wäre es auch nur, um die geängstigten Bewohner von Werst zu beruhigen, gern das darüber liegende Geheimniß entschleiert.

Da der junge Graf indeß kaum bezweifelte, daß nur Uebelthäter das alte Schloß als Versteck gewählt haben dürften, beschloß er, seinem Versprechen nachzukommen und durch Benachrichtigung der Karlsburger

Polizei den schlauen Streichen der Missethäter ein Ende zu bereiten.

Jedenfalls wünschte Franz, ehe er weitere Schritte that, über die betreffenden Vorgänge noch eingehender unterrichtet zu sein. Das Beste erschien ihm, sich deshalb persönlich an den jungen Forstmann zu wenden. Gegen drei Uhr Nachmittags begab er sich also, vor der Rückkehr in den »König Mathias«, nach dem Hause des Biró.

Meister Koltz fühlte sich sehr geschmeichelt, ihn empfangen zu dürfen ... einen Edelmann wie den Herrn Grafen von Telek ... diesen Nachkommen einer vornehmen Familie rumänischer Rasse ... dem die Dorfschaft für Wiedererlangung ungestörter Ruhe ... und auch weiteren Gedeihens ... verpflichtet sein würde ... denn nun kämen voraussichtlich wieder mehr Reisende ins Land ... und entrichteten die üblichen Wegetaxen, ohne etwas von den bösen Geistern im Karpathenschlosse zu fürchten zu haben u. s. w. u. s. w.

Franz von Telek dankte dem Meister Koltz für seine Ehrenbezeugungen und fragte, ob wohl ein Hinderniß vorliege, ihn zu Nic Deck zu führen.

»Nicht das geringste, Herr Graf, beeilte sich der Biró zu antworten. Dem wackeren jungen Manne geht's schon wieder recht gut und er wird seinen Dienst bald wieder aufnehmen.«

Dann wandte er sich um.

»Ist es nicht so, Miriota? fragte er seine Tochter, die eben ins Zimmer trat.

— Gott gebe, daß es so werde, Vater!« antwortete Miriota bewegt.

Franz fühlte sich angenehm berührt durch den graziösen Gruß, den das junge Mädchen an ihn richtete.

Da er ihr aber eine gewisse Angst bezüglich des Zustandes ihres Verlobten anmerkte, erkundigte er sich vorläufig gleich bei ihr nach dessen Befinden.

»Nach dem, was ich gehört habe, sagt er, ist Nic Deck nicht ernsthaft verletzt worden?

— Nein, Herr Graf, bestätigte Miriota, und ich segne den Himmel dafür!

— Haben Sie denn einen guten Arzt hier in Werst?

— Hm! machte Meister Koltz in einem für den alten Krankenwärter der Quarantäne nicht gerade schmeichelhaften Tone.

— Wir haben den Doctor Patak, sagte das Mädchen.

— Denselben, der Ihren Nic Deck nach dem Karpathenschlosse begleitete?

— Ja wohl, Herr Graf.

— Fräulein Miriota, fuhr Franz fort, ich wünschte Ihren Verlobten in seinem eigenen Interesse selbst zu sehen, um von ihm Näheres über sein Abenteuer zu erfahren.

— Er wird Ihnen gern Alles erzählen, selbst auf die Gefahr hin, sich ein wenig anzustrengen.

— O, ich werde ihn zu schonen wissen, Fräulein Miriota, und mich gewiß in Acht nehmen, Nic Deck zu schädigen.

— Das weiß ich, Herr Graf.

— Wann soll denn Ihre Hochzeit stattfinden?

— In etwa vierzehn Tagen, ließ sich der Biró vernehmen.

— Dann werd' ich das Vergnügen haben, derselben beizuwohnen, wenn's dem Meister Koltz beliebt, mich einzuladen ...

— Ach, Herr Graf, eine solche Ehre...

— Nach vierzehn Tagen also; das ist nun abgemacht; ich hoffe, Nic Deck wird völlig geheilt sein, sobald er sich hat gestatten können, mit seinem schönen Bräutchen nur einen Spaziergang zu machen.

— Gott schütze ihn, Herr Graf!« antwortete das junge Mädchen erröthend.

Dabei spiegelte sich in ihrem reizenden Gesicht aber eine solche Angst, daß Franz sie nach deren Ursache fragte.

»Ja, Gott schütze ihn, wiederholte das Mädchen, denn bei dem Versuche, trotz ihres Verbotes in das Schloß einzudringen, hat Nic die Geister dort herausgefordert, und wer weiß, ob sie nicht grausam genug sind, ihn dafür sein Leben lang zu peinigen.

— O, was das betrifft, Fräulein Miriota, antwortete Franz, damit werden wir, das versprech' ich Ihnen, bald fertig werden.

— Meinem armen Nic soll also kein weiteres Unheil zustoßen?

— Keines, und Dank den Beamten der Polizei wird Jedermann binnen wenig Tagen sich in der Burg und deren Umgebung ebenso gesichert ergehen können, wie auf dem Dorfplatze in Werst.«

Da er es für unangebracht hielt, Fragen übersinnlicher Natur mit dem in solchen Dingen höchst befangenen Mädchen weiter zu besprechen, bat er Miriota, ihn in das Zimmer des jungen Forstwächters zu geleiten.

Das that das junge Mädchen sofort, ließ dann aber Franz mit ihrem Verlobten allein.

Nic Deck war von der Ankunft der beiden Reisenden im Gasthofe zum »König Mathias« unterrichtet worden. In einem alten, wie ein Schilderhaus breiten Lehnstuhle sitzend, erhob er sich, um seinen Besucher zu empfangen. Da er von der Halblähmung, die ihn so plötzlich betroffen, kaum noch etwas verspürte, konnte er die Fragen des Grafen von Telek ohne Schwierigkeiten beantworten.

»Herr Deck, begann Franz, nachdem er zuerst die Hand des jungen Forstwärters freundschaftlich gedrückt hatte, zuerst muß ich Sie fragen, ob Sie denn selbst an das Vorhandensein böser Geister im Karpathenschlosse glauben?

— Ja, ich muß wohl, Herr Graf, gestand Nic Deck.

— Und solche Geister wären es gewesen, die Sie gehindert hätten, über die Mauer zu gelangen?

— Daran zweifl' ich nicht mehr.

— Und warum, wenn ich bitten darf?

— Weil das, was mir widerfahren ist, unerklärlich wäre, wenn es keine solchen Geister gäbe.

— Wären Sie so freundlich, mir die ganze Sache zu erzählen, doch ohne irgend etwas wegzulassen, was dabei vorgegangen ist?

— Mit Vergnügen, Herr Graf.«

Nic Deck berichtete also, wie von ihm verlangt. Er konnte dabei freilich nur die Thatsachen bestätigen, die dem Grafen Franz bei dem früheren Gespräch mit den Gästen des »König Mathias« schon zu Ohren gekommen waren — Thatsachen, denen Franz von Telek, wie wir wissen, eine ganz natürliche Deutung zu geben versucht hatte.

Die Ereignisse jener abenteuerlichen Nacht erklärten sich ja ungemein leicht, wenn menschliche Wesen — Uebelthäter oder andere — die sich in der Burg aufhielten, die nöthigen Apparate besaßen, um allerlei Zauber- und Spukerscheinungen hervorzurufen. Was die eigenthümliche Behauptung des Doctor Patak anging, daß er sich durch eine unsichtbare Kraft an den Boden gefesselt gefühlt habe, so konnte man wohl annehmen, daß genannter Doctor damals zum Spielballe seiner Einbildung geworden sei. Weit mehr Wahrscheinlichkeit hatte es für sich, wie Franz dem Forstwächter erklärte, daß jenem, weil ihn der Schrecken lähmte, die Beine einfach den Dienst versagt hätten.

»Wie, Herr Graf, fiel Nic Deck ein, in dem Augenblicke, wo er entfliehen wollte, hätten dem Hasenfuße seine Beine nicht folgen wollen? Nein, das ist undenkbar; Sie würden ebenso urtheilen...

— Nun gut, unterbrach ihn Franz, nehmen wir also an, er wäre im Grunde des Grabens mit den Füßen in eine unter dem Unkraut verborgene Falle gerathen.

— Wenn eine Falle zuschnappt, entgegnete der Forstwächter, dann verletzt sie Einen gehörig, zerreißt wenigstens das Fleisch; an den Beinen des Doctor Patak zeigt sich aber nicht die geringste Verwundung.

— Dieser Einwurf ist richtig, Nic Deck, und doch, glauben Sie mir, wenn es wahr ist, daß der Doctor nicht loskommen konnte, wenn seine Füße in dieser Weise festgehalten waren...

— Ja, da möcht' ich Sie fragen, Herr Graf, wie eine Falle sich von selbst wieder geöffnet haben könnte, um den Doctor freizugeben?«

Franz war um eine Antwort verlegen.

»Uebrigens, Herr Graf, fuhr der Forstwächter fort, stelle ich das, was den Doctor Patak betrifft, ganz

Ihrer Beurtheilung anheim. Ich kann ja nur dafür einstehen, was ich selbst erlebt habe.

— Ja, lassen wir den wackeren Doctor aus dem Spiele und sprechen nur von dem, was Ihnen selbst zugestoßen ist, Nic Deck.

— Nun, das ist ziemlich schnell erzählt. Es unterliegt keinem Zweifel, daß ich eine furchtbare Erschütterung erlitt, und zwar eine, die nicht mit natürlichen Dingen zuging.

— Und auch Sie sehen keine Verwundung an Ihrem Körper? fragte Franz.

— Keine, Herr Graf, und doch erhielt ich einen furchtbaren Schlag.

— War das gerade, als Sie die Hand auf die Eisentheile der Zugbrücke legten?...

— Ja, Herr Graf; kaum hatte ich diese berührt, da fühlt' ich mich plötzlich wie gelähmt. Glücklicherweise blieb meine andere Hand, mit der ich mich an der Kette hielt, davon verschont, und so glitt ich denn bis zur Grabensohle hinunter, wo der Doctor mich bewußtlos aufgehoben hat.«

Franz schüttelte den Kopf gleich einem Manne, bei dem diese Mittheilung keinen rechten Glauben fand.

»Und nun, Herr Graf, was ich Ihnen eben erzählte, hab' ich doch wohl nicht blos geträumt, und da ich volle acht Tage das Bett hüten mußte und mich nicht groß rühren konnte, da ich über Arm und Bein keine Herrschaft hatte, da konnte man doch vernünftigerweise nicht sagen, daß ich mir das Alles nur eingebildet habe.

— Das behaupt' ich auch gar nicht; im Gegentheil, Sie haben gewiß einen gewaltigen Schlag erlitten.

— Einen gewaltigen und teuflischen!

— Nun, darin stimmen wir nicht überein, Nic Deck, erwiderte der junge Graf. Sie glauben von einem übernatürlichen Wesen gepackt worden zu sein, und ich glaube das nicht, einfach aus dem Grunde, weil es überirdische Wesen guter oder böser Art überhaupt nicht giebt.

— Wollen Sie mir dann gefälligst erklären, Herr Graf, wie das, was mir widerfahren, zugegangen ist?

— Das vermag ich noch nicht, Nic Deck; seien Sie aber überzeugt, daß sich Alles, und zwar auf die einfachste Weise, erklären wird.

— Das gebe Gott! erwiderte der Forstwächter.

— Sagen Sie mir, fuhr Franz fort, hat das Schloß von jeher der Familie von Gortz gehört?

— Ja, Herr Graf, und dieser gehört es noch heute, obwohl der letzte Sproß der Familie, der Baron Rudolph von Gortz, verschwunden ist, ohne daß man Nachricht von ihm erhalten hat.

— Und wie lange ist es wohl her, daß er verschwand?

— So gegen zwanzig Jahre.

— Schon zwanzig Jahre? ...

— Gewiß, Herr Graf. Eines schönen Tages hat der Baron Rudolph das Schloß verlassen, dessen letzter Diener wenige Monate nachher starb, und seitdem hat man den Besitzer nicht wieder gesehen.

— Und seitdem hat auch Niemand die Burg betreten?

— Kein Mensch.

— Und was hält man hier zu Lande von der ganzen Sache?

— Man glaubt, daß der Baron Rudolph im Auslande, und zwar auch kurz nach seinem Verschwinden, gestorben sein möge.

— Darin täuscht man sich, Nic Deck. — Der Baron war noch am Leben, wenigstens vor fünf Jahren.

— Er lebte noch, Herr Graf?

— Ja.... In Italien ... in Neapel.

— Sie haben ihn gesehen?

— Ja freilich.

— Und seit diesen fünf Jahren?

— Hab' ich nichts mehr von ihm gehört.«

Der junge Forstwächter wurde nachdenklich. Es kam ihm ein Gedanke — ein Gedanke, dem er doch nicht festere Gestalt zu geben wagte. Endlich erhob er entschlossen den Kopf und sagte:

»Es ist doch nicht anzunehmen, Herr Graf, daß der Baron Rudolph ins Land zurückgekehrt sei, um sich im Innern der Burg zu verbergen?

— Nein ... das erscheint nicht annehmbar, Nic Deck.

— Welchen Grund könnte er auch haben, sich zu verstecken und Niemand bei sich sehen zu wollen? ...

— O, gar keinen,« antwortete Franz von Telek.

Und doch nahm auch jetzt ein unerwarteter Gedanke im Geiste des jungen Grafen festere Gestalt an. War es denn unmöglich, daß dieser Sonderling, dessen Leben schon immerdar ein so räthselhaftes gewesen war, nach seinem Fortgange aus Neapel sich in die Burg zurückgezogen hätte? Hier mußte es ihm, Dank des geschickt unterhaltenen einmal herrschenden Aberglaubens der Leute in der Umgebung leicht sein, sich, wenn er ganz einsam leben wollte, gegen jede unbequeme Heimsuchung zu vertheidigen, da ihm doch der geistige Zustand seiner Nachbarschaft unzweifelhaft bekannt war.

Franz hielt es für nutzlos, die Bewohner von Werst auf diese Spur zu führen. Er hätte sich da über Vorkommnisse verbreiten müssen, die allzu persönlicher Natur waren. Uebrigens hätte er doch Niemand überzeugt, das erkannte er sofort, als Nic Deck hinzufügte:

»Wenn sich der Baron Rudolph im Schlosse befindet, muß man glauben, daß der Baron Rudolph selbst der Chort ist, denn nur der Chort hätte mich in dieser Weise treffen können!«

Da er auf dieses Gebiet nicht wieder kommen wollte, wechselte Franz den Lauf des Gespräches. Nachdem er alle Mittel erschöpft, um den Forstwächter über die Folgen seines Versuches zu beruhigen, empfahl er ihm doch, einen solchen nicht zu wiederholen. Das wäre nicht seine Sache, sondern die der Behörden, und die Polizeimacht von Karlsburg würde das Geheimniß schon zu enthüllen verstehen.

Dann verabschiedete sich der Graf von Nic Deck, dem er ganz besonders ans Herz legte, Alles für seine Wiedergenesung zu thun, um die Hochzeit mit der hübschen Miriota, die er ja mit zu feiern gedachte, nicht etwa zu verzögern.

In Gedanken versunken, kehrte Franz nach dem »König Mathias« zurück, den er an diesem Tage nicht wieder verließ.

Um sechs Uhr brachte ihm Jonas in der Gaststube das Abendessen, und einer lobenswerthen Zurückhaltung nachgebend, störte ihn hier weder Meister Koltz, noch sonst Jemand aus dem Dorfe.

Gegen acht Uhr sagte Rotzko zu seinem jungen Gebieter:

»Sie bedürfen meiner jetzt nicht mehr, Herr Graf?

— Nein, Rotzko.

— Dann werde ich auf der Terrasse meine Pfeife rauchen.

— Geh' Rotzko, geh'.«

Halb in einem Lehnstuhl liegend, ließ Franz die ihm unvergeßliche Vergangenheit noch einmal vor seinem Innern vorüberziehen. Er befand sich in Neapel während der letzten Vorstellung im San Carlo-Theater.... Er sah den Baron von Gortz wieder in dem Augenblicke, wo dieser ihm erschien ... wo er den Kopf aus der Loge vorbeugte, sein Blick sich brennend auf die Künstlerin richtete, als wollte er diese bezaubern....

Dann wandte sich der Gedanke des jungen Grafen dem von jenem Sonderling unterzeichneten Briefe zu, in dem er, Franz von Telek, beschuldigt wurde, la Stilla getödtet zu haben....

Während er sich so in seine Erinnerungen versenkte, fühlte Franz von Telek wie der Schlaf ihn langsam übermannte. Noch befand er sich in jenem gemischten Zustande, wo man das geringste Geräusch wahrzunehmen vermag, als ein wunderbares Ereigniß eintrat.

Es scheint, als ob eine sanfte schmeichelnde Stimme durch den Raum ertönte, in dem sich Franz allein, gewiß ganz allein befand.

Ohne sich zu fragen, ob er wache oder träume, erhebt sich Franz von Telek und lauscht.

Ja! Da erschien es, als ob sich ein Mund seinem Ohr genähert hätte, und als ob unsichtbare Lippen das ergreifende Lied Stefano's, und zwar die Worte sängen:

Nel giardino de 'mille fiori,
Andiamo, mio cuore . . .

Diese Romanze . . . Franz erkannte sie — diese süße, sich einschmeichelnde und doch so tief rührende Romanze — hatte la Stilla in dem letzten Concerte gesungen, das sie vor ihrer Abschiedsvorstellung veranstaltete . . .

Wie eingewiegt und ohne sich über etwas Rechenschaft zu geben, überließ sich Franz der Wollust, diese Stimme noch einmal zu hören.

Dann geht der Vers zu Ende, und die allmählich leiser werdende Stimme verhallt in leichten Schwingungen der Luft.

Doch Franz hat seine Erstarrung abgeschüttelt . . . er ist hastig aufgesprungen . . . hält den Athem an und sucht ein entferntes Echo dieser Stimme, die ihm zum Herzen dringt, zu erhaschen. . . .

Doch Alles ist still, hier drinnen und draußen.

»Ihre Stimme! . . . murmelte er. Ja, das war ihre Stimme, die ich so sehr geliebt habe!«

Dann kommt er völlig wieder zu sich.

»Ich habe geschlafen, sagt er, ach, ich habe so schön geträumt!«

XI.

Noch befangen von den Visionen der Nacht, wurde der junge Graf am folgenden Morgen munter.

Im Laufe des Vormittags gedachte er das Dorf Werst zu verlassen, um sich nach Karlsburg zu begeben.

Nach kurzem Besuche der Industrieorte Petroseny und Livadzel gedachte sich Franz einen ganzen Tag in Karlsburg aufzuhalten, bevor er für etwas längere Zeit nach der Hauptstadt Siebenbürgens weiter zöge. Von hier sollte ihn dann die Eisenbahn nach dem Herzen Ungarns, dem letzten Ziele seiner Reise führen.

Franz war aus dem Gasthause herausgetreten und lustwandelte, ein Fernglas vor den Augen, auf der Terrasse, von der aus er tief erregt die Umrisse der Burg betrachtete, die die aufsteigende Sonne auf dem Plateau des Orgall schon erkennbar beleuchtete.

Sein Gedankengang war etwa folgender: wenn er nun nach Karlsburg kam, sollte er da das den Bewohnern von Werst gegebene Versprechen einlösen und die Polizei davon benachrichtigen, was auf dem Karpathenschlosse vorging?

Als der junge Graf sich verpflichtet hatte, dem Dorfe seinen Frieden wieder zu sichern, geschah das in der festen Ueberzeugung, daß die Burg einer Rotte von Verbrechern als Schlupfwinkel diene, oder daß doch verdächtige Gesellen, die ein Interesse daran hatten, nicht entdeckt zu werden, es zu Stande gebracht hätten, jede Annäherung anderer Personen zu vereiteln.

Im Laufe der Nacht hatte sich Franz das freilich anders überlegt. In seinen Gedanken hatte sich ein Wechsel vollzogen, und jetzt zauderte er. In der That war ja der letzte Abkömmling der Familie von Gortz, der Baron Rudolph, seit fünf Jahren verschwunden und Niemand hätte wissen können, was aus ihm geworden war. Zwar hatte sich das Gerücht verbreitet, daß er gestorben sei, angeblich bald nach seinem Weggang von Neapel, doch ob das begründet war, dafür gab es keine Beweise. Vielleicht lebte der Baron von

Gortz noch heute, und wenn er lebte, warum sollte er dann nicht nach dem Schlosse seiner Ahnen zurückgekehrt sein? Warum könnte Orfanik, scheinbar sein einziger Vertrauter, ihn nicht dahin begleitet haben und könnte dieser seltsame Gelehrte nicht der Urheber und Veranstalter der Erscheinungen sein, die das Land ringsum fortwährend in Angst und Schrecken setzten? Dergleichen Gedanken stiegen, einer aus dem andern sich entwickelnd, in Franz von Telek auf.

Eine derartige Vermuthung erschien gewiß ziemlich naheliegend, und wenn der Baron Rudolph von Gortz und Orfanik in der Burg Zuflucht gesucht hatten, so begriff es sich auch, daß sie diese unzugänglich zu machen bemüht gewesen wären, um darin das einsame Leben zu führen, das ihren Gewohnheiten und Charakteren entsprach.

War das aber der Fall, so fragte es sich doch, wie der junge Graf sich dann verhalten sollte, da er ja keine rechten Gründe hatte, sich in die Privatangelegenheiten des Barons von Gortz zu mischen. Noch wog er hierüber das Für und Wider ab, als sich Rotzko auf der Terrasse zu ihm gesellte.

Den alten bewährten Diener glaubte er mit dem, was ihm eben durch den Kopf ging, bekannt machen zu sollen.

»Herr Graf, antwortete Rotzko, die Möglichkeit liegt allerdings vor, daß der Baron von Gortz der Urheber aller jener Teufeleien und Spukgeschichten ist; nun, wenn das zutrifft, so mein' ich, daß wir uns darum nicht zu kümmern haben. Die Hasenfüße in Werst mögen zusehen, wie sie sich mit der Geschichte abfinden, wir haben doch wahrlich nicht die Pflicht, den albernen Aufruhr im Dorfe zu dämpfen.

— Ja, ja, sagte Franz, wenn ich's mir recht überlege, glaub' ich, daß Du Recht hast, braver Rotzko.

— Ich glaube das auch, antwortete einfach der Soldat.

— Was den Meister Koltz und die Anderen angeht, so wissen sie jetzt, was sie zu thun haben, um sich von den vermeintlichen Geistern der Burg zu befreien.

— Natürlich, Herr Graf, sie brauchen ja nur die Polizei von Karlsburg davon zu unterrichten.

— Nach dem Frühstück brechen wir auf, Rotzko.

— Es wird Alles bereit sein.

— Vor dem Abstieg nach dem Thale der Sil werden wir jedoch einen Umweg über den Plesa machen.

— Warum das, Herr Graf?

— O, ich möchte das berüchtigte Karpathenschloß wenigstens einmal in der Nähe sehen.

— Was kann das aber nützen?

— Es ist eben eine Laune, Rotzko, ein plötzlicher Einfall, der uns keinen halben Tag aufhalten wird.«

Rotzko schien etwas verstimmt über diesen Entschluß, der ihm so völlig zwecklos vorkam. Er suchte Alles, was den jungen Grafen zu lebhaft an die Vergangenheit erinnern konnte, von diesem abzuhalten. Diesmal war das vergeblich, er begegnete heute einem unwiderruflichen Entschlusse seines Herrn.

Franz fühlte sich wie durch einen unwiderstehlichen Einfluß nach der Burg hingezogen. Ohne daß er sich darüber Rechenschaft gab, stand diese Anziehung vielleicht mit dem Traum in Verbindung, in dem er das Klagelied la Stilla's von der Stimme la Stilla's gehört hatte.

Doch hatte er denn wirklich geträumt? Jetzt legte er sich doch diese Frage vor, da ihm einfiel, daß in derselben Gaststube des »König Mathias« der Versicherung der Leute nach schon einmal eine Stimme zu vernehmen gewesen war — jene Stimme, deren Drohung Nic Deck so unklugerweise mißachtet hatte. Bei der geistigen Verfassung, in der der junge Graf sich befand, kann es deshalb nicht Wunder nehmen, daß er sich nach dem Karpathenschlosse begeben und wenigstens bis zum Fuße der alten Mauern emporsteigen wollte, doch ohne die Absicht, in jene einzudringen.

Selbstverständlich hielt es Franz von Telek für angezeigt, den Bewohnern von Werst gegenüber nichts von seiner Absicht verlauten zu lassen. Diese Leute wären im Stande gewesen, sich an Rotzko heranzudrängen, um diesem jede Annäherung an die Burg auszureden, und darum hatte er seinem Diener streng untersagt, von seiner Absicht zu sprechen. Wenn man sie die Dorfstraße nach dem Silthale zu gehen sah, bezweifelte gewiß Niemand, daß sie den Weg nach Karlsburg einschlagen wollten. Von der Höhe der Terrasse aus hatte er aber bemerkt, daß noch ein anderer Weg vom Fuße des Retyezat nach dem Rücken des Vulcan führte. Dadurch wurde es möglich, bis zum Kamme des Plesa hinauf zu kommen, ohne das Dorf wieder zu berühren und folglich, ohne vom Meister Koltz oder einem Anderen gesehen zu werden.

Gegen Mittag und nachdem er ohne Widerspruch die etwas gepfefferte Rechnung des Gastwirthes beglichen — die ihm dieser mit dem verbindlichsten Lächeln übergab, rüstete sich Franz von Telek fortzugehen.

Meister Koltz, die hübsche Miriota, Magister Hermod, Doctor Patak, der Schäfer Frik und eine Anzahl anderer Dorfbewohner waren herbeigeströmt, um ihm Lebewohl zu sagen.

Selbst der junge Forstwächter hatte sein Zimmer verlassen können, und man erklärte, daß er bald wieder ganz auf den Füßen sein werde — was der Exkrankenwärter einzig seiner Kunst zuschrieb.

»Ich mache Ihnen mein Compliment, Nic Deck, wandte sich der Graf an diesen, Ihnen und Ihrer Verlobten.

— Und wir nehmen das mit herzlichem Dank an, erwiderte das junge Mädchen, vor Glück erröthend.

— Reisen Sie recht glücklich, setzte der junge Forstwächter hinzu.

— Ja, das wünschte ich auch, antwortete Franz von Telek, dessen Stirn sich etwas verdüsterte.

— Wir möchten Sie auch noch bitten, Herr Graf, ließ Meister Koltz sich vernehmen, die Schritte nicht zu vergessen, die Sie bei der Polizei in Karlsburg thun wollten.

— Ich werde nichts vergessen, Meister Koltz, versicherte Franz. Sollte ich jedoch auf meiner Reise aufgehalten werden, so kennen Sie ja das einfache Mittel, sich Ihrer beunruhigenden Nachbarschaft zu entledigen, und dann wird ja das Schloß der guten Einwohnerschaft von Werst keine Angst mehr einflößen.

— Das ist wohl leicht gesagt ... murmelte der Magister.

— Und auch leicht gethan, entgegnete Franz. Noch vor Ablauf von achtundvierzig Stunden können die Gendarmen mit allen Wesen, die sich nur in der Burg verbergen mögen, aufgeräumt haben....

— Mit Ausnahme des Falles, daß das wirkliche Geister wären, bemerkte der Schäfer Frik.

— Selbst in diesem Falle, erklärte Franz mit kaum bemerkbarem Achselzucken.

— Wenn Sie uns damals begleitet hätten, Herr Graf, warf der Doctor Patak ein, den Nic Deck und mich, dann würden Sie vielleicht nicht so sprechen!

— Das sollte mich wundern, Doctor, versetzte Franz, und selbst wenn ich wie Sie mit den Füßen im Schloßgraben festgehalten worden wäre....

— Mit den Füßen ... ja, ja, Herr Graf, oder mit den Stiefeln! Und wenn Sie nicht gerade behaupten wollen, daß ich ... bei dem Zustand, in dem ich mich befand ... nur ... geträumt habe ...

— Ich behaupte gar nichts, werther Herr, unterbrach ihn Franz, und es fällt mir gar nicht ein, erklären zu wollen, was Ihnen unerklärlich vorkommt. Halten Sie sich jedoch versichert, daß die Stiefeln der Gendarmen — wenn diese Leute dem Karpathenschlosse einen Besuch abstatten, daß deren Stiefeln, die an Disciplin gewöhnt sind, sich nicht am Erdboden festwurzeln werden, wie die Ihrigen.«

Nach dieser an den Doctor gerichteten Erklärung nahm der junge Graf noch einmal den Dank und die Huldigung des Wirthes vom »König Mathias« entgegen, der sich »so geehrt fühlte, die Ehre gehabt zu haben, den hochzuverehrenden Herrn Franz von Telek ... u. s. w. Als er dann noch dem Meister Koltz, Nic Deck, dessen Braut und den auf dem Platze versammelten Leuten einen letzten Gruß zugewinkt, gab er Rotzko ein Zeichen, und Beide schritten rasch die Straße hinunter.

Nach kaum einer Stunde hatte Franz und sein Begleiter das rechte Ufer des Flusses erreicht, längs dem sie bis zur südlichen Wand des Retyezat hinwanderten.

Rotzko hatte darauf verzichtet, gegen seinen Herrn noch irgend eine weitere Bemerkung fallen zu lassen. — Das wäre auch vergebliche Liebesmüh' gewesen. An militärischen Gehorsam gewöhnt, würde er schon bei der Hand sein, den jungen Grafen zurückzuhalten, wenn dieser sich etwa in ein gefährliches Abenteuer stürzte.

Nach zweistündiger Wanderung machten Franz und Rotzko Halt, um ein wenig auszuruhen.

Hier, wo sie saßen, näherte sich die leicht nach rechts hin abweichende walachische Sil mit scharfer Biegung der Straße. Auf der anderen Seite und auf der Ausbuchtung des Plesa dehnte sich in der Entfernung einer halben Meile das Plateau des Orgall aus. Hier mußten sie also die Sil verlassen, da Franz den Bergrücken überschreiten wollte, um sich in der Richtung nach dem Schlosse zu halten.

Da sie vermieden, noch einmal durch Werst zu kommen, verlängerte dieser Umweg ihren Marsch etwa um das Doppelte der Entfernung, die das Schloß vom Dorfe trennte.

Immerhin mußte noch heller Tag sein, wenn Franz und Rotzko auf der Hochfläche des Orgall anlangten. Der junge Graf behielt also Zeit genug, die Burg von außen zu besichtigen.

Schlugen sie dann den Rückweg durch Werst erst nach Anbruch des Abends ein, so war ja zu erwarten, daß sie von Niemand gesehen würden. Die nächste Nacht wollte Franz übrigens in Livadzel, einem kleinen Flecken am Zusammenflusse der beiden Sil, zubringen, um am folgenden Tage nach Karlsburg weiterzuziehen.

Eine halbe Stunde ruhten sie aus. In seiner Erinnerung verloren und auch tief erregt durch den Gedanken, daß sich der Baron von Gortz möglicherweise im Innern dieses Schlosses vergraben habe, sprach Franz nicht ein einziges Wort.

Rotzko bedurfte aber der größten Selbstüberwindung, um ihm nicht zuzurufen:

»Es ist unnütz, noch weiter zu gehen, Herr Graf! ... Kehren wir der verdammten Burg den Rücken zu und lassen Sie uns aufbrechen!«

Beide schritten nun weiter den Thalweg entlang hin. Zuerst mußten sie dabei ein Baumdickicht durchmessen, in dem kein Fußpfad zu entdecken war. Da und dort zeigte der Erdboden mehr schlüpfrige Furchen, denn in dieser Regenzeit tritt die Sil nicht selten aus und rauscht in tollem Strome über das Land, das sie in einen Sumpf verwandelt. Dieser Umstand erschwerte natürlich das Fortkommen und erzeugte einigen Aufenthalt. So brauchten die Wanderer eine ganze Stunde, um die Straße auf dem Vulkan zu erreichen, der gegen fünf Uhr überschritten wurde.

Die rechte Seite des Plesa ist nicht mit den dicken Waldungen bedeckt, durch die Nic Deck sich nur mit der Axt hatte Bahn brechen können; dafür thürmten sich ihnen hier Schwierigkeiten anderer Art entgegen. Da lagen Trümmerhaufen von Moränen, die beim Durchschreiten große Vorsicht erheischten, schroffe Niveauunterschiede, mächtige Steinwände und Blöcke mit unsicherer Unterlage, die gleich Steintischen der Alpengegenden aufragten — kurz, das ganze Durcheinander einer Anhäufung gewaltiger Felsenbruchstücke, die durch Lavinen vom Berggipfel herabgeworfen worden waren, ein wahres Chaos im schlagendsten Sinne des Wortes....

Um den Abhang unter diesen Verhältnissen zu erklimmen, kostete es noch eine gute Stunde tüchtiger

Anstrengung. Es schien wirklich, als hätte sich das Karpathenschloß schon durch die Unwegsamkeit seiner Umgebung allein vertheidigen können. Rotzko hoffte auch, vielleicht noch auf solche Hindernisse zu treffen, die sie unmöglich überwältigen könnten. Doch das erfüllte sich nicht.

Jenseits der Zone der Felsblöcke und Erdaushöhlungen wurde endlich der vordere Rand der Hochfläche des Orgall erreicht. Von hier aus zeigten sich die Formen des Schlosses ganz klar in der öden Umgebung, von der die Angst alle Bewohner des Landstriches schon seit Jahren fern hielt.

Franz und Rotzko wollten von der nach Norden zu gerichteten Steinmauer der Burg an diese herankommen.

Waren Doctor Patak und Nic Deck an die östliche Verbindungsmauer der Bastionen gekommen, so kam das daher, daß sie die linke Seite des Plesa erklommen, den Nyad, einen anderen Bergbach und die auf den Bergrücken hinführende Straße links hatten liegen lassen. Die beiden Wege bildeten zusammen nämlich einen weit offenen Winkel, dessen Scheitelpunkt der Wartthurm in der Mitte war. Von der Nordseite her wäre es übrigens ganz unmöglich gewesen, die Umfassungsmauer zu ersteigen, und hier gab es auch weder ein Thor noch eine Zugbrücke, die Verbindungsmauer erhob sich nur, den Unebenheiten der Bodenfläche folgend, steil zu großer Höhe.

Nun lag ja auch gar nichts daran, daß von hier aus jeder Zutritt unmöglich gemacht war, denn der junge Graf dachte ja nicht im Geringsten daran, durch die Mauer der Burg vorzudringen.

Es war bereits halb acht Uhr, als Franz von Telek und Rotzko am äußeren Rande des Plateaus des Orgall anlangten. Vor ihnen erhob sich nun im Halbdunkel das trotzige Gemäuer, dessen Farbe mit der der Felsen des Plesa ziemlich verschwamm. Links machte die Umfassungsmauer einen scharfen Winkel, an dem eine Bastion vorsprang. Hier ragte über die mit Zinnen bekrönte Brustwehr hinaus die alte Buche, deren verdrehte Aeste von der Gewalt des Südweststurmes in dieser Höhe zeugten.

Der Schäfer Frik hatte sich wirklich nicht getäuscht. Wenn man der Legende Glauben schenkte, so versprach diese der alten Burg der Barone von Gortz nur noch einen Bestand von drei Jahren.

Schweigend betrachtete Franz das Gesammtbild des, von einem mächtigen Wartthurme in der Mitte beherrschten Bauwerks. Hier unter diesem regellosen Steinhaufen verbargen sich gewiß gewölbte, weite, jeden Laut wiedergebende Räume, Vorsäle, die Irrgänge bildeten, tief im Erdboden versenkte Verließe, wie solche in den alten Schlössern der Magyaren vielfach vorkommen. Keine andere Wohnstätte als dieser alte Rittersitz konnte dem letzten Sprossen des Hauses von Gortz geeigneter erscheinen, sich in einer Vergessenheit zu begraben, deren Geheimnisse Niemand zu enträthseln vermochte. Je mehr der junge Graf darüber nachdachte, desto mehr klammerte er sich an die Vorstellung, daß Rudolph von Gortz sich hinter die einsamen Wälle seines Karpathenschlosses geflüchtet haben könne.

Nichts verrieth übrigens die Anwesenheit von Bewohnern im Innern des Wartthurms. Kein Rauchwölkchen entstieg seinen Schornsteinen, kein Laut drang aus den festgeschlossenen Fenstern. Nichts — nicht einmal der Schrei eines Vogels unterbrach die Todtenstille dieser düsteren Wohnung.

Eine Zeitlang verzehrte Franz fast gierigen Blickes diesen Mauerkranz, der einst von rauschenden Festen und Waffengeklirr widerhallte. Er schwieg aber, denn seine Gedanken bedrückten ihn gar so sehr und wie ein Alp lag die Erinnerung auf seinem Herzen.

Rotzko, der seinen Herrn sich selbst zu überlassen wünschte, hatte sich etwas zur Seite begeben; er würde es nicht gewagt haben, den Grafen durch die kürzeste Bemerkung zu stören. Als die Sonne aber hinter der Bergmasse des Plesa versank und der Schatten in das Thal der beiden Sil einzog, da zögerte er nicht länger.

»Herr Graf, begann er, es ist bereits Abend geworden... Es wird bald um acht Uhr sein.«

Franz schien ihn gar nicht zu hören.

»Es ist Zeit aufzubrechen, fuhr Rotzko fort, wenn wir nach Livadzel kommen wollen, ehe man dort die Gasthöfe schließt.

— Noch einen Augenblick, Rotzko... Ja, in einem Augenblick bin ich bereit, antwortete Franz.

— Wir brauchen eine gute Stunde, gnädiger Herr, ehe wir die Straße auf dem Berge wieder erreichen, und da es dann völlig finster ist, werden wir auf diesem Wege nicht bemerkt werden.

— Noch einige Minuten, sagte Franz, dann begeben wir uns nach dem Dorfe hinab.«

Der junge Graf war nicht von dem Platze gewichen, den er von Anfang an auf dem Plateau des Orgall eingenommen hatte.

»Vergessen Sie nicht, gnädiger Herr, nahm Rotzko wieder das Wort, daß es in finsterer Nacht schwierig sein wird, mitten durch das Felsengewirr zu gehen...

Sind wir doch bei hellem Tage nur mit Mühe hindurch gekommen ... Sie werden verzeihen, wenn ich dränge ...

— Ja, brechen wir auf, Rotzko ... Ich folge dir ...«

Es schien jedoch, als würde Franz unabänderlich vor der Burg zurückgehalten, vielleicht durch eine jener geheimen Ahnungen des Herzens, die Niemand zu erklären vermag. War er denn etwa auch am Boden festgewurzelt, wie es der Doctor Patak im Wallgraben gewesen sein wollte? Nein, seine Füße waren von jeder Fessel, von jeder Falle frei ... Er konnte auf der Hochfläche hin und her gehen und wenn er's gewollt, hätte er das Schloß am Rande der äußeren Böschung hin ungehindert umkreisen können.

Vielleicht wollte er das doch?

Das dachte wohl auch Rotzko, denn er sagte wenigstens zum letzten Male:

»Kommen Sie nun, Herr Graf?

— Ja ... ja ...« antwortete Franz.

Dennoch blieb dieser unbeweglich stehen.

Schon war es dunkel auf der Hochfläche des Orgall. Der wachsende Schatten des Bergstockes, der immer weiter nach Süden vordrang, umhüllte das gesammte Bauwerk, dessen Umrisse sich nur noch als unbestimmte Silhouette darstellten.

Flammte jetzt nicht hinter den schmalen Fenstern des Wartthurms ein Lichtschein auf, so mußte überhaupt bald nichts mehr erkennbar sein.

»Gnädiger Herr ... Kommen Sie doch!« mahnte Rotzko.

Franz rührte sich endlich, ihm zu folgen, als hinter der Bastionsmauer, wo die sagenhafte Buche stand, eine Gestalt sichtbar wurde.

Franz hielt an und starrte auf die Erscheinung, deren Umrisse allmählich deutlicher wurden.

Es war ein Weib mit aufgelöstem Haar, ausgestreckten Armen und in ein langwallendes Gewand gehüllt.

War dieses Costüm aber nicht das nämliche, das la Stilla in der letzten Scene des »Orlando« getragen, wo Franz sie zum letzten Male gesehen hatte?

Ja, das war la Stilla, die dort regungslos dastand, die Arme nach dem jungen Grafen ausstreckte und den durchdringenden Blick auf ihn gerichtet hielt.

»Sie! ... Sie! ...« rief er außer sich.

Vorwärts stürmend, wäre er gewiß bis zum Fuße der Mauer hinunter gerollt, wenn Rotzko ihn nicht zurückgehalten hätte....

Da verschwand plötzlich die Erscheinung. Kaum eine Minute lang hatte sich la Stilla ihm gezeigt.

Immerhin! Eine Secunde hätte für Franz hingereicht, sie zu erkennen. Da entrangen sich ihm die Worte:

»Sie ... sie ... und lebend!«

XII.

War das möglich? La Stilla, die Franz von Telek niemals wieder zu sehen glaubte, war ihm hier auf dem Boden der Bastion erschienen! Es war keine Augentäuschung gewesen, denn Rotzko hatte sie ja gesehen, wie er selbst ... Das war sie, die große Künstlerin, bekleidet mit dem Costüm der Angelica, in dem sie sich dem

Publicum in der Abschiedsvorstellung des San Carlo-Theaters in Neapel zum letzten Male gezeigt hatte!

Vor den Augen des jungen Grafen leuchtete die furchtbare Wahrheit auf ... Dieses angebetete Weib, das die Gräfin Telek hatte werden sollen, wurde seit fünf Jahren hier in den transsylvanischen Bergen eingekerkert gehalten! Die, die Franz auf der Bühne todt niederfallen sah, lebte also doch noch! Während man ihn selbst halb todt nach dem Hotel zurückgebracht, hatte der Baron Rudolph zu ihr zu dringen, sie aufzuheben und mit sich nach seinem Karpathenschlosse zu entführen vermocht, und nur einem leeren Sarge war am nächsten Tage die Volksmenge nach dem Campo Santo Nuovo gefolgt!

Alles das erschien ja unglaublich, unannehmbar und widerstritt am Ende dem gesunden menschlichen Verstande. Das grenzte an ein Wunder, war allzu unwahrscheinlich, und Franz hätte sich das immer und immer wieder sagen sollen ... Ja freilich! Doch eine Thatsache blieb immer bestehen: la Stilla war von dem Baron von Gortz entführt worden, da sie jetzt hier in der Burg war! Sie lebte auch, er hatte sie ja über der Mauer erblickt! Das schien unumstößlich gewiß.

Nichts destoweniger suchte der junge Graf seine verwirrten Gedanken wieder zu ordnen, die sich übrigens zuletzt auf den einen zuspitzten: Rudolph von Gortz seine Stilla, die seit fünf Jahren im Karpathenschlosse gefangen saß, wieder zu entreißen!

»Rotzko, begann Franz, mit keuchender Stimme, höre mich an! — Vor Allem verstehe mich richtig.... denn mir scheint, ich könnte den Verstand verlieren ..

— Herr Graf ... Mein lieber, gnädiger Herr!

— Um jeden Preis muß ich zu **ihr** ... zu ihr vordringen! ... Und das noch heut' Abend ...

— Nein, lieber morgen...

— Heut' Abend, sag' ich Dir!... Sie ist hier, hat mich gesehen wie ich sie... Sie erwartet mich...

— Nun gut, ich werde Ihnen folgen.

— Nein!... Ich gehe allein.

— Allein?

— Ja.

— Wie werden Sie aber in die Burg dringen können, da es Nic Deck nicht gelang?

— Ich komme hinein, sag' ich Dir.

— Das einzige Thor ist geschlossen.

— Für mich wird's das nicht sein... Ich werde eine Bresche suchen, werde sie finden... Ich komme hinein...

— Sie wollen also nicht, daß ich Sie begleite... Gnädiger Herr... Sie wollen das wirklich nicht?

— Nein, wir werden uns trennen, und nur wenn wir das thun, wirst Du mir nützen können.

— Ich soll Sie also hier erwarten?

— Nein, Rotzko.

— Wohin soll ich denn gehen?

— Nach Werst... Doch nein, nicht nach Werst... antwortete Franz. Die Leute da brauchen nichts zu erfahren. Geh' nach dem Dorfe Vulkan, wo Du die Nacht bleiben magst. Siehst Du mich morgen nicht wieder, so verlasse Vulkan noch am Vormittag... Das heißt... nein, warte einige Stunden länger. Dann begieb dich nach Karlsburg... Dort wirst Du dem Polizeidirector Bericht erstatten... Du erzählst ihm Alles. Endlich komm mit Hilfsmannschaften hierher zurück. Wenn's sein muß, mag die Burg gestürmt werden. — O, befreie sie!... Allmächtiger Gott... sie... und lebend... in der Gewalt Rudolphs von Gortz!«

Während der junge Graf diese mehrmals unterbrochenen Worte hervorstieß, bemerkte Rotzko, wie die Ueberreizung seines Herrn zunahm und sich in den ungeordneten Empfindungen eines Mannes Bahn brach, der seiner nicht mehr Herr ist.

»Geh! ... Rotzko! rief er zum letztenmale.

— Sie wollen es?

— Ich befehle es Dir!«

Diesem Zwange gegenüber hatte Rotzko nur noch zu gehorchen. Uebrigens war Franz schon weiter gegangen und die Dunkelheit entzog ihn den Blicken des treuen Dieners.

Noch einige Minuten verweilte Rotzko, der sich nicht zum Fortgehen entschließen konnte, an derselben Stelle. Dann kam ihm der Gedanke, daß alle Bemühungen seines Herrn doch unnütz sein würden, da er nicht über oder durch die Mauer könne, daß er nach dem Dorfe Vulkan werde umkehren müssen ... vielleicht morgen ... vielleicht noch heute Nacht ... dann würden sie Beide nach Karlsburg gehen, und was weder Franz noch der Forstwächter auszuführen vermochten, das würde er mit der Polizeimannschaft erzwingen ... er würde sich Rudolphs von Gortz bemächtigen ... ihm die unglückliche Stilla entreißen ... man würde das ganze Karpathenschloß durchsuchen ... nicht einen Stein, wenn's sein mußte, übersehen ... und wenn alle Teufel der Hölle darin hausten, die Burg zu vertheidigen.

Rotzko stieg nun wieder den Abhang von der Hochfläche des Orgall hinab, um den Weg über den Rücken des Vulkan einzuschlagen.

Franz hatte inzwischen, indem er dem Rande der Außenböschung folgte, schon die Winkelbastion, die die rechte Seite des Schlosses deckte, umgangen.

Tausend Gedanken kreuzten sich in seinem Hirn. Jetzt hegte er keinen Zweifel mehr bezüglich der Anwesenheit des Baron Rudolph von Gortz in der Burg, da la Stilla ja hier eingeschlossen war. Nur er konnte darin sein... La Stilla am Leben!... Wie würde Franz aber zu ihr gelangen, wie sie aus dem Schlosse entführen können?...

Er wußte es nicht, und doch mußte es sein... und es würde geschehen. Die Hindernisse, die Nic Deck nicht zu besiegen vermochte, er würde sie überwinden. Ihn trieb ja nicht nur die Neugier in diese Ruinen, die Leidenschaft war es, seine Liebe zu dem Weibe, die er hier lebendig wiederfand ... nachdem er sie für todt gehalten, und die er Rudolph von Gortz entreißen mußte!

Franz begriff wohl, daß er nirgends anders Zugang finden werde, als durch die südliche Verbindungsmauer, in der sich das Ausfallsthor mit der Zugbrücke davor befand. Da es ihm gar nicht in den Sinn kam, die hohen Mauern erklimmen zu wollen, wanderte er auf dem Plateau des Orgall weiter und weiter, bis er die Eckbastion hinter sich hatte.

Am Tage würde das keine besonderen Schwierigkeiten geboten haben. In tiefdunkler Nacht — der Mond war noch nicht aufgegangen — in einer Nacht, die durch die sich um die Höhen ansammelnden Nebelwolken nur noch finsterer wurde, war es mehr als tollkühn. Der Gefahr einen falschen Tritt zu thun und dadurch in den tiefen Graben hinabzustürzen reihte sich noch die weitere an, gegen unsicher gestützte Felsblöcke zu stoßen und diese vielleicht zum Umstürzen zu bringen.

Franz drang immer weiter vor und hielt sich so nah als möglich an die Zickzacklinie der äußeren Böschung, tastete dabei mit Hand und Fuß, um sicher zu sein, daß er nicht davon abirre. Von übermenschlicher Kraft getragen, fühlte er sich auch wie durch einen merkwürdigen Instinct geleitet, der ihn nicht irre führen konnte.

Jenseits der Bastion dehnte sich die südliche Zwischenmauer aus, mit der die Brücke, wenn sie nicht aufgezogen war, die Verbindung herstellte.

Von dieser Bastion aus schienen sich die Hindernisse jedoch zu vervielfältigen. Zwischen den gewaltigen Felsstücken, die das Plateau bedeckten, der Außenböschung weiter zu folgen, war nicht mehr ausführbar, und er mußte jetzt weiter davon zurückweichen. Der freundliche Leser denke sich etwa einen Mann inmitten des Steinfeldes von Carnac, dessen Dolmen und Menhirs ohne Ordnung umhergestreut wären. Und dazu kein Merkzeichen, um sich danach zu richten, kein Lichtschein in der finsteren Nacht, die den Giebel des Wartthurms völlig verschwinden ließ.

Franz drang trotzdem weiter vor, indem er hier einen Felsblock erkletterte, der ihm den Weg gänzlich versperrte, dort mit zerrissenen Händen zwischen den Steinen hinkroch, während ihm mehrere Seeadler um den Kopf flatterten, die mit scharfem Kreischen aus ihren Schlupfwinkeln entflohen.

Ach, warum ertönte die Glocke der alten Kapelle jetzt nicht, wie sie Nic Deck und dem Doctor entgegengeklungen hatte? Warum flammte über den Zinnen des Wartthurms nicht das blendende Licht auf, das jene Beiden beleuchtet hatte? Er wäre jetzt dem Klange, wäre dem Lichtstrahle nach vorgedrungen, wie der Seemann sich von dem Klange des Nebelhorns oder dem Blitzen des Leuchtthurms leiten läßt.

Vergeblicher Wunsch! ... Ringsum nichts als die finstere Nacht, die sein Auge kaum einige Schritte weit zu durchdringen vermochte.

Das dauerte etwa eine Stunde. An der merkbaren Neigung des Erdbodens nach links zu sah Franz, daß er sich verirrt hatte, vielleicht war er schon tiefer als das Ausfallsthor hinunter gerathen, vielleicht über die Zugbrücke hinausgegangen.

Er machte Halt, stampfte mit dem Fuße und rang die Hände, unsicher, nach welcher Seite er sich wenden sollte. Und dabei packte ihn eine wahnsinnige Wuth bei dem Gedanken, nun doch wohl bis zum Anbruch des Tages warten zu müssen. Dann wurde er jedoch von den Insassen der Burg bemerkt, konnte er sie nicht überraschen ... Rudolph von Gortz würde schon auf seiner Hut sein ...

In der Nacht, noch in der heutigen Nacht mußte er durch die Umfassungsmauer eindringen, und jetzt hatte Franz in der Dunkelheit überhaupt jede Richtung verloren!

Da entfuhr ihm ein Schrei ... ein Aufschrei der Verzweiflung.

»Stilla ... rief er, meine, meine Stilla!« ...

Ihm däuchte, als müsse die Gefangene ihn hören, als müsse sie ihm antworten können.

Wohl zwanzig Mal wiederholte er den geliebten Namen, den die Echos des Plesa zurückgaben.

Plötzlich leuchtete Franz etwas in die Augen. Ein Lichtschein strich durch das Dunkel ... hell, glänzend ... Ein Strahl, dessen Quell in einiger Höhe liegen mußte.

»Das ist die Burg ... da!« rief er sich zu.

Nach der Richtung, in der jener Strahl in die Nacht hinausschoß, konnte er in der That nur von dem Wartthurme in der Mitte ausgegangen sein.

Bei seinem hocherregten Zustand zweifelte Franz keinen Augenblick, daß es la Stilla sei, die ihm diese Hilfe sandte. Jedenfalls hatte auch sie ihn erkannt, als er die Geliebte auf der Eckbastion sah.

Und jetzt war sie es, die ihm dieses Zeichen gab, sie, die ihm den Weg wies, auf dem er nach dem Thore gelangen konnte . . .

Franz folgte jenem Lichte, das an Helligkeit noch zunahm, je mehr er sich demselben näherte. Da er auf dem Plateau des Orgall zu weit nach links hin gegangen war, mußte er jetzt gegen zwanzig Schritte nach rechts hin machen und entdeckte dann nach einigem Umhertasten wieder den Rand der äußeren Grabenböschung.

Der Lichtglanz fiel ihm gerade ins Gesicht und seine Höhe ließ annehmen, daß er aus einem der Fenster des Wartthurms hervorgehen möge.

Franz sah sich nun bald den letzten, freilich unübersteiglichen Hindernissen gegenüber.

Da das Thor geschlossen und die Brücke aufgezogen war, mußte wohl auch er nach dem Fuße der Zwischenmauer hinunterklettern. Was begann er dann aber vor einer Mauer, die vierzig bis fünfzig Fuß fast lothrecht aufstieg?

Franz ging nach der Stelle, wo die gesenkte Zugbrücke sich auflagerte, als er plötzlich ein Geräusch hörte, welches ihm verrieth, daß das Schloß des Thores geöffnet wurde . . .

Auch die Zugbrücke fiel langsam und knarrend hernieder.

Ohne einen Augenblick der Ueberlegung stürmte Franz auf die noch schwankende Bahn der Brücke und legte die Hand an das Thor...

Der schwere Flügel desselben gab dem Drucke nach.

Franz trat eiligen Schrittes in das dunkle Gewölbe über ihm. Kaum aber ein kleines Stück weiter gekommen, da hob sich die Brücke wieder und schlug geräuschvoll an die Thorpfeiler an.

Der Graf Franz von Telek war im Karpathenschloß gefangen.

XIII.

Die Bewohner Siebenbürgens und die Reisenden, die den Vulkanrücken hinauf- oder hinuntergingen, kannten das Karpathenschloß nur nach seiner äußeren Erscheinung. Bei der respectvollen Entfernung, in der das Gefühl der Furcht auch die muthigsten Männer im Dorfe zurückhielt, erscheint es ja nur als der ungeheure Steinhaufen einer in Ruinen liegenden Burg.

Innerhalb der Umfassungsmauer war die Burg indeß keineswegs so zerfallen, wie man hätte voraussetzen können; durch das feste Mauerwerk geschützt, hätten die unversehrt gebliebenen Gebäude des alten Rittersitzes noch einer ganzen Besatzung Unterkommen gewähren können.

Große gewölbte Gänge, tiefe Höhlen, verzweigte Gänge, Höfe, deren Steinbelag allerdings unter wucherndem Grase und Unkraut verschwand, unterirdische Festungsräume, in die niemals ein Strahl des Tageslichts eindrang, geheime Treppen, die im dicken Mauerwerk selbst ausgespart waren, Kasematten mit schwacher Beleuchtung durch die Schießscharten der Zwischenmauer, in der Mitte ein dreistöckiger Wartthurm mit noch recht gut bewohnbaren Zimmern und einer Plattform mit Zinnenrande darüber, zwischen den verschiedenen Baulichkeiten endlose, in allen Richtungen verlaufende Gänge, wie Stollen eines Bergbaues, die hier nach den Bastionen hinauf und dort wieder bis tief in den Unterbau hinabführten, hier und da auch eine Cisterne, worin sich das Regenwasser sammelte, dessen Ueberschuß nach dem Nyad abfloß, endlich lange Tunnel, die nicht, wie man hätte glauben können, von Geröll verstopft, sondern noch bis zur Bergstraße des Vulkan hinabführten, das war das Karpathenschloß, dessen Plan und Anlage sich fast nicht minder verwickelt erwiesen, als die Labyrinthe des Porsenna oder jene auf Lemnos und auf Kreta.

Wie den Theseus, als er die Tochter des Minos gewinnen wollte, so war es auch ein mächtiges, unwiderstehliches Gefühl, das den jungen Grafen durch die unzähligen Irrgänge der Burg trieb. Würde er auch den Ariadnefaden finden, der dem griechischen Helden den Rückweg angab?

Franz hatte nur den einen Gedanken gehabt, durch die Umfassungsmauer zu dringen, und das war ihm ja gelungen. Vielleicht hätte ihm hierbei auffallen sollen, daß die — soweit bekannt stets aufgezogene — Brücke scheinbar ganz allein dazu herabzugleiten schien, ihm den Eintritt zu ermöglichen! ... Ebenso hätte es ihn wohl beunruhigen müssen, das Thor sich hinter ihm urplötzlich schließen zu sehen ... doch an dergleichen dachte er gar nicht. Er befand sich endlich in dem

Schlosse, wo Rudolph von Gortz la Stilla zurückhielt, und er war sein Leben zu opfern bereit, wenn er nur bis zu dieser vordringen konnte.

Die breite, hohe und flachgewölbte Gallerie, in der Franz jetzt hinging, lag im allertiefsten Dunkel, und theilweise verschobene oder gesprungene Steinplatten des Bodens machten das Vorwärtskommen darauf sehr unsicher.

Franz näherte sich der linken Wand und folgte dieser, indem er mit der linken Hand daran hinstreifend, den ausgeschwitzten Salpeter derselben abblätterte. Nicht das geringste Geräusch war hörbar außer dem seiner eigenen Schritte, die weithin widerhallten. Ein warmer Luftstrom, dem sich widerlicher Modergeruch beimischte, traf ihn von rückwärts her, als ob am anderen Ende der Gallerie die Luft daraus kräftig abgesaugt würde.

Nachdem er an einem, einen nach links abweichenden Winkel verstärkenden Strebepfeiler vorübergekommen, schrumpfte die Gallerie mehr zu einem engen Gang zusammen. Mit ausgestreckten Armen konnte er auf beiden Seiten die Wand erreichen.

So drang er mit vorgebeugtem Körper und mit Hand und Fuß den Weg untersuchend weiter vor und suchte sich vor allem Rechenschaft zu geben, ob der Gang sich in gerader Richtung verlängerte.

Etwa zweihundert Schritte von jenem Eckpfeiler erkannte Franz, daß diese Richtung mehr nach links hin abwich und noch fünfzig Schritt weiter fast die entgegengesetzte wurde. Freilich konnte er sich aber nicht darüber klar werden, ob der Gang nach der Zwischenmauer der Burg oder nach dem Fuße des Wartthurms hin verlief.

Franz versuchte seinen Schritt zu beschleunigen, jeden Augenblick aber sah er sich durch eine Unebenheit des Erdbodens, gegen die er anstieß, oder durch eine scharfe Biegung, die seine Richtung änderte, aufgehalten. Dann und wann entdeckte er auch eine die Wand durchbrechende Oeffnung, die nach Seitengängen hinführte. Das Ganze war und blieb aber dunkel, unübersichtlich, und vergeblich suchte er sich in diesem Labyrinthe, einem wahren Maulwurfsbau, zu orientiren.

Mehrmals mußte Franz, weil er sich in eine Art Sackgasse verirrt hatte, überhaupt wieder umkehren, und vorzüglich hatte er zu fürchten, daß vielleicht eine nicht fest schließende Fallthür unter seinen Füßen nachgeben könnte und daß er in ein tiefes Verließ hinabstürzte, aus dem es für ihn kein Entweichen mehr gegeben hätte. Sobald er daher unter sich hohl klingende Planken fühlte, drängte er sich stets dicht an der Mauer hin, doch immer vorwärts mit einem Feuereifer, der ihm zum weiteren Ueberlegen gar keine Muße ließ.

Da Franz auf dem ganzen Wege noch nie auf- oder abwärts gegangen war, befand er sich voraussichtlich in gleicher Bodenhöhe mit den verschiedenen inneren Höfen, die zwischen den Einzelwerken der Umwallung ausgespart lagen, und er durfte annehmen, daß der Gang schließlich im Wartthurm, vielleicht an dessen Treppe ausmünden werde.

Unzweifelhaft mußte doch zwischen dem Thore und den Gebäuden der Burg ein näherer Weg vorhanden sein.

Zur Zeit wo die Familie von Gortz hier wohnte, lag doch keine Nothwendigkeit vor, beim Aus- oder Eingehen einen solchen gedeckten Gang zu benutzen. Eine zweite Thür, dem Ausfallsthor gegenüber, führte wirklich nach dem Waffen- oder Turnierplatze, in dessen Mitte sich der Wartthurm erhob. Diese Thür war aber schon längst vermauert gewesen, so daß Franz nicht einmal die Stelle derselben entdecken konnte.

Bereits eine Stunde war verflossen, seit der junge Graf auf gut Glück durch jene Irrwege vordrang, wobei er stets auf ein etwaiges entferntes Geräusch lauschte, den Namen la Stilla's aber nicht zu rufen wagte, da er befürchtete, daß die hier eingeengten Schallwellen ihn bis nach den Stockwerken des Wartthurmes tragen könnten. Ohne jedoch den Muth zu verlieren, wollte er weiter vordringen, so lange ihm die Kraft nicht versagte, oder nicht ein unüberwindliches Hinderniß seinen Schritten Halt gebot.

Wenn er es auch anfangs nicht bemerkte, stand Franz doch nahe am Ende seiner Kräfte. Seit seinem Weggange aus Werst hatte er ja nichts zu sich genommen und litt jetzt Hunger und Durst. Seine Schritte wurden unsicher und seine Knie schwankten. In der feuchtwarmen Kellerluft keuchte er nur noch, statt zu athmen, und das Herz pochte ihm zum Zerspringen.

Es mochte gegen neun Uhr sein, als Franz, den einen Fuß vorsetzend, keinen Boden mehr unter sich fühlte.

Er bückte sich und fand mit der Hand eine nach unten führende Stufe und nach dieser eine zweite.

Hier war also eine Treppe.

Führte diese nun unter die Grundmauern des Schlosses und hatte sie vielleicht keinen Ausweg?

Franz zögerte doch nicht, darauf hinunterzusteigen, und zählte die Stufen, die gegen die Richtung des Ganges mehr seitwärts hinführten.

So überschritt er siebenundsiebzig Stufen und erreichte dann wieder den wagrechten Gang, der sich in vielfachen dunklen Umwegen verlor.

Noch eine halbe Stunde wanderte Franz dahin, bis er von Ermüdung überwältigt stehen blieb, gerade als zwei- bis dreihundert Fuß weiterhin ein schwacher Lichtschein sichtbar wurde.

Doch woher kam dieser Schein? War es nur ein natürliches Phänomen, das Gas eines Irrlichts, das sich in dieser Tiefe entzündet hatte? Oder nicht vielmehr eine Laterne, die einer der Burgbewohner trug?

»Sollte sie es sein? ... « murmelte Franz.

Er erinnerte sich jetzt, daß ihm schon ein Lichtschein aufgeblitzt war, um ihm den Eingang ins Schloß zu zeigen, als er zwischen den Felsmassen des Orgallplateaus umherirrte. Und wenn's la Stilla gewesen war, die ihm jenes Licht von den Fenstern des Wartthurms aus gezeigt hatte, konnte es nicht wiederum sie sein, die ihn jetzt durch die Windungen und Biegungen des Schloßgrundes zu leiten suchte?

Kaum seiner Sinne Meister, bückte sich Franz nieder und starrte nach der hellen Stelle, ohne jedoch sonst eine Bewegung zu machen.

Mehr eine Art verbreiteter Schein als ein einzelner Lichtpunkt schien dort ein unterirdisches Gewölbe matt zu erhellen.

Schnell entschloß sich Franz weiter zu schleichen, denn seine Füße vermochten ihn kaum noch zu tragen, und nachdem er durch eine enge Oeffnung gekommen, fiel er an der Schwelle des engen Gelasses nieder.

Dieser verhältnißmäßig gut erhaltene Raum von zwölf Fuß Höhe bildete einen Kreis von ziemlich gleichem Durchmesser. Seine Gewölberippen, die an Capitälen von acht Säulen aufgelegt waren, strahlten nach einem in der Mitte herrabhängenden Schlußstein zusammen, und an diesem hing wieder eine Glaslampe, die einen grünlichen Schein ausstrahlte. Gegenüber der Thür und zwischen den Pfeilern ausgebrochen, befand sich noch eine zweite Thür, die aber geschlossen war und an der die verrosteten Köpfe großer Nägel die Stelle bezeichneten, wo an deren anderen Seite das Schloß befestigt war.

Franz erhob sich, schleppte sich nach jener anderen Thür und versuchte, deren schwere Flügel zu erschüttern.

Sein Bemühen erwies sich fruchtlos.

Einige von der Zeit benagte Möbelstücke standen in der Höhle; hier ein Bett oder vielmehr eine Lagerstätte aus Eichenkernholz, auf der sich einige Decken und Kissen befanden; dort ein Schemel mit gedrehten Füßen und ein mit Bandeisen an der Wand befestigter Tisch. Auf dem Tisch wieder standen verschiedene Geräthe; ein Krug mit Wasser, ein Teller mit einem tüchtigen Stück kaltem Fleisch und ein großer Laib Brod, das schon mehr dem gewöhnlichen Schiffszwieback ähnelte.

Alle diese Vorbereitungen deuteten wieder darauf h n, daß ein Bewohner dieser Höhle oder eigentlich ein Gefangener in diesem Kerker erwartet worden war. War nun Franz von Telek dieser Gefangene, der sich durch List hatte hierher verlocken lassen?

Im Wirrwarr seiner Gedanken dachte Franz hieran mit keiner Silbe. Von Hunger und Müdigkeit erschöpft, verzehrte er die auf dem Tische vorhandenen Nahrungsmittel und löschte den brennenden Durst aus dem Wasserkruge; dann sank er auf das grobe Bett nieder, wo ihn einige Minuten der Rast doch wenigstens etwas kräftigen mußten.

Als er aber seine Gedanken zu sammeln versuchte, zerrannen ihm diese wie Wasser, das er in der Hand gehalten hätte.

Sollte er nun den Tag abwarten, um seine Nachsuchungen wieder aufzunehmen? War seine Willenskraft jetzt nicht so sehr herabgesetzt, daß er die Herrschaft über jede Handlung ganz verlor?

»Nein! sprach er für sich, ich warte nicht!... Nach dem Thurme... noch diese Nacht muß ich nach dem Wartthurm gelangen!«

Plötzlich erlosch da das künstliche Licht, das die im Deckenschlußsteine hängende Lampe bisher verbreitet hatte, und die Höhle lag in tiefster Finsterniß.

Franz wollte sich erheben .. Es gelang ihm nicht, und sein Denkvermögen schlummerte ein oder, richtiger, es stand plötzlich still, wie der Weiser einer Uhr, deren Feder gesprungen ist. Das war ein seltsamer Schlaf, mehr eine erdrückende Erstarrung, eine völlige Vernichtung des Seins, die eine innere Beruhigung nicht aufkommen lassen konnte.

Wie lange dieser Schlaf gedauert habe, konnte Franz, als er daraus erwachte, nicht abschätzen. Seine inzwischen stehen gebliebene Uhr zeigte ihm nicht mehr die Stunde. Die Höhle war aber jetzt wieder mit mattem Lichte erfüllt.

Franz verließ das Lager und that einige Schritte nach der ersten Thür; diese stand noch immer offen; — dann nach der zweiten, diese war geschlossen wie vorher.

Er wollte jetzt nachdenken, doch das gelang ihm nur mit Mühe.

War sein Körper vom Vortage her noch von der Anstrengung erschöpft, so fühlte er heute eine merkwürdige Leere, einen lästigenden Druck im Kopfe.

»Wie lange mag ich geschlafen haben? fragte sich Franz. — Ist es jetzt Tag oder Nacht?«

Im Innern der Höhle war nichts verändert, außer daß das Licht wieder brannte und eine unsichtbare Hand die Speisen erneuert und den Krug wieder mit klarem Wasser gefüllt hatte.

Demnach mußte also doch Jemand hier gewesen sein, während Franz in wahrhaftem Todtenschlummer lag! Es mußte Andern bekannt sein, daß er sich hier in der Tiefe unter der Burg befand! Er war in der Gewalt des Baron Rudolph von Gortz... Und vielleicht gar verdammt, nie wieder mit Seinesgleichen in Berührung zu kommen?

Das schien doch kaum glaublich, und übrigens würde er fliehen, da er das noch konnte, würde er auch den Rückweg nach dem Ausfallsthore wieder finden und das Schloß verlassen...

Verlassen?... da erinnerte er sich, daß sich das Thor ja hinter ihm geschlossen hatte...

Nun, dann wollte er die Umfassungsmauer zu erreichen suchen sich durch eine der engen Schießscharten zwängen, versuchen an der Außenseite hinabzugleiten... um jeden Preis aber müsse er vor Ablauf einer Stunde aus dem Schlosse entwichen sein...

Doch la Stilla... Sollte er denn darauf verzichten, bis zu ihr vorzudringen? Sollte er fortgehen, ohne sie Rudolph von Gortz entrissen zu haben?

Nein! Und wenn er dieses Ziel jetzt nicht erreichte, dann wollte er, mit der Hilfsmannschaft, die Rotzko von Karlsburg rufen sollte, seine Absicht doch erzwingen ... Dann sollte die Burg erstürmt und vom Grund bis zum Dachfirst durchsucht werden!

Nach dieser Erwägung handelte es sich nur um schleunigste Durchführung seines Entschlusses.

Franz erhob sich, eilte nach dem Gange zu, durch den er hierher gekommen war ... doch horch! da wurde hinter der zweiten Thür der Höhle ein leises Geräusch hörbar.

Das waren unzweifelhaft Schritte, die näher herankamen.

Franz preßte das Ohr an die Thürfüllung und lauschte mit angehaltenem Athem.

Die Schritte wiederholten sich in regelmäßigen Zwischenräumen, als ob Jemand langsam eine Treppe herunterkäme. Gewiß befanden sich jenseits der Thür wieder Stufen, über die man aus dieser Höhle nach dem inneren Schloßhofe gelangte.

Um gegen jede Ueberraschung gesichert zu sein, zog Franz das Messer aus der Scheide, die an seinem Gürtel hing, und packte es fest mit der Hand.

Wenn es einer der Diener des Barons von Gortz war, der bei ihm einträte, so wollte er sich über diesen werfen, ihm die Schlüssel entreißen und jede Verfolgung unmöglich machen; dann gedachte er unter Benutzung dieses freien Ausgangs nach dem Wartthurm vorzudringen.

War es aber der Baron von Gortz selbst — und ihn erkannte er sicherlich wieder, nachdem er den Mann in dem Augenblicke gesehen, wo la Stilla auf der Bühne des San Carlo-Theater niedersank — so wollte er ihn ohne Mitleid niederstoßen.

Inzwischen waren die Schritte bis zu dem Absatze, der die äußere Schwelle bilden mochte, nahe gekommen.

Ohne sich zu rühren, wartete Franz, daß die Thür aufgehen sollte . . .

Sie öffnete sich aber nicht, dagegen drang eine unendlich sanfte Stimme an das Ohr des jungen Grafen.

Das war die Stimme la Stilla's . . . ja . . . nur ein wenig schwächer, doch mit all' dem Liebreiz, der Biegsamkeit, den einschmeichelnden Modulationen der höchsten Kunst des Gesanges, die mit der Künstlerin gestorben zu sein schienen.

La Stilla wiederholte das Klagelied, das Franz schon einmal in Schlaf gewiegt hatte, als er im Gastzimmer des »König Mathias« in Werst saß.

Nel giardino de' mille fiori,
Andiamo mio cuore . . .

Diese Töne drangen Franz bis in die tiefste Seele . . . Er saugte sie ein, er trank sie wie einen Göttertrank, während la Stilla ihn zu rufen schien, ihr zu folgen, denn sie wiederholte:

Andiamo, mio cuore . . . andiamo

Und doch ging die Thür nicht auf, um ihn herauszulassen! . . . Sollte er also trotzdem nicht zu Stilla kommen, sie in seine Arme schließen und aus der Burg entführen können? . . .

»Stilla . . . meine geliebte Stilla! . . .« rief er schmerzbewegt.

Er warf sich gegen die Thür — sie widerstand seinen Anstrengungen.

Bereits schien der Gesang leiser zu werden... die Stimme zu erlöschen... die Schritte sich zu entfernen...

Niederknieend suchte Franz die Flügel aus den Haspen zu heben; er zerriß sich die Hand an dem Eisenbeschlag und rief unausgesetzt nach la Stilla, deren Stimme kaum noch hörbar war.

Da durchzuckte ihn gleich einem Blitze ein entsetzlicher Gedanke.

»Wahnsinnig!... schrie er, sie ist wahnsinnig, da sie mich nicht wiedererkannt... mir nicht geantwortet hat! Seit fünf langen Jahren hier eingeschlossen... in der Gewalt dieses Mannes... meine arme Stilla ... sie hat den Verstand verloren...

Da sprang er wieder auf; ihm flirrte es vor den Augen und er warf sich hin und her.

»Auch ich... ich fühl' es, daß ich den Verstand verliere!... wiederholte er. Ich fühl' es, daß ich wahnsinnig werde... wahnsinnig wie sie...«

Wie ein Raubthier in seinem Käfig irrte er in der Höhle hin und her...

»Nein! rief er dann, nein!... Ich darf den Kopf nicht verlieren. Ich muß fort aus dieser Burg... Ich werde hinauskommen!«

Jetzt stürmte er auf die erste Thür zu.

Sie hatte sich geräuschlos geschlossen.

Franz hatte es nicht bemerkt, als er der Stimme seiner Stilla lauschte...

Nachdem er erst nur innerhalb der Burgmauern gefangen war, sah er sich jetzt als Gefangener in der engen Höhle.

XIV.

Franz war wie vom Donner gerührt. Wie er schon gefürchtet, fing er an, die Fähigkeit zu denken, die Erkenntniß der Dinge um sich, die nöthige Intelligenz, daraus geeignete Schlüsse zu ziehen, nach und nach zu verlieren. Die einzige Empfindung, die ihn noch erfüllte, war die Erinnerung an la Stilla, der Eindruck, den dieser Gesang auf ihn gemacht, jene ihm so bekannten Töne, die jetzt kein Echo in der Höhle mehr wiedergab.

War er der Spielball einer Illusion gewesen? Nein, zehntausendmal nein! Das war la Stilla, die er eben erst gehört, la Stilla, die er auf der Bastion des Schlosses gesehen hatte.

Dann bemächtigte sich seiner wieder der Gedanke, daß sie des Verstandes beraubt sei, und dieser schreckliche Gedanke traf ihn, als hätte er sie eben zum zweitenmale verloren.

»Wahnsinnig! rief er immer und immer wieder. Ja!... wahnsinnig... da sie meine Stimme nicht erkannt hat... da sie nicht antworten konnte... wahnsinnig... wahnsinnig!«

Das erschien ja in der That sehr wahrscheinlich.

Ach, wenn er sie dieser Burg entführen, sie mit nach dem Schlosse von Krajowa nehmen und sich da ihr gänzlich widmen könnte, vielleicht würde seine zärtliche Liebe ihr den Verstand zurückgeben!

So sprach Franz, eine Beute des schrecklichsten Deliriums, für sich, und mehrere Stunden verflossen, ehe er die Herrschaft über sich einigermaßen wiedergewann.

Jetzt bemühte er sich, alles kalt zu überlegen und sich in dem Chaos seiner Gedanken zurechtzufinden.

»Ich muß von hier entfliehen ... sagte er. Doch wie? ... Sobald man diese Thür wieder öffnen wird! ... Ja, ja, während meines Schlafes kommt ja Einer, mir Speise und Trank zu bringen. Ich werde den Mann erwarten ... werde mich schlafend stellen ...«

Da erwachte ein Verdacht in ihm, nämlich der, daß das Wasser irgend einen betäubenden Zusatz enthalten möge ... Wenn er in einen solchen Todtenschlaf verfallen, einer solchen vollständigen Lähmung unterlegen war, so lag das daran, daß er von diesem Wasser getrunken hatte. Nun wohl ... er würde nicht mehr davon trinken ... auch die Speisen wollte er nicht anrühren, die auf dem Tische standen ... Einer von den Leuten der Burg mußte ja wohl bald eintreten, und dann ...

Bald? ... Ja, was wußte er denn? Stieg die Sonne jetzt am Himmel empor oder verschwand sie hinter dem Horizonte? War es Tag oder Nacht? Franz bemühte sich, das Geräusch von Schritten zu vernehmen, die sich etwa der Thür näherten. Doch kein Laut drang bis zu ihm; er drückte sich mit glühendem Kopfe, starren Blicken und summenden Ohren schwer athmend an der Wand des engen Raumes hin, dessen schwere Atmosphäre, die sich durch die Thürspalten kaum erneuerte, ihn zu ersticken drohte ...

Plötzlich traf ihn an einem Pfeiler der rechten Wandseite ein frischer Lufthauch.

Hier befand sich also eine Oeffnung, durch die etwas Luft von außen eindringen konnte?

Ja ... hier war die Mauer durchbrochen, doch in einer Weise, daß man es im Schatten des Pfeilers nicht wahrnehmen konnte.

Sich dahinein zu zwängen, einer ungewissen Helligkeit, die von oben einzufallen schien, entgegenzukriechen, war für den jungen Grafen das Werk eines Augenblicks.

Jenseits der schachtartigen Oeffnung traf er auf einen kleinen, fünf bis sechs Fuß breiten Hof, dessen Mauern wohl hundert Fuß hoch emporstiegen. Das Ganze sah aus wie der Boden eines Schachtes, der für jene unterirdische Zelle etwa als Gefangnenhof diente, und in den etwas Luft und Licht hinunterfiel.

Franz sah nun, daß es noch Tag war. An der oberen Mündung dieses Schachtes spielte ein gegen die Steinfassung schräg einfallender Strahl.

Die Sonne hatte also wenigstens die Hälfte ihres Tagesbogens zurückgelegt, denn der erhellte Streifen wurde immer kleiner.

Es mochte gegen fünf Uhr Nachmittags sein. Franz schloß daraus, daß er mindestens vierzig Stunden lang geschlafen haben müsse, und nun zweifelte er erst recht nicht mehr, daß das durch eine einschläfernde Arznei geschehen war.

Da der junge Graf und Rotzko vorgestern, am 11. Juni, das Dorf Werst verlassen hatten, so mußte jetzt der 13. zur Neige gehen.

So feucht die Luft im Hofe dieses Grundes auch war, athmete sie Franz doch in vollen Zügen ein und fühlte sich dadurch ein wenig erquickt. Wenn er aber gehofft hatte, daß er längs dieser Steinwand vielleicht entfliehen könnte, sah er sich jetzt schnell enttäuscht. An den glatten Flächen, die nirgends einen Vorsprung boten, emporzuklettern, erschien völlig unausführbar.

Franz kehrte nach dem Innern der Höhle zurück. Da er durch keine der beiden Thüren entfliehen konnte, wollte er nachsehen, in welchem Zustande sich diese befänden.

Die erste Thür, durch die er hereingekommen war, erwies sich als sehr fest und dick und war jetzt gewiß von außen mit starken, in eisernen Krampen liegenden Riegeln verschlossen. Deren Füllung durchbrechen zu wollen, mußte also ganz vergeblich sein.

Die zweite Thür, — hinter der er la Stilla's Stimme gehört — schien weniger gut erhalten zu sein. Deren Planken waren da und dort angefault ... Vielleicht war es gar nicht so schwer, sich hier einen Ausgang zu eröffnen.

»Ja ... hier ... hier muß ich hindurch!« redete Franz, der seine Kaltblütigkeit wiedergewonnen hatte, sich selbst anfeuernd zu.

Er hatte jedoch keine Zeit zu verlieren, denn es war ja möglich, daß Jemand nach der Höhle kam, wenn man ihn durch das Wasser im Kruge eingeschlummert wähnte.

Die Arbeit ging schneller vor sich, als er erwartet hatte, Moder und Schimmel hatten das Holz in der Umgebung des Eisenbeschlages, der die Riegelbolzen zurückhielt, theilweise schon zerstört. So gelang es Franz, mit seinem Messer die mittlere Planke auszuschneiden, wobei er sorgsam jedes Geräusch vermied und dann und wann einhielt und horchte, um zu erfahren, ob er nichts von außen her vernahm.

Nach drei Stunden vermochte er die Riegel zurückzuschieben und in ihren Angeln knarrend, öffnete sich die Thür.

Franz kehrte erst noch einmal nach dem kleinen Hofe zurück, um in weniger erstickender Luft zu athmen.

Jetzt war der Lichtschein an der Schachtmündung nicht mehr sichtbar, ein Beweis, daß die Sonne bereits hinter dem Retyezat versunken war. Der Hof lag in tiefer Finsterniß. Ueber dem Oval seines oberen Randes glänzten einzelne Sterne so, als hätte man sie durch ein Teleskop gesehen. Kleine Wolken zogen, getrieben von dem zeitweilig aussetzenden Winde, der sich in der Nacht zu legen pflegt, langsam über den Himmel hin. Die ganze Färbung der Atmosphäre aber ließ erkennen, daß der Mond, der jetzt fast halb voll war, den Kamm der östlichen Bergwand schon überstiegen hatte.

Es mochte nun etwa neun Uhr Abends sein.

Franz kehrte zurück, um ein wenig zu essen und seinen Durst aus dem Wasserstrahl zu löschen, nachdem er den Inhalt des Kruges ausgegossen hatte. Dann befestigte er sich das Messer im Gürtel und begab sich durch die Thür, die er hinter sich zuschlug.

Sollte er jetzt vielleicht der unglücklichen la Stilla in diesen unterirdischen Gallerien begegnen? ... Bei diesem Gedanken schlug sein Herz so heftig, als ob es zerspringen sollte.

Nach wenigen Schritten stieß er an eine Stufe. Hier begann also seiner Voraussetzung entsprechend eine Treppe, deren Stufen er beim Ersteigen derselben zählte. ... Es waren nur sechzig, statt der fünfundsiebzig die er heruntergegangen war, ehe er an die Schwelle der Höhle gelangte. Demnach mußten etwa gegen acht Fuß fehlen, ehe er die Oberfläche des Erdbodens erreichte.

Da ihm jedoch nichts anderes am Herzen lag, als dem dunklen Corridor zu folgen, an dessen Seitenwänden er mit beiden Händen hinstrich, ging er ohne Rücksicht darauf weiter.

Eine halbe Stunde verstrich, ohne daß ihn eine Thüre oder ein Gitter aufgehalten hätte. Bei dem vielfach gebrochenen Wege war es ihm jedoch unmöglich, abzuschätzen, welcher Richtung dieser in Bezug auf die Zwischenmauer folgte, die nach dem Plateau des Orgall hinauslag.

Nach kurzem Aufenthalte, während dessen er ein wenig Athem schöpfte, setzte Franz seinen Weg fort, der fast endlos schien, bis ihn plötzlich ein Hinderniß aufhielt.

Es war das eine Backsteinmauer.

Er tastete an dieser in verschiedener Höhe umher, fand aber nirgends eine Oeffnung darin.

Nach dieser Seite schien sich also kein Ausweg zu öffnen.

Franz konnte einen leisen Schrei nicht unterdrücken. Alle Hoffnung, die er genährt, zerschellte an diesem Hinderniß. Seine Knie zitterten, seine Füße versagten ihm den Dienst und er fiel vor der Mauer kraftlos nieder...

Unten im Grunde aber zeigte die Querwand eine kleine Spalte; Ziegelsteine hingen hier nur so lose zusammen, daß er sie mit den Händen entfernen konnte.

»Hier muß ich hindurch! ... rief er ... hier durch!«

Schon begann er einen Stein nach dem andern abzulösen, als von der andern Seite ein Geräusch vernehmbar wurde.

Franz hielt ein.

Das Geräusch dauerte fort und gleichzeitig stahl sich ein Lichtschein durch das Loch in der Mauer.

Franz blickte hindurch.

Da lag die alte Kapelle des Schlosses vor ihm. Der Zahn der Zeit und eine lange Vernachlässigung hatten sie schon recht weit verfallen gemacht: ein Bogengewölbe war zusammengebrochen, nur dessen Rippen stützten sich noch auf ihre unebenen Wandsäulen, und zwei oder drei andere Bogen schienen offenbar dem Einsturz nahe; ein zerbrochenes Fenster zeigte nur noch das zierliche Steinkreuz in gothischem Style, da und dort lag eine überstaubte Marmorplatte, unter der ein Ahn der Familie von Gortz schlummerte; im Hintergrunde der Chorhaube erhob sich der Ueberrest eines Altars mit beschädigten Sculpturen an der Rückwand, ferner ein Ueberbleibsel der Bedachung über der Chorwölbung, das vom Sturm und Wetter noch verschont war, und endlich am Giebel des Portals der halbzerfallene Glockenthurm, von dem ein Seil nach der Erde hinabhing — der Strang jener Glocke — die zum unaussprechlichen Entsetzen der Bewohner von Werst, wenn solche in der Nachbarschaft unterwegs waren, zuweilen zu läuten anfing.

In dieser seit langer Zeit verlassenen Kapelle, die jeder Unbill des Karpathenklimas ausgesetzt war, hatte sich ein Mann mit einer Stocklaterne eingefunden, deren Schein sein Gesicht voll beleuchtete.

Franz erkannte den Mann sofort wieder.

Das war Orfanik, jener Querkopf, den der Baron während seines Aufenthaltes in den großen Städten Italiens als einzigen Gesellschafter um sich hatte, jenes Originals, das man mit den Händen fuchtelnd, im Selbstgespräche durch die Straßen gehen sah; jener mißverstandene Gelehrte, jener Erfinder, der immer Trugbildern nachjagte und der seine Erfindungen jedenfalls dem Baron von Gortz zur Verfügung stellte.

Hatte Franz bisher noch den leisesten Zweifel an der Anwesenheit des Barons im Karpathenschlosse hegen können — selbst noch nach dem Erscheinen la Stilla's — so verwandelte sich dieser Zweifel nun in Gewißheit, da Orfanik vor seinen Augen stand.

Was hatte dieser in der verfallenen Kapelle und in so später Abendstunde zu schaffen?

Franz suchte sich darüber aufzuklären und dabei sah er folgendes:

Zur Erde niedergebeugt, hatte Orfanik mehrere Eisencylinder, einen nach dem andern, aufgehoben, die er mit einem Faden oder Drahte verband, welcher von einer Spindel im Winkel der Kapelle abrollte.

Diese Arbeit nahm seine Aufmerksamkeit so sehr in Anspruch, daß er den jungen Grafen, selbst wenn dieser sich ihm nähern konnte, nicht bemerkt hätte.

Ach, warum war die Spalte, die Franz zu erweitern bemüht war, noch nicht hinreichend groß, um ihm den Durchtritt zu gestatten! Er hätte sich in die Kapelle begeben, sich auf Orfanik gestürzt und diesen gezwungen, ihn nach dem Wartthurme zu führen.

Vielleicht war es aber ein Glück, daß er das nicht konnte, denn wenn sein Versuch scheiterte, so hätte ihn der Baron jedenfalls mit dem Leben entgelten lassen, daß er seine Geheimnisse belauscht hatte.

Wenige Minuten nach Orfanik betrat noch ein anderer Mann die Kapelle. Das war der Baron Rudolph von Gortz.

Die unvergeßliche Physiognomie desselben hatte sich nicht verändert. Er schien kaum gealtert zu haben, denn noch immer war sein Gesicht, das die Laterne beleuchtete, so blaß und länglich wie früher, das nach rückwärts gestrichene Haar ebenso halb ergraut und sein Auge bis tief zum Grunde so funkelnd wie vor Jahren.

Rudolph von Gortz trat näher heran, um die Arbeit Orfanik's zu prüfen.

Dabei wurden zwischen beiden Männern mit gedämpfter Stimme folgende Worte gewechselt.

XV.

»Ist die Verbindung mit der Kapelle hergestellt, Orfanik?

— Eben werd' ich damit fertig.

— In den Kasematten der Bastion ist auch Alles vorbereitet?

— Alles.

— Jetzt ist also die Verbindung der Kapelle und der Bastion mit dem Wartthurm in Ordnung?

— Vollständig.

— Und wenn der Apparat den Strom entläßt, werden wir noch Zeit genug zum Entfliehen haben?

— Ganz gewiß.

— Ist auch nachgesehen worden, daß der nach dem Vulkan ausmündende Tunnel völlig gangbar ist?

— Natürlich, das ist geschehen.«

Es folgten nun einige Minuten des Schweigens, während der Orfanik seine Laterne wieder ergriffen hatte, deren Schein er durch die finsteren Winkel der Kapelle schweifen ließ.

»Ach, meine alte Burg, rief der Baron, die wird Einem, der deine Mauern zu erstürmen wagte, theuer zu stehen kommen!«

Rudolph von Gortz sprach diese Worte in einem Tone, der den jungen Grafen erbeben machte.

»Sie haben gehört, was man in Werst sprach, fragte Orfanik.

— Vor fünf Minuten erst meldete mir der Draht die Pläne, die im Gasthause zum »König Mathias« geschmiedet worden sind.

— Ist der Angriff für diese Nacht geplant?

— Nein, er wird erst mit Tagesanbruch stattfinden.

— Seit wann ist Rotzko nach Werst zurückgekehrt?

— Seit zwei Stunden mit den Polizeisoldaten, die er von Karlsburg aus mitgebracht hat.

— Nun gut; da sich das Schloß nicht mehr vertheidigen kann, stieß der Baron von Gortz hervor, so wird es wenigstens jenen Franz von Telek und alle, die ihm zu Hilfe kommen, unter seinen Trümmern begraben!«

Nach wenig Augenblicken fuhr er fort:

»Und jener Leitungsdraht, Orfanik? Es braucht auch später Niemand zu erfahren, daß er eine Verbindung zwischen dem Schlosse und dem Dorfe Werst herstellte . . .

— Das soll auch Keiner erfahren; ich werde den Draht zerstören.«

Es erscheint uns nun an der Zeit, verschiedene Vorkommnisse zu erklären, die im Laufe dieser Erzählung wiedergegeben oder gestreift wurden, und deren Ursachen, wohl wissenschaftlich begründet, für den Laien aber nicht sofort verständlich sind.

Jener Zeit — wir betonen ausdrücklich, daß diese Geschichte sich in den letzten Jahren des neunzehnten Jahrhunderts abspielte — war die Anwendung der Elektricität, die mit Recht als »die Seele des Weltalls« betrachtet wird, zur höchsten Vollkommenheit gediehen. Der berühmte Edison und seine Nachfolger hatten ihr Werk selbst übertroffen.

Unter anderen Apparaten fungirte das Telephon mit so wunderbarer Sicherheit, daß die von der Schallplatte aufgenommenen Töne ohne Hilfe eines Hörrohres deutlich zum Ohre drangen. Was da gesprochen, gesungen und geflüstert wurde, konnte man auf jede beliebige Entfernung hin verstehen, und zwei durch tausende von Meilen getrennte Personen plauderten miteinander, als ob sie sich Auge in Auge gegenüber am Tische säßen.*)

Schon seit Jahren konnte Orfanik, der Unzertrennliche des Barons Rudolph von Gortz, bezüglich der praktischen Verwendung der Elektricität als ein Erfinder ersten Ranges gelten. Bekanntlich fanden aber seine wunderbaren Erfindungen nicht die verdiente Aufnahme. Die gelehrte Welt sah in dem Mann nicht ein Genie, sondern nur einen Narren, das erklärt auch den unversöhnlichen Haß, den der arme, überall abgewiesene und gekränkte Mann seinen Mitmenschen geschworen hatte.

Unter solchen Umständen traf der Baron von Gortz mit dem vom Unglück verfolgten Orfanik zusammen. Er ermuthigte ihn in seinen Arbeiten, stellte ihm seine Börse zur Verfügung und nahm den Mann schließlich ganz

*) Sie konnten sich sogar durch mit Drähten verbundene Spiegel, Dank der Erfindung des Telephots, deutlich sehen.

in seine Dienste, freilich unter der Bedingung, daß er allein zunächst den Nutzen seiner Erfindungen genösse.

Diese beiden originellen und jede nach ihrer Art überspannten Persönlichkeiten waren übrigens wie geschaffen, einander zu verstehen. Seit ihrem Zusammentreffen trennten sie sich nicht wieder — nicht einmal, wenn der Baron la Stilla nach allen Städten Italiens nachreiste.

Doch während der Musiknarr sich mit dem Gesange der unvergleichlichen Künstlerin berauschte, beschäftigte sich Orfanik einzig mit der Vervollkommnung der neuesten Erfindungen der Elektriker, wußte deren Verwendung zu vervielfältigen und damit die wunderbarsten Wirkungen zu erzielen.

Nach den Vorfällen, die die dramatische Laufbahn la Stilla's beendeten, verschwand der Baron von Gortz, ohne daß Jemand hätte sagen können, was aus ihm geworden sei. Als dieser Neapel verließ, hatte er sich nämlich sofort nach dem Karpathenschlosse zurückgezogen, wohin Orfanik — höchst befriedigt, sich mit ihm einschließen zu können — seinem Mäcen folgte.

Als er den Entschluß gefaßt, sich hinter den Mauern dieser alten Burg zu begraben, ging die Absicht des Barons von Gortz auch dahin, keinem Bewohner des Landes seine Rückkehr bekannt werden zu lassen und Jedermann von einem Besuche des alten Rittersitzes fern zu halten. Selbstverständlich fehlte es Orfanik und ihm nicht an Hilfsmitteln zur Erhaltung des materiellen Lebens im Schlosse. Von diesem aus bestand nämlich eine geheime Verbindung mit dem Vulkanrücken und auf diesem Wege besorgte ein verläßlicher Mann, ein früherer Diener des Barons, den Niemand als solchen mehr kannte, zu gewissen Zeiten Alles, was zur Existenz des Barons Rudolph und seines Gesellschafters nöthig war.

Was von der Burg noch bestand — und vor Allem der Wartthurm in der Mitte — war weit weniger zerfallen, als man allgemein glaubte, und sogar ausreichender bewohnbar, als es die Bedürfnisse ihrer Bewohner erheischten. Mit Allem versehen, was er zu seinen Versuchen brauchte, konnte sich Orfanik ungestört den wunderbaren Arbeiten hingeben, zu denen ihn die gewaltigen Errungenschaften der Chemie und Physik anspornten. Da kam ihm der Gedanke, diese auch zur Abhaltung jedes unbequemen Besuches anzuwenden.

Der Baron von Gortz ging auf einen diesbezüglichen Vorschlag mit Feuereifer ein und Orfanik stellte einen besonders construirten Apparat her, der ausschließlich bestimmt war, die weitere Umgebung durch Erscheinungen zu erschrecken, welche die etwas beschränkten Bewohner derselben nur einer Mithilfe des Höllenfürsten zuschreiben konnten.

In erster Linie kam es dem Baron von Gortz darauf an, immer von dem unterrichtet zu sein, was die Leute im nächsten Dorfe redeten. Gab es also ein Mittel, diese Leute bei ihren Gesprächen zu belauschen, ohne daß sie etwas davon ahnten? — Gewiß, dazu gehörte ja nur, daß eine telephonische Verbindung zwischen dem Schlosse und der Gaststube des »König Mathias«, wo die »Standespersonen« von Werst verkehrten, hergestellt wurde.

Eine solche führte denn Orfanik, nicht minder geschickt als unbemerkt, auf einfachste Weise aus. Ein mit isolirender Schicht umhüllter Draht, dessen eines Ende am ersten Stockwerke des Wartthurms befestigt war, wurde durch das Wasser des Nyad bis zum Dorfe

Werst geleitet. Nachdem das geschehen, brachte Orfanik, der sich als Lustreisender vorstellte, eine Nacht im »König Mathias« zu, um jenen Draht mit der Gaststube des Hauses in Verbindung zu setzen. Begreiflicherweise machte es ihm keine besonderen Schwierigkeiten, das im Bett des Bergbaches versenkte andere Ende bis zur Fensterhöhe der hinteren Hauswand an einer Stelle hinaufzuführen, wo ihn niemals eine Menschenseele suchte. Nachdem er hier ein Telephon, unter dem Blätterwerk der Mauer verborgen, angebracht, verknüpfte er dieses mit dem Leitungsdrahte. Der betreffende Apparat war übrigens ebenso zum Auffangen von Lauten, wie zum Selbstsprechen eingerichtet, und in Folge dessen konnte der Baron von Gortz alles hören, was im »König Mathias« gesprochen wurde, aber auch alles, was er wollte, hier zur Vernehmung bringen.

Während der ersten Jahre wurde die Ruhe der Burg in keiner Weise gestört. Der üble Ruf, in dem sie stand, genügte schon, die Bewohner von Werst davon fern zu halten. Uebrigens war es bekannt, daß sie seit dem Ableben der letzten Diener der Familie verlassen sei. Eines Tages aber — im Beginn unserer Erzählung — hatte der Schäfer Frik durch sein Fernrohr eine Rauchsäule entdecken können, die sich aus einer der Schornsteine des Wartthurms emporschlängelte. Von dieser Stunde an blieb der Mund der Leute wieder in Bewegung, und der freundliche Leser weiß ja, was daraus folgte.

Jetzt erwies sich die telephonische Verbindung von besonderem Nutzen, da der Baron von Gortz und Orfanik stets auf dem Laufenden über Alles bleiben konnten, was in Werst vorging. Durch den Leitungsdraht erfuhren sie davon, daß Nic Deck sich verpflichtet hatte, nach der Burg zu gehen, und durch denselben hatte sich in der Gaststube des »König Mathias« jene Warnerstimme vernehmen lassen, die ihn davon abschrecken sollte.

Trotz dieser Drohung hatte der junge Forstwächter auf seiner Absicht bestanden, der Baron von Gortz aber sich vorgenommen, dem Zudringlichen eine Lection zu ertheilen, die ihm die Lust, jemals hieher zurückzukehren, gründlich verleiden sollte. In der betreffenden Nacht brachte der immer zur Function bereite Apparat Orfanik's eine Reihe rein physikalischer Erscheinungen hervor, die das Land weithin mit schlimmster Furcht erfüllen mußten. Das Ertönen der Glocke auf dem Kapellenthürmchen, das Aufblitzen zuckender Flammen, die in Folge einer Mitverwendung von Seesalz allen Gegenständen ein geisterhaftes Ansehen verliehen; ferner die heulenden Töne einer Art großer Nebelhörner, die mit gepreßter Luft angeblasen wurden; phothographische Silhouetten von mächtigen Spiegeln zurückgeworfener Gespenstererscheinungen; Eisenplatten unter dem Unkraut der Grabensohle, die durch den elektrischen Strom stark magnetisch wurden und den Doctor richtig durch die Eisenbeschläge seiner Stiefeln festhielten, und endlich von den Batterien des Laboratoriums abgegebene Entladungsschläge, durch die der Forstwächter, als er die Eisentheile der Zugbrücke berührte, getroffen und hinuntergestürzt wurde.

Wie der Baron von Gortz vorausgesetzt hatte, stand das Land umher nach Erscheinung jener unbegreiflichen Wunder und nach dem üblen Verlauf des Versuchs Nic Deck's unter der Herrschaft eines lähmenden Schreckens, und um keinen Preis hätte sich Jemand — selbst bis auf zwei gute Meilen — dem offenbar von übernatürlichen Wesen bewohnten Karpathenschlosse zu nähern gewagt.

Rudolph von Gortz glaubte sich schon fürderhin gegen jede lästige Neugier geschützt, als Franz von Telek in der Dorfschaft Werst eintraf.

Während dieser mit Jonas, mit dem Meister Koltz oder einem der Andern sprach, meldete der Draht im Nyad schon seine Anwesenheit in der Gaststube des »König Mathias«. — Der Haß des Barons von Gortz gegen den jungen Mann loderte mit der Erinnerung an die Ereignisse in Neapel von neuem auf. Franz von Telek befand sich aber nicht allein in dem, nur wenige Meilen von der Burg entfernten Dorfe, sondern er verspottete auch gegenüber den Notablen deren albernen Aberglauben; er zerstörte die phantastischen Anschauungen, die das Karpathenschloß schützten, und verpflichtete sich obendrein, in Karlsburg an die Behörden zu berichten, um die Polizei zur endlichen Aufklärung über die landläufigen Legenden herbeizurufen.

Da beschloß der Baron von Gortz Franz von Telek in die Burg zu locken, und der Leser weiß ja, durch welche Mittel ihm das gelang. Die Stimme la Stilla's, die er durch das Telephon der Gaststube des »König Mathias« ertönen ließ, hatten den jungen Grafen verleitet, von seinem Wege abzuweichen, um näher an die Burg heranzukommen. Die Erscheinung der Sängerin auf der Bastion erregte dann in diesem das unwiderstehliche Verlangen, in das Schloß einzudringen; ein von einem Fenster des Wartthurms ausstrahlendes Licht hatte ihm den Weg nach der Zugbrücke gezeigt, die man niederließ, um ihn eintreten zu lassen. In der Tiefe jener elektrisch beleuchteten Höhle, zwischen den Mauern der Zelle, wohin ihn die nöthigen Nahrungsmittel während seines Todtenschlafes gebracht wurden, in dem unter der Burg versenkten Gefängnisse, dessen Thür sich hinter dem Eindringling schloß, befand sich Franz von Telek völlig in der Gewalt des Barons von Gortz, und dieser rechnete darauf, seinen Feind nie wieder entweichen zu sehen.

Das Alles war das Werk der geheimnißvollen Thätigkeit Rudolphs von Gortz und seines Genossen Orfanik. Zu seinem größten Leidwesen wußte der Baron auch, daß Rotzko, der seinem Herrn nicht in das Innere der Burg gefolgt war, in dessen Auftrag die Behörden von Karlsburg über den Sachverhalt unterrichtet hatte. Eine Abtheilung Polizisten war im Dorfe Werst angekommen, und hiermit sah sich der Baron von Gortz einer erdrückenden Uebermacht gegenüber, da er sich mit Orfanik allein gegen eine zahlreiche Truppe doch unmöglich wirksam vertheidigen konnte. Die zur Abwehr Nic Deck's und des Doctor Patak angewandten Mittel erwiesen sich hier unzureichend, denn die löbliche Polizei glaubt einmal nicht an das Walten der Hölle. So kamen beide Männer zu dem Entschlusse, die Burg lieber zu zerstören, und jetzt warteten sie nur auf die Minute, dies zur Ausführung zu bringen. Ein elektrischer Strom war vorbereitet, unter dem Wartthurm versenkte Dynamitgeschosse zu entzünden, und ebensolche lagen unter den Bastionen und der alten Kapelle, während der zur Hervorbringung der Explosion bestimmte Apparat dem Baron von Gortz und seinem Gefährten noch Zeit lassen sollte, durch den Tunnel nach dem Rücken des Vulkan zu flüchten. Nach der Explosion, der der junge Graf ebenso, wie eine Anzahl derjenigen, die etwa die Mauern des Schlosses erstiegen hatten, zum Opfer fallen mußten, wollten Beide so weit entfliehen, daß Niemand ihre Spur wieder entdecken konnte.

Was Franz von diesem Gespräche vernommen, hatte ihm auch über die früheren Erscheinungen volle

Aufklärung gebracht. Er wußte jetzt, daß zwischen dem Schlosse und dem Dorfe Werst eine telephonische Verbindung bestand. Ebenso blieb ihm nicht unbekannt, daß die Burg durch eine Katastrophe zerstört werden sollte, die ihm das Leben kosten und den von Rotzko herbeigeholten Polizisten mindestens höchst gefährlich werden konnte. Er wußte endlich, daß dem Baron von Gortz und Orfanik dabei noch Zeit blieb zu entfliehen, wobei sie gewiß die des Bewußtseins beraubte la Stilla mit fortschleppten.

Ach, warum konnte sich Franz den Eingang zur Kapelle nicht erzwingen, um sich auf die beiden Männer zu stürzen! . . . Er hätte sie niedergeworfen, sein Messer in ihr Blut getaucht, sie außer Stand gesetzt, Unheil anzurichten — er hätte die furchtbare Zerstörung abgewendet!

Was aber im Augenblick unmöglich blieb, das glückte ihm vielleicht noch nach dem Weggange des Barons. Wenn Beide die Kapelle verlassen hatten, wollte Franz ihnen nacheilen, sie bis an den Wartthurm verfolgen und mit Gottes Hilfe an ihnen Gerechtigkeit üben.

Schon bewegten sich der Baron von Gortz und Orfanik nach der Chorhaube zu. Franz verlor sie nicht aus dem Auge, um zu beobachten, durch welchen Ausgang sie verschwinden würden, ob durch eine nach dem Schloßhofe führende Thür oder auch nach einem unterirdischen Gang, der die Kapelle mit dem Wartthurm verbinden mochte, denn es schien, als ob das mit allen Baulichkeiten der Burg der Fall wäre. Dem jungen Grafen war das übrigens gleichgiltig, wenn er nur kein Hinderniß vorfand, das ihm jedes weitere Vordringen verbot.

Da wurden zwischen dem Baron von Gortz und Orfanik noch einige Worte gewechselt.

»Hier ist also nichts mehr zu thun?

— Nein.

— So wollen wir uns trennen.

— Es ist also immer noch Ihre Absicht, im Schlosse allein zurückzubleiben? . . .

— Ja, Orfanik; Sie mögen sich sofort durch den Tunnel nach den Vulcanrücken begeben.

— Doch Sie?

— Ich weiche aus der Burg erst im letzten Augenblicke.

— Und es bleibt also dabei, daß ich Sie in Bistritz wieder erwarte.

— Ja wohl, in Bistritz.

— So bleiben Sie, Baron Rudolph, bleiben Sie, da es Ihr Wille ist.

— Ja . . ich will sie hören . . . will sie noch einmal hören in dieser letzten Nacht, die ich auf dem Karpathenschlosse verweile«.

Bald nachher hatten der Baron von Gortz und Orfanik die Kapelle verlassen.

Obwohl der Name la Stilla's bei diesem Gespräche nicht erwähnt worden war, hatte Franz doch durchschaut, daß Rudolph von Gortz nur sie im Sinne gehabt haben könne.

XVI.

Das Verderben drohte nun in allernächster Zeit. Franz konnte den Baron von Gortz unmöglich abhalten, seine schwarzen Pläne auszuführen.

Es war jetzt um elf Uhr Nachts. Ohne Furcht, überrascht zu werden, nahm Franz seine Arbeit wieder auf. Die Mauersteine der Wand lösten sich ziemlich leicht, deren Dicke war aber so bedeutend, daß eine halbe Stunde verlief, ehe die Oeffnung groß genug war, ihn hindurchschlüpfen zu lassen.

Während Franz den Fuß in das Innere der allen Winden offenen Kapelle setzte, fühlte er sich doch durch die frische Luft wie neugeboren. Durch die Risse des Kreuzgewölbes und die klaffenden Fenster zeigte der Himmel leichte, vor dem Nachtwinde dahinsegelnde Wolken. Da und dort blitzten einige Sterne, die vor dem hellen Scheine des über den Horizont aufsteigenden Mondes allmählich erblaßten.

Jetzt handelte es sich darum, die Thür zu entdecken, die sich in der Rückwand der Kapelle befinden mußte und durch die der Baron von Gortz und Orfanik verschwunden waren. Nach schräger Ueberschreitung des Schiffes des kleinen Gotteshauses ging Franz nach der Chorhaube zu.

Bis nach dieser sehr dunklen Stelle drang kein Strahl des Mondes ein, und der Fuß des jungen Grafen stieß da wiederholt an die zersprungenen Grabplatten und an die Mauerbruchstücke, die aus der Dachwölbung herabgestürzt waren.

Im äußersten Hintergrunde der Chorhaube endlich, hinter der Rückwand des Altars, fühlte Franz in einer finsteren Mauernische eine morsche Thür dem Drucke seiner Hand nachgeben.

Diese Thür führte nach einer Gallerie, die die Umfassungsmauer kreuzen mußte, wenn sie sich weiterhin fortsetzte.

Hier waren der Baron von Gortz und Orfanik hereingekommen und wieder hinausgegangen.

In die Gallerie gelangt, sah sich Franz von neuem in völliger Dunkelheit. Nach vielen Umwegen, die weder auf- noch abwärts führten, wußte er bestimmt, daß er sich noch in der Bodenhöhe der niederen, unterirdischen Gänge befand.

Eine halbe Stunde nachher schien die Dunkelheit etwas abzunehmen, durch einige Seitenöffnungen der Gallerie drang unbestimmtes Dämmerlicht herein.

Franz kam jetzt schneller vorwärts und gelangte schließlich nach einer unter der Bastion am linken Ende der Zwingmauer angelegten Kasematte.

Im dicken Mauerwerk dieses Raumes waren schmale Schießscharten ausgespart, durch die die Strahlen des Mondes hereindrangen.

An der entgegengesetzten Seite befand sich eine offene Thür.

Die erste Sorge des jungen Grafen ging dahin, sich an eine jener Schießscharten zu begeben, um wenige Secunden den erfrischenden Nachtwind einzuathmen.

Als er sich eben wieder zurückziehen wollte, glaubte er aber zwei oder drei Schattengestalten wahrzunehmen, die sich am Ende des bis zum Saume der Tannenwaldung erleuchteten Plateaus des Orgall hinbewegten.

Franz blickte scharf hinaus.

Wirklich liefen schon auf dem Plateau, etwas vor der Baumgrenze, einige Männer umher ... gewiß die Hilfsmannschaften aus Karlsburg, die Rotzko mitgebracht hatte. Diese mochten unschlüssig sein, ob sie, in der Hoffnung, die Insassen des Schlosses zu überrumpeln, gleich in der Nacht vorgehen oder den anbrechenden Tag abwarten sollten.

Franz mußte sich den schlimmsten Zwang auferlegen, nicht nach Rotzko zu rufen, der ihn gewiß gehört und seine Stimme erkannt hätte. Ein solcher Schrei hätte aber bis zum Wartthurm dringen können, und ehe dann die Polizei die Mauer erstiegen, würde Rudolph von Gortz Zeit genug haben, seinen verderbenbringenden Apparat in Thätigkeit zu setzen und selbst durch den Tunnel zu entfliehen.

Franz gelang es, sich zu beherrschen und von der Schießscharte zurückzuziehen. Dann durchmaß er die Kasematte, schritt durch die Thür und folgte der von hier aus weiterführenden Gallerie.

Fünfhundert Schritte von deren Eingang stieß er auf eine Treppe, die im Innern einer starken Mauer verlief.

Nun mußte er wohl glauben, endlich an dem in der Mitte des Schloßbaues aufragenden Wartthurme zu sein.

Diese Treppe konnte aber unmöglich den Hauptaufgang nach den verschiedenen Stockwerken bilden. Sie bestand nur aus einer Reihe kreisförmiger Stufen, die sich wie die einzelnen Gänge einer Schraube in engem finsteren Rundschachte emporwanden.

Franz glitt ohne Geräusch hinan und lauschte. Noch vernahm er keinen Laut, und nach weiteren zwanzig Stufen stand er auf einem größeren Treppenabsatze.

Von hier aus führte eine Thür nach der Terrasse, die das erste Stockwerk des Thurmes umgab.

Franz schlüpfte längs dieser Terrasse hin, immer bemüht, sich im Schatten ihrer Brustwehr zu halten, und sah von hier nach dem Plateau des Orgall hinaus.

Aus dem Tannenwalde kamen zwar noch mehr Leute hervor, nichts wies aber darauf hin, daß sie sich der Burg noch weiter nähern wollten.

Entschlossen, den Baron von Gortz aufzusuchen, ehe dieser durch den Tunnel entfliehen konnte, ging Franz um das ganze Stockwerk herum und traf zuletzt auf eine andere Thür, hinter der die Wendeltreppe weiter hinaufführte.

Er setzte den Fuß auf die erste Stufe, während sich seine Hände gegen die Wände stemmten, und begann hinaufzusteigen.

Immer dieselbe Todtenstille.

Die Räumlichkeiten des ersten Stocks zeigten sich unbewohnt.

Franz beeilte sich die Treppenabsätze zu erreichen, die den Zugang zu den oberen Stockwerken vermittelten.

Als er den dritten Absatz erreicht, fand sein Fuß keine Stufe weiter. Hier endigte die Treppe vor dem obersten Raume oder Saale des Wartthurmes, über dem sich die zinnengekrönte, früher mit der Hausflagge der Barone von Gortz geschmückte Plattform ausdehnte.

Die Wand zur Linken des Absatzes war von einer jetzt geschlossenen Thür durchbrochen.

Durch das Schlüsselloch, in dem der Schlüssel von außen stak, schimmerte ein heller Lichtstrahl.

Franz horchte, konnte aber aus dem Innern des dahinterliegenden Gemachs keinen Laut wahrnehmen.

Als er durch das Schlüsselloch lugte, vermochte er nur die linke Seite eines sehr hell erleuchteten Raumes zu übersehen, dessen rechte Seite mehr im Dunkel lag.

Nachdem er den Schlüssel geräuschlos umgedreht, drückte Franz auf den Griff der Thür, die sich nun vor ihm aufthat.

Ein geräumiger Saal nahm dieses ganze obere Stockwerk des Wartthurmes ein. Auf seine kreisförmigen Mauern stützte sich ein Kastengewölbe, dessen Rippen, in der Mitte zusammenlaufend, einen herabhängenden schweren Schlußstein bildeten. Einige altväterische Möbel, Sessel, Schänktische, Lehnstühle, niedrige Schemel u. dgl. verriethen in ihrer Anordnung einen feinen Geschmack. An den Fenstern hingen schwere Gardinen, die kein Licht von innen durchdringen ließen, und auf dem glatten Fußboden lag ein langhaariger Wollenteppich ausgebreitet, der den Schall der Schritte dämpfte.

Die Ausstattung dieses Saales erschien wenigstens bizarr, und als Franz eintrat, wurde er überrascht durch den Gegensatz des Eindruckes, den jener in heller Beleuchtung und in der Dunkelheit hervorbrachte.

Rechts von der Thür verschwand der Hintergrund des großen Raumes in vollständiger Finsterniß.

Links davon lag ein mit schwarzem Stoff bedeckter, erhöhter Auftritt, den ein glänzendes Licht überfluthete. Letzteres entstrahlte einem vor der Estrade aufgestellten, aber nicht sichtbaren Apparate mit mächtigen Reflectoren oder Brennspiegeln.

Etwa zehn Fuß vor dem Austritte und von diesem durch eine Art Schirm in Stützhöhe der Arme getrennt, stand ein altmodischer Armstuhl mit sehr hoher Rückenlehne, der durch jenen Schirm in angenehmem Halbdunkel gehalten wurde.

Neben dem Armstuhle trug ein bis tief herab bedeckter Tisch einen viereckigen Kasten.

Dieser zehn bis zwölf Zoll lange und etwa fünf bis sechs Zoll breite Kasten, dessen mit Steinschmuck eingelegter Deckel offen stand, enthielt einen Metallcylinder.

Gleich beim Betreten des Saales bemerkte Franz, daß der Lehnstuhl besetzt war.

Dieser war in der That von einem sich regungslos verhaltenden Manne eingenommen, der den Kopf gegen die Lehne des Armstuhls zurückgelegt und die Augen geschlossen hatte, während er den rechten Arm ausgestreckt hielt und seine Hand dem vorderen Theile des reich verzierten Kastens auflag.

Es war Rudolph von Gortz.

Man hätte vermuthen können, daß der Baron diese letzte Nacht im obersten Stockwerke des Wartthurmes verträumen wollte, eh' er von dem der Zerstörung geweihten Sitze seiner Ahnen für immer schied.

Doch nein! Das konnte nach den von Franz belauschten Aeußerungen, die jener gegen Orfanik gethan hatte, nicht wohl der Fall sein.

Der Baron von Gortz befand sich allein in dem geräumigen Zimmer und sein Gefährte mochte, gemäß den erhaltenen Anweisungen, jetzt schon durch den Tunnel entwichen sein.

Und la Stilla? ... Rudolph von Gortz hatte ja bestimmt gesagt, daß er sie in seinem Karpathenschlosse, ehe dieses der vorbereiteten Explosion zum Opfer fiel, noch einmal hören wolle... Nur aus diesem Grunde hatte er sich jedenfalls hierher begeben, wohin auch sie jeden Abend kommen mochte, um den grausamen Sonderling durch ihren Gesang zu berauschen.

Doch wo war la Stilla?

Franz sah sie nicht und hörte sie nicht...

Das kümmerte ihn indeß augenblicklich, wo Rudolph von Gortz dem jungen Grafen auf Gnade oder Ungnade verfallen war, nicht weiter. Franz würde ihn schon zum Sprechen zu zwingen wissen. In seiner hochgradigen Aufregung trieb es Franz, sich auf den Mann zu werfen, den er eben so bitter haßte, wie er von ihm wieder gehaßt wurde, auf ihn, der ihm seine Stilla... die noch lebende, aber geistesgestörte... durch jenen zum Wahnsinn getriebene Stilla geraubt hatte... um ihn niederzustechen.

Franz schlich sich hinter den Lehnstuhl; er hatte nur noch einen Schritt zu thun, um den Baron zu packen, und mit blutüberfüllten Augen, seiner Sinne kaum mächtig, erhob er schon die Hand...

Da erschien la Stilla.

Franz ließ das Dolchmesser auf den Teppich fallen.

La Stilla stand auf der Estrade in vollem Lichte, mit aufgelöstem Haar und vorgestreckten Armen, so wunderbar schön in dem weißen Gewande der Angelica aus dem »Orlando«, ganz so, wie sie sich auf der Bastion der Burg gezeigt hatte. Ihre auf den jungen Grafen gerichteten Blicke bohrten sich diesem tief in die Seele ein...

Unmöglich konnte Franz von ihr unbemerkt bleiben, und doch machte la Stilla keine Bewegung, um ihn anzurufen ... sie öffnete nicht einmal die Lippen, ihm ein Wort zu sagen ... Ach, sie war wahnsinnig!

Franz wollte schon nach der Estrade stürmen, sie in die Arme nehmen, von hier wegreißen ...

Da begann la Stilla zu singen. Ohne den Lehnstuhl zu verlassen, hatte sich der Baron von Gortz nach ihr vorgebeugt. Auf dem Gipfel der Verzückung saugte der Kunstfreund diese Töne wie einen Wohlgeruch ein, trank er sie wie einen Göttertrank. Ganz so, wie er sich in den italienischen Theatern gezeigt, erschien er auch inmitten dieses Saales in vollständigster Vereinsamung, auf der Höhe des altersgrauen Wartthurmes, der weithin das Bergland des transsylvanischen Gebietes beherrschte.

Ja, la Stilla sang! ... Sie sang für ihn, nur allein für ihn! ... Es erschien wie ein Hauch, der ihr über die Lippen wehte, ohne daß sie diese dabei öffnete ... Und doch, hatte sie auch die Vernunft verloren, die Künstlerseele war in ihr unberührt geblieben!

Auch Franz berauschte sich am Zauber dieser Stimme, die er seit fünf langen Jahren nicht wieder gehört hatte ... Er versenkte sich in eine glühende Betrachtung dieser Frau, die er ja nie wiedersehen zu sollen glaubte und die jetzt vor ihm stand, lebend, als wäre sie durch ein Wunder vor seinen Augen wieder auferstanden!

Was la Stilla sang, schien wie besonders ausgewählt, in Franzens Herz die Saiten der Erinnerung am lebhaftesten anzuschlagen. O, er erkannte ja sogleich das ergreifende Finale aus der tragischen Scene in »Orlando«, jenes Finale, in dem die Seele der Künstlerin gebrochen war bei dem letzten Verse

Innamorata, mio cuore tremante,
Voglio morire . . .

Franz folgte Ton für Ton den ihm unvergeßlichen Worten . . . Er sagte sich, daß diese jetzt nicht unterbrochen werden würden, wie das damals im San Carlo-Theater geschah! . . . Nein, diesmal sollte der Schlußvers auf den Lippen la Stilla's nicht ersterben, wie er bei ihrer Abschiedsvorstellung erstorben war . . .

Franz athmete kaum noch leise . . . Sein ganzes Leben hing an diesem Gesange . . . Noch wenige Tacte und die Töne mußten in unvergleichlicher Reinheit ausklingen . . .

Da begann die Stimme schwächer zu werden. Es erschien, als zögerte la Stilla, als sie mit dem Ausdrucke stechenden Schmerzes die Worte wiederholte:

Voglio morire . . .

Sollte la Stilla jetzt auch auf dieser Estrade niedersinken, wie sie damals auf der Bühne zusammengebrochen war? . . .

Nein, sie fiel zwar nicht, doch der Gesang verstummte mit demselben Tacte, mit derselben Note, wie im San Carlo . . . Sie stößt einen Schrei aus . . . das ist der gleiche Aufschrei, den Franz an jenem Abend vernommen hatte . . .

Und doch steht la Stilla immer noch da, regungslos, mit dem himmlischen Blicke . . . dem Blicke, der in dem jungen Grafen alle zärtlichen Regungen seiner Seele aufwallen macht . . .

Franz stürmt auf sie zu . . . Er will sie aus diesem Saale, aus diesem Schlosse tragen . . .

In diesem Augenblicke, wo er die ganze Welt vergessen hat, wo er keiner Gefahr mehr denkt, die ihn und die Geliebte vernichten könnte, sieht er sich dem

Baron, der eben aufgesprungen ist, Aug' in Auge gegenüber.

»Franz von Telek!... ruft Rudolph von Gortz. Franz von Telek, dem es gelang auszubrechen...«

Doch ohne ihn einer Antwort zu würdigen, stürzt Franz nach der Estrade.

»Stilla... meine geliebte Stilla, rief er wiederholt... dich find' ich hier wieder... und lebend... lebend wieder!

— La Stilla... lebend... gewiß!« fügte der Baron von Gortz hinzu.

Diesen in ironischem Tone gesprochenen Worten folgte ein Gelächter, aus dem man herausfühlte, wie die Wuth in dem Manne kochte.

»Lebend!... wiederholte Rudolph von Gortz. Nun wohlan, Franz von Telek mag versuchen, sie mir zu entreißen!«

Franz hat die Arme nach Stilla ausgestreckt, deren Augen unbeweglich auf ihm haften...

Da bückt sich Rudolph von Gortz nieder, hebt das Messer auf, das Franzens Hand entfallen ist und dringt damit auf die nicht zurückweichende Gestalt ein. .

Franz stürzt sich auf ihn, um den tödtlichen Stoß, der der unglücklichen Wahnsinnigen droht, abzulenken.

Es ist zu spät... das Messer zuckt nach ihrem Herzen...

Da hört man das Zerbersten einer großen Scheibe, und mit dem Niederfallen von tausend Glasscherben verschwindet la Stilla...

Franz steht an den Boden gewurzelt... er begreift nicht, was hier vorgeht... Ist auch er jetzt des Verstandes beraubt?...

Da ruft Rudolph von Gortz höhnend:

»La Stilla entgeht Franz von Telek noch einmal! ... Ihre Stimme aber, ihre Stimme bleibt mir zurück! ... Ihre Stimme gehört mir ... mir allein ... wird niemals einem Anderen gehören!«

In dem Augenblicke, wo Franz sich auf den Baron von Gortz stürzen will, verlassen ihn die Kräfte und er bricht bewußtlos am Fuße der Estrade zusammen.

Rudolph von Gortz bekümmert sich gar nicht um den jungen Grafen. Er erfaßt das auf dem Tische stehende Kästchen, stürmt aus dem Saale und eilt die Treppe nach dem ersten Thurmstockwerk hinunter; auf der Terrasse angelangt, läuft er schnell um diese und bis zur anderen Thür, als ihn plötzlich ein scharfer Knall erschreckt.

Am Rande des Wallgrabens stehend, hat Rotzko auf den Baron von Gortz Feuer gegeben.

Der Baron selbst wurde nicht verletzt; Rotzko's Kugel zertrümmerte aber das Kästchen, das jener in den Armen trug.

Er stieß einen markerschütternden Schrei aus.

»Ihre Stimme!... Ihre Stimme! ... jammerte er. Ihre Seele ... die Seele la Stilla's ... sie ist vernichtet ... zerstört ... zerschmettert! ...«

Mit emporgesträubtem Haar und krampfhaft geballten Händen sah man ihn längs der Terrasse hinstürmen, immer mit dem Schmerzensrufe:

»Ihre Stimme! ... Ihre Stimme! ... Sie haben mir ihre Stimme geraubt! ... Fluch und Verdammniß über sie!«

Dann verschwand er durch die Thür, als Rotzko und Nic eben die Burgmauer, ohne die Polizeisoldaten abzuwarten, erklettern wollten.

Plötzlich erzitterte der ganze Bergstock des Plesa von einer furchtbaren Explosion. Flammengarben schossen bis zu den Wolken empor, und eine Steinlawine donnerte auf die Straße über den Vulcan hernieder.

Von den Bastionen, der Verbindungsmauer, dem Wartthurm und der Kapelle des Karpathenschlosses war nichts mehr übrig als ein Haufen rauchender Trümmer auf der Hochfläche des Orgall.

XVII.

Nach dem Inhalte des Gesprächs zwischen dem Baron und Orfanik sollte die Explosion das Schloß erst zerstören, nachdem Rudolph von Gortz daraus entflohen wäre. Zu der Zeit aber, wo diese erfolgte, schien es ganz unmöglich, daß er Frist genug gewonnen hätte, den nach dem Vulcanrücken führenden Tunnel zu erreichen. Hingerissen von seinem Schmerze und im Wahnsinn der Verzweiflung nicht mehr wissend, was er that, hatte Rudolph von Gortz eine sofortige Katastrophe herbeigeführt, zu deren ersten Opfern er höchst wahrscheinlich zählte. Nach den unverständlichen Worten, die ihm entfuhren, als Rotzko den Kasten in seinen Armen zerschmettert hatte, mochte er sich wohl freiwillig unter den Ruinen der Burg begraben haben.

Jedenfalls war es ein Glück zu nennen, daß die durch den Gewehrschuß Rotzko's überraschten Polizeisoldaten sich noch in gewisser Entfernung befanden, als die Explosion die ganze Bergmasse erschütterte. Nur wenige wurden von den Trümmern verletzt, die bis zum

Rande des Plateaus des Orgall niederfielen. Rotzko und der Forstwächter befanden sich dabei allein nahe der Verbindungsmauer, und es war ein Wunder zu nennen, daß sie nicht unter diesem Regen von Steinen zermalmt wurden.

Die Explosion hatte also schon die Zerstörung vollbracht, als es Rotzko, Nic Deck und den Polizisten jetzt ohne große Mühe gelang, die Umwallung von dem, durch die geborstenen Mauern halb ausgefüllten Graben aus zu ersteigen.

Fünfzig Schritte hinter der Verbindungsmauer wurde inmitten der Trümmer am Fuße des Wartthurms zuerst ein todter Körper gefunden.

Es war der Rudolphs von Gortz. Einige ältere Bewohner der Nachbarschaft, darunter Meister Koltz, erkannten ihn sofort wieder.

Rotzko und Nic Deck bemühten sich freilich in erster Linie, den jungen Grafen zu entdecken. Da Franz nach der mit seinem Diener verabredeten Frist nicht erschienen war, mußte er aus dem Schlosse nicht wieder haben entkommen können.

Rotzko wagte jedoch nicht zu hoffen, daß er noch lebe, daß er nicht ein Opfer dieser Katastrophe geworden sei; schwere Thränen rollten über seine Wangen herab, und Nic Deck vermochte ihn nicht zu beruhigen.

Nach halbstündigem Suchen wurde der junge Graf jedoch im ersten Stockwerk des Thurmes unter einem Deckenbogen gefunden, der ihn davor geschützt hatte, erdrückt zu werden.

»Mein Herr ... mein armer Herr!

— Herr Graf! ...«

Das waren die ersten Worte, die Rotzko und Nic Deck ausstießen, als sie sich über Franz neigten. Sie mußten ihn für todt halten, während er nur bewußtlos war.

Nic Deck, der den jungen Grafen aufgehoben hatte, sprach noch auf ihn, erhielt aber keine Antwort.

Nur die letzten Worte der Sängerin entschlüpften den bleichen Lippen des so wunderbar Geretteten, die Worte:

Innamorata . . . Voglio morire . . .

Franz von Telek war dem Wahnsinn verfallen.

XVIII.

Da der junge Graf den Verstand verloren hatte, würde kaum Jemand über die letzten Vorgänge, deren Schauplatz das Karpathenschloß gewesen war, Aufschluß erhalten haben, ohne die Erhebungen, die unter folgenden Verhältnissen schon nach kurzer Zeit stattfanden:

Nach Verabredung hatte Orfanik, und zwar vier Tage lang, in Bistritz gewartet, daß sich der Baron von Gortz daselbst einstellen sollte. Als dieser nicht kam, sagte er sich, daß sein Gönner bei der Explosion wohl umgekommen sein mochte. Von Neugier wie von Unruhe gleichmäßig getrieben, hatte er das Städtchen Bistritz verlassen und sich nach Werst begeben, von wo aus er die Umgebungen der Burg durchstreifte.

Das sollte ihm aber schlecht bekommen, denn die Polizeibeamten bemächtigten sich sehr bald seiner Person auf einen Hinweis Rotzko's hin, der jenen genau und schon seit langer Zeit kannte.

In die Hauptstadt des Comitats übergeführt und hier gerichtlich vernommen, zögerte Orfanik gar nicht, alle Fragen zu beantworten, die ihm in der, wegen der bekannten Katastrophe eingeleiteten Untersuchung gestellt wurden.

Wir möchten hier auch nicht bemänteln, daß das traurige Ende Rudolphs von Gortz den selbstsüchtigen, überspannten Gelehrten, dessen Herz einzig an seinen Erfindungen hing, kaum merklich berührte.

Auf Rotzko's dringende Erkundigung hin erklärte Orfanik zunächst, daß la Stilla todt, wirklich todt, und daß sie — so lauteten seine Worte — auf dem Campo Santo Nuovo zu Neapel vor fünf Jahren beerdigt, richtig und formgerecht beerdigt worden sei.

Diese Versicherung erweckte eine nicht geringe Ueberraschung, woran das ganz seltsame Abenteuer überhaupt reich war.

Wenn la Stilla todt war, fragten sich die Richter und andere Leute, wie ging es zu, daß Franz ihre Stimme in der Gaststube zu Werst hören, sie später auf einer Bastion der Burg erscheinen sehen, wie, daß er als Gefangener in der Höhle sich an ihrem Gesange berauschen konnte? ... Wie war es endlich möglich, daß er sie in dem Wartthurmsaale lebend wiedersah?

Hier die Erklärung dieser Vorkommnisse, die ja ganz unerklärlich zu sein schienen.

Bekanntlich bemächtigte sich des Barons von Gortz die helle Verzweiflung gleich beim Auftauchen des Gerüchts, daß la Stilla entschlossen sei, die Bühne zu verlassen, um Gräfin von Telek zu werden. Das staunenswerthe Talent der Künstlerin, d. h. alle Seelenfreude, die ihm jenes bereitete, ging ihm damit verloren.

Jener Zeit schlug ihm Orfanik vor, mittels phonographischer Apparate die Hauptnummern ihres Repertoires, die sich die Sängerin für ihre Abschiedsvorstellungen ausgewählt hatte, getreu aufzunehmen. Die betreffenden Apparate waren damals schon wunderbar vervollkommnet und Orfanik hatte sie noch so verbessert, daß die menschliche Stimme weder in ihrer Klangfarbe noch in ihrer Reinheit dadurch im geringsten verändert wurde.

Der Baron von Gortz ging auf das Angebot des Physikers ein. Nach und nach und ganz insgeheim wurden für den letzten Monat der Saison Phonographen in der vergitterten Theaterloge aufgestellt. Auf deren Reproductionsplatten gruben sich nun alle Gesangsvorträge, Cavatinen, Romanzen aus Opern und aus Concertstücken, u. a. auch das Lied Stefanos und die durch la Stilla's Tod unterbrochene Schlußarie aus »Orlando« für immer ein.

Hiermit hatte sich Baron von Gortz in sein Karpathenschloß geflüchtet und jeden Abend konnte er den von den wunderbaren Apparaten wiedergegebenen Gesängen lauschen. Er hörte aber la Stilla nicht nur, als ob er in seiner gewohnten Loge säße, sondern — und das erscheint fast ganz unbegreiflich — er sah sie auch so, wie er sie lebend vor Augen gehabt hatte.

Das lief nur auf ein optisches Kunststück hinaus.

Der Baron von Gortz hatte, wie uns bekannt, ein vorzügliches Gemälde der Sängerin erworben. Dieses Porträt stellte sie im weißen Gewande der Angelica aus »Orlando« und mit lang aufgelöstem Haare dar. Durch große Spiegelscheiben, die in einem von Orfanik berechneten Winkel festgehalten wurden, erschien la Stilla, sobald eine starke Lichtquelle das vor einem Spiegel aufgestellte Bild erhellte, durch Rückstrahlung so »leibhaftig«, wie im vollen Leben und ganzen Glanze ihrer Schönheit. Mit Hilfe dieses Apparats, der in jener Nacht nach der Bastion geschafft worden war, wo Rudolph von Gortz die Erscheinung der Künstlerin hervorgerufen hatte, versuchte der Burgherr, wir wissen, mit welchem Erfolge, Franz von Telek zu sich heranzulocken; Dank dem nämlichen Apparate hatte der junge Graf la Stilla im Saale des Wartthurms wiedergesehen, während ihr fanatischer Bewunderer ihrer Stimme und ihren Liedern voller Entzücken lauschte.

Das sind kurz gefaßt die Aufklärungen, die Orfanik im Laufe der Untersuchung weit eingehender gab. Wir müssen jedoch hinzufügen, daß er sich mit großem Stolze als Urheber dieser genialen Erfindungen brüstete, die er allein so ungeheuer weit vervollkommnet habe.

Gab nun Orfanik hiermit die materielle Erklärung der verschiedenen Erscheinungen oder vielmehr jener »Trics«, um das dafür eingeführte Wort zu gebrauchen, so erklärte sich daraus noch nicht, warum der Baron von Gortz vor der Explosion nicht Zeit gefunden hatte, sich durch den Tunnel nach dem Vulkanrücken in Sicherheit zu bringen. Als Orfanik dann aber erfuhr, daß eine Gewehrkugel den Gegenstand, den Rudolph von Gortz damals in den Armen trug, zerschmettert habe, da durchschaute er sofort den Zusammenhang. Jener Gegenstand war der phonographische Apparat gewesen, der den letzten Gesang la Stilla's enthielt, die Töne, die Rudolph von Gortz im Saale des Wartthurms vor dessen Zerstörung hatte hören wollen. Die Vernichtung dieses Apparats hatte auch das Leben des Barons von Gortz werthlos gemacht und er hatte sich, eine Beute der Verzweiflung, gewiß absichtlich unter den Trümmern des Schlosses begraben lassen.

Der Baron Rudolph von Gortz wurde auf dem Friedhofe in Werst mit allen den Ehren beerdigt, die der alten, mit ihm ausgestorbenen Familie zustanden. Den jungen Grafen von Telek hatte Rotzko nach dem Schlosse bei Krajowa schaffen lassen, wo sich der treue Diener ausschließlich der Pflege seines Herrn widmete. Orfanik hatte ihm willig die Phonographenplatten abgetreten, die die anderen Gesänge la Stilla's enthielten, und wenn Franz die Stimme der großen Künstlerin vernahm, dann erwachte er zu einiger Aufmerksamkeit, gewann er vorübergehend die geistige Klarheit wieder, und es schien, als ob seine Seele im Andenken an die unvergeßliche Vergangenheit neu auflebte.

Nach Verlauf einiger Monate war der junge Graf wieder genesen und dann erst erfuhr man von ihm die Einzelheiten aus der letzten Nacht im Karpathenschlosse.

Die Hochzeit der reizenden Miriota und Nic Deck's wurde nach den dafür vorgesehenen acht Tagen nach der Katastrophe gefeiert. Nachdem die Brautleute den Segen des Popen im Nachbardorfe Vulkan erhalten, kehrten sie nach Werst zurück, wo ihnen Meister Koltz das hübscheste Zimmer seines Hauses einräumte.

Wenn jene Erscheinungen nun auch eine ganz natürliche Erklärung gefunden hatten, darf man doch nicht voraussetzen, daß die junge Frau an übernatürliche Vorkommnisse in der Burg nicht mehr geglaubt hätte. Nic Deck konnte predigen, so viel er wollte — und Jonas auch, denn ihm lag daran, die alte Kundschaft des »König Matthias« wieder heranzuziehen — sie ließ sich nicht eines besseren belehren, so wenig übrigens wie Meister Koltz, der Schäfer Frik, der Magister

Hermod und die anderen Bewohner von Werst. Es werden wohl noch viele Jahre vergehen, ehe die wackeren Leute hier sich von ihrem eingewurzelten Aberglauben befreien.

Doctor Patak freilich, der jetzt wieder das große Wort hat, sagt einem Jeden, der es hören will:

»Na, hatte ich nicht Recht? ... Geister im Schlosse! ... Giebt's denn überhaupt Geister?«

Kein Mensch achtet aber darauf, und die Leute bitten ihn sogar, zu schweigen, sobald er seine Spötteleien zu weit treibt.

Auch Magister Hermod hat natürlich nicht aufgehört, seinem Schulunterrichte die transsylvanischen Sagen zugrunde zu legen, und noch lange, lange Zeit wird auch der jüngere Nachwuchs von Werst daran festhalten, daß Geister aus der andern Welt im Karpathenschloß ihr Wesen getrieben hatten.

Ende.

www.ingramcontent.com/pod-product-compliance
Lightning Source LLC
Chambersburg PA
CBHW060804310726
48980CB00002B/234

* 9 7 8 3 8 4 6 0 8 3 7 0 3 *